Sonja Rudorf

Faule Mieten

Sonja Rudorf

FAULE MIETEN

Frankfurt-Krimi

SOCIETÄTS
VERLAG

Satz: Julia Desch, Societäts-Verlag
Umschlaggestaltung: Julia Desch, Societäts-Verlag
Umschlagabbildung: Alexander Levitsky/Shutterstock
Druck und Verarbeitung: CPI books GmbH, Leck
Printed in Germany 2021

ISBN 978-3-95542-409-1

Für Stefanie

1 Die Villa schlief. Körniges Licht lag auf ihren Holzstufen. Noch waren sie unberührt. Man konnte spüren, ob jemand sie betreten hatte, man musste nur den Kopf ein wenig zur Seite neigen und ins Halbdunkel lauschen. Und dann war da der Atem, lautlos und unbewegt, ein Atem wie kurz vor dem Erwachen. Niemand außer ihr hörte den Atem der Villa.

Ellen ließ ihren Blick über das Ölbäumchen auf dem Fenstersims gleiten, bevor sie aus dem Türrahmen trat und in ihre Wohnung zurückkehrte. Die Stille im Treppenhaus war schön, jeden Morgen aufs Neue.

Sie öffnete die Fensterläden in ihrer Küche. Sechsuhrfünfzehn. Im Stift brühten sie gerade Kaffee für die Stationen auf. Noch war die Baustelle schräg gegenüber verwaist. Schlaff hing das Gerüstnetz zwischen den Metallstreben. Sie schob die Gardine vor und bereitete sich ein üppiges Frühstück zu. Bevor der Baulärm begann, saß sie längst im Wohnzimmer, das nach Osten zeigte und auf den rückwärtigen Garten hinausging. Irgendwann kehrte wieder Frieden in der Straße ein. Erst gestern hatte sie einer Freundin im Kino erzählt, wie gut es tat, nicht mehr arbeiten zu müssen und sich später noch behaglich durch die Spätsendungen gezappt. Eine kleine Stadtvilla pflegen statt gebrechlicher Menschen, gar nicht so schlecht. Sie biss in ihr Wurstbrötchen. Während des Frühstücks ging sie die Besorgungen des Tages durch. Wandfarbe und Klebeband, dazu Pinsel vom Baumarkt. Nachher würde sie die Wände des Wäschebodens vom Schimmel befreien und die nassen Flecken übertünchen. Im Flur raschelte es. Bella schoss in die Küche und schlug ihre ausgefahrenen Krallen in den Sisalstamm. Zwei Sätze, und sie blickte triumphierend von der obersten Plattform des Kratzbaumes auf den gedeckten Tisch. Verrücktes Vieh.

Es war zehn Uhr, als Stimmen von der Straße zu ihr hereindrangen. Maren stand mit zwei Männern vor dem Gartentor und bat sie schließlich in die Villa. Zwei Männer. Der eine schmal und groß, mit blütenweißem Hemd unter der Lederjacke und Bluejeans, der andere korpulent. Nein, dick.

Ellen eilte in den Flur und presste ein Auge an den Spion, doch sie waren schon in der Wohnung gegenüber verschwunden. Kurze Zeit später folgten sie Maren durchs Treppenhaus. Im Geiste zählte sie die Stufen mit. Zweiter Stock! Die helle Stimme des Studenten ertönte, dann eine dunklere, ruhig und bestimmt. Was wollten die von Joschua? Jetzt verebbte das Gespräch, aber niemand kam herunter. Es ging hoch ins Dachgeschoss.

Der Dachboden!

Wahllos zerrte Ellen Blusen aus dem Kleiderschrank, ließ in der Dusche Wasser darüber laufen und hastete mit der eingeweichten Wäsche die Stufen hinauf. Am letzten Treppenabsatz hielt sie inne. Ihr Atem ging schwer. Sie war fünfzig und übergewichtig; dazu hatte die Neugier sie schneller als sonst die Stufen hinauf und ihr die Luft aus den Lungen getrieben.

»Guten Morgen.« Der Große mit der Lederjacke lächelte freundlich. Er trug Latexhandschuhe. »Kriminalpolizei. Steiner.« Sein Blick glitt über ihren Wäschekorb. »Und Sie sind?«

»Ellen Beetz. Ist was passiert?«

»Kennen Sie den Mieter dieser Dachmansarde näher?«

»Herrn Fischer? Nein, der wohnt doch erst seit zweieinhalb Monaten hier. Wieso?« Ihr Atem schnarrte.

»Wann haben Sie ihn denn das letzte Mal gesehen?« Der Kommissar postierte sich vor der Tür zum Dachboden und versperrte ihr die Sicht. Wo waren Maren und der Dicke?

»Gestern Mittag. Bei den Mülltonnen habe ich ihn kurz gesehen. Hat er was verbrochen?«

»Wie kommen Sie darauf?«

»Bloß so.«

»Herr Fischer ist gestern tot aufgefunden worden.«

Unwirklich drangen die nächsten Worte des Kommissars an ihr Ohr, die von einer Ermittlung sprachen.

»Tot?... Ist er da drin, in seiner ...?« Sie schnappte nach Luft. Wie viele Tote hatte sie im Stift gesehen, aber hier im eigenen Haus, und noch dazu ein junger Mann. Die Vision eines wächsernen Gesichtes trat vor ihre Augen, und mit diesem Bild setzte der Schwindel ein. Sie spürte das Treppengeländer in ihrem Rücken und einen festen Griff an ihrem Oberarm, während ihr der Kommissar riet, sich zu setzen. Von der Treppe aus wirkte er riesig.

»Keine Ahnung, warum er seine Mansarde nicht abgeschlossen hat. Vielleicht, weil hier jeder jedem vertraut.« Maren trat aus der Dachetage. »Herr Boehm im ersten Stock könnte zu Hause sein, der macht seinen Weinladen erst gegen Mittag auf. Und Frau Kücherer. Die Gute ist etwas vergesslich und manchmal verwirrt. Soll ich mitgehen?«

»Nicht nötig. Mein Kollege kennt sich mit Demenz aus, das ist in Ordnung.«

»Wie wahr.« Unter dem Arm des korpulenten Polizisten, der nun vom Dachboden kam, klemmte ein Laptop. »Das nehme ich mit. Und werde bei Bedarf nochmal auf ihr freundliches Angebot zurückkommen.«

Er nickte Maren zu. Ächzend begleiteten die Holzdielen seinen Abstieg.

Kurz darauf ertönte aus dem ersten Stock die Türklingel, und wenig später die erfreute, zu laute Stimme der Mieterin.

Die treuherzige Kücherer. Jetzt würde sie mit ihrem Rollstuhl wenden und ihm voraus in ihre Küche fahren, um ein Gläschen Port aus dem Schrank zu holen. Hauptsache Unterhaltung.

Ellen rappelte sich auf und zog ihre Bluse über den Hosenbund.

Prüfend sah der Kommissar sie an, bevor Maren in seinem Rücken fragte, ob sie noch etwas tun könne.

»Ihr Gedächtnis nach auffälligen Dingen durchforsten«. Er reichte ihr eine Visitenkarte und ließ sie am Treppenabsatz stehen. Es dauerte eine Weile, bis sie sich daran erinnerte, dass sie nicht allein war.

»Geht's wieder?«

Ellen nickte. Unter ihnen, im zweiten Stock rechts öffnete sich die Tür. Die freundliche Stimme Steiners blieb unerwidert, bis Viktor Boehm ihn hereinbat. Stille senkte sich über das Treppenhaus. Doch diesmal war es keine schöne Stille.

Auch Maren war ohne ein weiteres Wort den Weg nach unten angetreten. Wieso redete sie nicht mit ihr? Ellen nahm ihren Wäschekorb und lief hinterher. Kurz bevor sie das Erdgeschoss erreichte, schnappte die Tür gegenüber ihrer Wohnung zu. Unschlüssig stand Ellen in der Diele, bevor sie ebenfalls in ihre Wohnung ging.

»Was für ein Angebot?«, simste sie, während sie Bella auf ihrem Schoß mit der freien Hand durchs Fell strich. Doch ihr Handy blieb stumm.

Ein toter Mieter in der Villa. Das brachte Unglück. Neun Monate hatte sie stillgehalten, die Villa, wie bei einer Geburt. Und dann gebar sie diese Brut.

Draußen schlug die Haustür zu, die beiden Männer stiegen in einen olivgrünen Mercedes. Was sie wohl auf dem Laptop von Torben Fischer finden würden? Dieser nette Mensch, der für jeden ein freundliches Wort auf den Lippen trug und sich so gut in die Gemeinschaft integriert hatte.

Das Schrillen der Türklingel riss sie aus ihren Gedanken. Maren ließ sich nicht lange hereinbitten und ging schnurstracks ins Wohnzimmer durch.

»Der Fischer ermordet! Das gibt's doch gar nicht. Was für ein Glück, dass sie ihn nicht in seiner Mansarde abgestochen haben.« Sie schob zwei Plüschkissen zur Seite und ließ sich auf das Sofa nieder.

»Tee?« Beinahe hätte ihre Stimme versagt, dabei war es doch nur Maren, die schon wieder so frisch aussah, als sei nichts gewesen. Sie hatte neuen Lippenstift aufgelegt, und der Nasenstecker funkelte wie ein Diamant aus dem gebräunten Gesicht.

»Hast du nichts Stärkeres?«

Ellen fing ein Lächeln auf, das nach Verzweiflung aussah. Sie war wohl doch nicht die Einzige, die ein Mord im Haus aus der Fassung brachte. Und was würde erst Hanna Vers aus dem zweiten sagen. Die wohnte direkt unter ihm. Sie ließ die Teekanne in der Küche links liegen und entnahm der Vorratskammer eine Flasche Pfirsichlikör. Etwas anderes bekam sie um diese Uhrzeit nicht herunter.

Als sie zurückkam, saß Maren auf der vorderen Kante des Sofas, als habe sie Angst, in seine Tiefen gezogen zu werden. Hinter ihr krochen die Strahlen einer späten Märzsonne übers Polster. In diesem Licht sah es aus, als regne es Staub.

»Die haben gefragt, wer für die Villa zuständig ist.« Maren nahm das gefüllte Glas entgegen, leerte es auf Ex und schüttelte sich. »Boah, also echt.«

»Und dann?«, hörte Ellen sich fragen und nippte am Likör.

»Gings weiter wie im Film. Dieser Steiner hat mir seinen Ausweis gezeigt und gefragt, ob sie reinkommen können. Kaum waren wir in der Wohnung, sagt er: Herr Fischer wurde heute Morgen tot im Park gefunden.«

»Im Park?« Bella, die um ihre Beine schnurrte, nahm Reißaus. »In welchem?«, fragte Ellen leiser nach.

»Im Sinaipark. Ein paar Meter von hier! Abgestochen.« Die Flasche Pfirsichlikör wanderte in Marens Hand und nach wenigen Sekunden auf den Tisch zurück. »Eiskalt abgestochen. Und jetzt kommt das eigentlich Krasse.«

Der Staub im Sonnenlicht stand still. Ellen blinzelte. Sie war sich nicht sicher, ob sie das hören wollte. Was konnte denn noch krasser sein, als abgestochen im Park zu liegen?

»Der Typ war Immobilienmakler. Und jetzt rate mal, bei welcher Firma.« Marens Augen blitzten auf, Ellen kannte dieses elektrisierte Braun, Kurzschlussaugen nannte sie es bei sich, wenn Maren wirklich wütend war, und wie von diesem Stromschlag getroffen, schlug der Blitz der Erkenntnis unbarmherzig nun auch bei ihr ein, und sie erfasste mit einem Mal das wirkliche Ausmaß der Situation.

»Er sagte doch, er nimmt eine Auszeit«, hörte sie sich krächzen, »von seinem Bürojob und seiner Ehe. Einmal habe ich sogar ein Streitgespräch am Telefon mitbekommen.«

»Seine Scheidungsgeschichte stimmt. Das, was er von seiner Tussi erzählt hat, kann man nicht erfinden. Aber alles andere.« Maren winkte ab. »Er hat sich ja ausrechnen können, dass er den Dachboden nicht kriegt, wenn wir gewusst hätten, für wen er arbeitet.«

»Und jetzt?«

»Jetzt hat sich seine Frau die Scheidung gespart.« Maren lächelte, dass es einen gefrieren konnte. »Vielleicht lernen wir sie kennen, wenn sie seine Sachen abholt. Ich bin gespannt.«

2 Einbauküchen! Jona Hagen schlug den Schrank mit dem Ellbogen zu. Für jedes Kochutensil musste man eine Tür öffnen und dazu wissen, hinter welcher genau das Gesuchte stand. Einbauküchen waren so uninspirierend wie Büroarchive, wie Tonic ohne Gin, wie Kochen ohne ein Gläschen Wein. Sie seufzte. Wie konnte man nur keinen einzigen Tropfen Alkohol im Hause haben? Zum dritten Mal öffnete sie den Hängeschrank mit den Vorräten. Gewürze, Dosen, Packungen mit Nudeln, Reis, gläserweise Eingemachtes und Süßkram. Von geistigen Getränken keine Spur. Dabei war Ulf doch ein Gourmet. Sie leerte die Pfanne, in der die Goldbrassen bis vor Kurzem noch auf Ingwer und Chili gebrutzelt hatten, über dem Mülleimer aus. Natürlich war Jakob genau in dem Moment an der Küchentür vorbeigestreift, in dem die Doraden angebrannt waren. Gut, dass sie ein paar Fische mehr gekauft hatte. Die Ersatzgoldbrassen würde sie im Ofen backen, auch wenn sie ihnen dafür den Kopf abtrennen und sie bis zum Schwanz aufschlitzen musste.

Aus dem Flur drangen Geräusche, ein Schlüssel klimperte. Kurz darauf spürte sie zwei Hände um ihre Taille.

»Was wird das denn Schönes?«

Jona wandte sich um, doch in dem scharfkantigen, schmalen Gesicht war keinerlei Ironie zu erkennen.

»Sorry. Das war Dorade, die erste. Der zweite Akt landet in fünfundzwanzig Minuten auf dem Tisch. Laut chefkoch.de. Beim Kochen bin ich ohne Vino irgendwie blockiert.«

»Dann geh ich mal in den Keller. Da warten hundert Fläschchen darauf, deine Blockade zu lösen.«

»Du hast einen Weinkeller?« Jona trat einen Schritt zurück und konstatierte das feine, inzwischen so vertraute Lächeln in seinem Gesicht. Heute sah es erschöpft aus.

»Wieso weiß ich das nicht?«

»Etwas muss man ja noch in petto haben.«

Fünf Minuten später kehrte er mit zwei Flaschen Sauvignon Blanc zurück.

»Eine für die Fische, die andere für uns. Soll ich dir helfen?«

Bei der Umarmung drückte seine Dienstwaffe gegen ihre Brust.

»Nimm lieber eine Dusche und entspann dich. Du siehst schrecklich aus.«

Bei Tisch wurde wenig geredet. Steiner lobte die Dorade, sein Sohn schaufelte anstandslos eine Gabel nach der anderen in sich hinein. Das Klirren des Bestecks erinnerte Jona an ihre Kindertage. Ungutes Schweigen, und niemand, der es zu durchbrechen wagte. Außer ihr natürlich. Jona, das Enfant terrible.

»Morgen ziehen sie das Gerüst hoch.« Sie schob sich eine Kartoffelscheibe in den Mund und fing Steiners Du-kannst-gerne-hierbleiben-Blick auf. Ohne zu kauen, würgte sie den Bissen hinunter. »Einen Winzbalkon an die Küche gepappt und Einheitsbäder im Luxuschromstil. Ich will das nicht, selbst wenn ich es mir leisten kann. Die denken, die können einem diktieren, was schön ist. Dabei geht es nur um Kohle.« Ihre Kehle brannte. Der Sauvignon Blanc half auch nicht wirklich. Tief atmen, bis die heiße Welle der Wut abgeflaut war, riet sie ihren zu Jähzorn neigenden Patienten. Wie schwer das war! Sie schielte zu Botticellis Venus. In Originalgröße, knapp drei auf zwei Meter, hing der auf Leinen gezogene Kunstdruck an der Längsseite des Wohnzimmers. Sollte die Liebesgöttin jemals zornig gewesen sein, hatte sie das glühende Gift in Melancholie verwandelt.

Jona legte ihr Besteck beiseite und lächelte in die Runde.

»Schön, dass ich hier willkommen bin. Ich glaube, ich ziehe wirklich morgen bei euch ein. Mein Kleiderschrank passt gut in Jakobs Zimmer. Taschen und Jacken stopfe ich hinter sein Bett. Die paar Mal, die ich Besuch von einer Freundin kriege, kann Ulf ja in die Kneipe gehen. Und ich bekoche euch jeden Abend, sobald ich von der Praxis heimkehre.«

Unkommentiert standen ihre Worte im Raum, der Vierzehnjährige verzog keine Miene.

»Mensch, bist du gut erzogen.« Jona legte die Gabel nieder und sah dem blassen Jungen ins Gesicht. Der Anflug eines Bartflaumes lag auf seinen Wangen. »Ich würde einen Horror kriegen, wenn mir das jemand ankündigen würde. Schreikrämpfe oder Mordgedanken. Keine Sorge, ich habe es nicht ernst gemeint.«

Doch statt zu lachen, stand Jakob auf und verließ das Zimmer.

»Oje. Soll ich ihm nachgehen?«

Steiner winkte ab. »Ich fürchte, er ist unglücklich verliebt.«

»So witzig war es auch nicht. Ich bin gestresst von dem Baulärm.« Sie sah auf. »Außerdem verliere ich gerade mein Zuhause.«

Eine ungemütliche Stille breitete sich aus. Ulf zog seine Brille ab und rieb sich die Augen, bevor er ihr einen um Nachsicht bittenden Blick zuwarf.

»Wir suchen nächstes Wochenende in der Zeitung, einverstanden? Es gibt immer Angebote. Auch für so Familien wie uns.«

»Weißt du, was für ein Haifischbecken dieser Wohnungsmarkt geworden ist? Teuer und korrupt. Ich habe im Netz nach einer Vierzimmerwohnung geschaut. Wahnsinn.«

Steiner nickte.

»Und dann dieses pikierte Schweigen, wenn du fragst, ob sie noch was Preiswerteres haben.« Sie holte Luft, um die Sekretärin eines Maklerbüros nachzuahmen, und spürte Steiners Hand auf ihrem Unterarm.

»Nicht heute, bitte.«

»Ist irgendwas passiert?«

Ulf schwieg einen Moment. »Er hatte diese Sportschuhe an. Genau die gleichen, die ich mir letzte Woche auch gekauft habe.«

»Wer?«

»Der Tote. Die gleichen Laufschuhe, das gleiche Trikot. Für einen Moment dachte ich, ich liege da.«

Jona ließ ihren Blick über die aufrecht sitzende Gestalt ihres Freundes gleiten. So angegriffen kannte sie ihn nicht. Den *Bullenblues* hatte es mal ein ehemaliger Patient aus dem Polizeimilieu genannt, wenn man die Gewalt nicht mehr auf Distanz halten konnte. Von ihm hatte sie auch gelernt, dass dieser Blues so lange sein Lied spielte, bis man ihm zuhörte. Ulf schien ihn gut zu kennen. Wieder eine neue Seite von ihm.

Instinktiv spülte sie die mitfühlenden Worte mit einem Schluck Weißwein hinunter. Aus Jakobs Zimmer drangen leise Klänge der Gitarre, die sie ihm zu Weihnachten geschenkt hatte.

»Wenn du erzählen magst – ich bleibe gerne«, sagte sie schließlich, »aber ich könnte mir vorstellen …«

Sein dankbarer Blick ließ sie verstummen. Schweigend räumten sie den Tisch ab. An der Tür hielt er sie noch einmal fest.

»Nächste Woche fangen wir mit der Wohnungssuche an, versprochen.«

»Ich lass mein Handy an.« Sie grub ihr Gesicht in seine Halsbeuge. »Und rück mich bei Jakob wieder in ein gutes Licht.«

»Nicht nötig. Er hat dich längst ins Herz geschlossen, er kann es nur nicht zeigen.«

Das Licht im Treppenhaus erlosch in dem Moment, in dem die Wohnungstür sie aus seiner Welt ausschloss. Jona tappte im Dunkeln die Stufen hinunter.

***

In ihrer psychotherapeutischen Praxis fühlte sie sich noch am wohlsten. Arbeiten mit Menschen, die etwas vom Leben wollten und einen ehrlichen Blick darauf wagten, es gab nichts Schöneres. Zudem lenkten die Gespräche mit den Patienten sie von dem Gefühl des Verlustes ab, das sie seit Wochen begleitete. Bornheim war nicht verschwunden, nur weil ihre Vermieter beschlossen hatten, aus den liebenswerten Einzimmerwohnungen sanierte Luxusschnittchen zu machen. *Leben ist da, wo man selbst ist.* Am Küchenschrank ihrer Wohnung, die sie Ende des Monats räumen musste, hing noch die Karte mit diesem Spruch. Jona wischte den Gedanken an die leeren Gewürzregale fort und notierte sich auf ihrer To-Do-Liste *Keller ausräumen*. Mixer, alte Skier, Gartenstühle, Farbtuben, Tage- und Skizzenbücher, Weinkisten, Weihnachtsschmuck und Briefe von Menschen, die längst in anderen Welten Fuß gefasst hatten. Wenn sie an all die aufgetürmten und ineinander geschobenen Relikte ihres bisherigen Lebens dachte, wurde ihr ganz anders. Sie sollte einen großen Container bestellen und die Zeugen ihrer Vergangenheit für immer im städtischen Abfallmeer begraben.

Es war später Nachmittag, als ihr letzter Patient die Praxis verließ. Nicht nur er hatte sich heute sehr verletzlich gezeigt; auch die essgestörte Managerin war bei der Schilderung ihres Streites mit der Tochter besonders emotional geworden. Ob das an ihr lag, an der aufgewühlten Stimmung, die sie unterschwellig ausstrahlte?

Sie sann über diese Frage nach, ohne zu merken, dass ihre Kollegin Ute die Praxisküche betrat.

»Redebedarf?« Ute knotete ihr Lockenhaar im Nacken zusammen. Das Sommersprossenmeer in ihrem Gesicht war Jona so vertraut wie dieser intensive Blick, dem für gewöhnlich nichts entging. Einen Moment zögerte sie, dann schüttelte sie den Kopf.

»Etwas mehr Schlaf wäre gut.«

»Oder etwas weniger Pastis.« Ute klimperte mit den Wimpern. »Ich krieg gleich noch einen Patienten. Lass uns morgen mal in Ruhe Pause machen. Hasta luego.«

Jona sah ihr nach. Seit ihrer Auszeit in Spanien trug sie sommers wie winters Espadrilles und lachte unbekümmert auf, wann immer sich eine Gelegenheit dazu bot. Wie gerne wäre sie ihr ins Sprechzimmer gefolgt und hätte ihr Herz ausgeschüttet, doch bevor sie etwas andeuten konnte, klingelte es an der Tür.

Zu Hause warteten die vorgefalzten Umzugskartons. Lange blieb sie am Fenster stehen und sah auf die Straße, die ihr seit Jahren das Gefühl gab, ein Teil dieser Stadt zu sein.

Über dem Dachfirst war der Mond aufgegangen, der oft in ihr Zimmer spähte, heute schon am frühen Abend. Wenn sie ihren Kopf aus dem Fenster streckte, konnte sie rechts an der Ecke die Bäckerei sehen. Mehr als einmal hatte sie sich warme Schokocroissants aus den blauen Plastikwannen stibitzt, die morgens angeliefert wurden, und einen Fünfeuroschein gut versteckt an die Palette geklemmt. Damit war jetzt Schluss. Genau wie mit spontanen Besuchen in der Apfelweinkneipe gegenüber oder einem Spaziergang über die Bergerstraße, wenn die Großstadtmelancholie sie nach allem greifen ließ, was Leben versprach. Es wurde ohnehin Zeit für den Abschied vom Weltschmerz. Sobald sie mit Ulf und Jakob zusammenzog, würde sie Teil einer Familie sein. Sie betrachtete das gegenüberliegende Haus mit dem Giebel, das ihr noch nie so schön vorgekommen war, und ließ das Klingeln ihres Handys verstreichen. Dreiundvierzig Jahre musste sie werden, um vom Alleine-Wohnen Abschied zu nehmen. Sie war eine Einzelgängerin, in den Augen ihres Vaters unvermittelbar, in denen ihrer Schwester ein Unikat. Wie stark ihre Verliebtheiten auch gewesen waren, wie wild die Abenteuer, immer hatte es in ihrem Leben einen Ort gegeben, an dem sie sich verkriechen konnte und der nur ihr gehörte. Sie war der Singlewohnung treu geblieben, wenn man von dem fünfmonatigen Fiasko mit Giorgo absah. Der italienische Fotografiestudent hatte ihre Welt aus den Angeln gehoben, um sie für eine dezentere Version ihrer selbst zu verlassen. Danach hatte sie sich geschworen, keine Kompromisse mehr einzugehen und alleine zu wohnen. Und jetzt war sie es, die Ulf zur gemeinsamen Wohnungssuche drängelte!

Das Leben an der Seite eines Kriminalkommissars würde nicht leicht werden. Knapp und so liebenswürdig, wie das am Steuer im Straßenverkehr eben ging, hatte er ihr am Morgen mitgeteilt, sein Tag sei straff. Fallrecherche bei einer Immobilienfirma, der Besuch der Witwe des Verstorbenen, Dienstbesprechung, später noch Elternabend. Sie würde sich an seinen erschöpften Abendanblick gewöhnen müssen, und an einen Alltag auch jenseits ihrer Verliebtheit.

»Grins nicht so«, fuhr sie Mister Bones, das medizinische Skelett an, das im Flur nonchalant ihre Tasche und zwei Jacken auf seinem Skelettkörper trug. »Sonst sortier ich dich aus.«

Was konnte sie überhaupt ins Nordend zu Steiner und seinem Sohn mitnehmen, ohne die Dreizimmerwohnung zu überfrachten?

Ihr Blick schweifte durch die Wohnung. Den Futon auf keinen Fall. Und ihr Designerkühlschrank passte auch nicht in diese verfluchte Einbauküche. Sie brauchte eine Abstellkammer, besser noch ein kleines Studio. Seit ihr Gartenatelier letzten Winter abgebrannt war, besaß sie keinen Rückzugsort mehr, und gemalt hatte sie seither auch nicht.

Den Rest des Abends verbrachte sie damit, im Halbdunkel des Zimmers zu sitzen.

Ulf würde ihre SMS verstehen. Nie waren sie sich so nahe wie in den Momenten, in denen sie wortlos ihre Unvollkommenheit stehen ließen.

Am Morgen wurde sie unsanft vom Baulärm geweckt. Sie trank zwei Espresso in der Küche, bevor sie eine Umzugskiste in die Mitte ihres Wohnzimmers stellte und anfing, wahllos Kleidungsstücke einzupacken.

Die scharlachrote Bluse, Kordhosen in verschiedenen Farben, das Pailletten-T-Shirt und ihre geliebte, gepunktete Jacke mit den weit ausgeschnittenen Taschen. Darüber die solideren Sachen für wichtige Anlässe. Weiße Blusen, dunkle Jeans. Schwarze Budapester. Sie warf ihre Clogs Größe 43 hinterher. Wie sollte sie ausmisten, wenn an jedem Teil ein Stück Identität hing? Sie klappte den Karton zu und blieb eine Weile darauf sitzen, bis sie beschloss, dem Tag ein anderes Gesicht zu geben und ins Bad verschwand.

Auf der Vespa kehrten ihre Lebensgeister zurück. Sie klappte das Visier auf und sog die frische Frühlingsluft ein. Wenn sie den Papierkram auf ihrem Praxisschreibtisch ignorierte, war sie frei bis zum Mittag. Die Südseite des Mains lag in der Sonne, wie lange war sie nicht mehr am Flussufer spazieren gegangen, und anschließend ins Städel. Während sie sich zu erinnern versuchte, welche Ausstellung lief, fand sie sich auf der dreispurigen Adickesallee wieder. Steiner! Sie fuhr also geradewegs zum Polizeipräsidium. So sah ihre Freiheit aus; jedenfalls das, was ihr Unterbewusstsein sich darunter vorstellte. Die Vespa röhrte, als sie den Gasgriff bis zum Anschlag aufdrehte, doch mit dem Auftauchen des Präsidiums verdichtete sich der Verkehr und kam vor der roten Ampel zum Erliegen. Endstation Steiner. Ihr Herz pochte, als sie mit laufendem Motor an der Kreuzung stand, fünfzig Meter Luftlinie von seinem Büro entfernt, und mit jeder Faser ihres Körpers in Versuchung, diese fünfzig Meter zu überwinden.

Nur unwillig folgte sie der Aufforderung der grünen Ampel und bog nach der Kreuzung rechts in eine Seitenstraße ein. Ruhig war es hier. Sie geriet auf eine breite Spielstraße, vorbei an Mietshäusern und einem Abenteuerplatz, ließ sich von der fremden Kulisse leiten, die abseits der großen Straßen ihr Eigenleben führte.

Mit der nächsten Abzweigung gelangte sie ins Villenviertel. Wie von Zauberhand schien die Zeit angehalten. Ein prächtiges Haus reihte sich an das nächste. So sah also ein wohlfeiles Wohnviertel aus. Eines, das sich selbst genügte. In den Anblick einer mächtigen Trauerweide verloren, wich sie im letzten

Moment einer Filmspule aus, die über die Straße rollte. War das gerade Sperrmüll gewesen? Sie bremste ab und sah in den Rückspiegel. Tatsächlich Sperrmüll. Und auf der anderen Seite, etwas zurückgesetzt, ein Mehrparteienhaus im Gerüst. Also auch hier. Von wegen Zauberhand. Bevor sie wieder Gas geben konnte, blieb ihr Blick im Rückspiegel hängen. Ein Mann in Jeans und Baseballkappe warf ein Regalbrett auf den Sperrmüllhaufen und verschwand wieder aus dem Bildausschnitt.

Ob hier jemand auszog oder nur ausgemistet wurde?

Jona parkte ihre Vespa am Gehsteig und schlenderte die wenigen Meter zu Fuß zurück. Ein Blick nach links ließ sie überrascht stehenbleiben. Im Schutz einer Blätterhecke erstreckte sich eine Rasenfläche, in deren Mitte eine malerische Villa stand. Dass die Fensterläden brüchig waren und Putz von der Fassade bröckelte, tat ihr keinen Abbruch. Im Gegenteil. Jona ließ den Anblick der kleinen Stadtvilla auf sich wirken. Sechs freistehende Steinstufen führten zu einer Eingangstür, wie man sie aus alten Filmen kannte. Als sie den Mann mit der Baseballkappe aus der Haustür treten sah, verspürte sie eine kleine Aufregung.

»Entschuldigen Sie.« Sie ignorierte seine verschlossene Miene. Er sah müde aus, und unrasiert. »Ziehen Sie aus?«

»Mein Bruder«, antwortete er und verstaute die Schreibtischlampe im Kofferraum seines Wagens.

»Es geht mich nichts an. Aber wieso zieht man denn aus so einer Villa aus?«

Jona zwang sich, dem durchdringenden Blick des Mannes standzuhalten, der sich an seinen Volvo lehnte.

»Mein Bruder ... hat sich etwas vergrößert.« Er lächelte schief. »Aber falls Sie eine Wohnung suchen – das hier ist nur eine Dachmansarde. Vielleicht versuchen Sie es eher da drüben.« Er deutete auf das eingerüstete Haus in seinem Rücken. *Hier entstehen Eigentumswohnungen für Sie*, verriet ein Banner.

»Nein danke.«

Ihr Gegenüber lächelte, diesmal freundlich.

»Die Vermieterin dieser Villa wohnt selbst hier. Frau Keiler. Erdgeschoss rechts. Einfach mal klingeln.« Er wandte sich wieder seinem Kofferraum zu, und Jona besah sich das schmiedeeiserne, vom Rost zerfressene Klingelschild. Sechs Mietparteien. Ein neuer Kosmos. Warum, verdammt nochmal, nicht. Sie drückte den Klingelknopf rechts unten, und beinahe im gleichen Moment ertönte der Summer.

3 »Rückzugsgedanken, kenn ich. So 'ne kleine Flucht aus dem Alltag, es gibt nichts Besseres.« Das raue Lachen der Vermieterin schallte durch die Küche. Schwarz, Gold, Silber, andere Farben gab es hier nicht. Wie auf einer Raumstation, dachte Jona und trank ohne mit der Wimper zu zucken den Tütenespresso, den Frau Keiler vor sie gestellt hatte. Dass diese Frau gelegentlich aus dem Alltag ausbrach, glaubte sie ihr aufs Wort. Was für eine Energie. Selbst ihr Lachen war dynamisch.

Als die Türklingel ging, sprang sie mit den Worten auf, das sei bestimmt einer ihrer zukünftigen Mitmieter.

Jona sah ihr nach. Zwanzig Minuten Smalltalk, ein Lächeln bei der Erwähnung der Immobilienhaie im Viertel und die schnörkellose Wahrheit über den Grund ihrer Zimmersuche hatten ihr die Tür geöffnet. Sie konnte ihr Glück kaum fassen. Der Preis war unfassbar günstig. Wie gut, dass sie durchs Dichterviertel gefahren war, statt zu Steiner ins Präsidium. Einen Moment wurde ihr heiß. Nur da hatte sie der Wahrheit einen kleinen Schnörkel verliehen. Was er wohl dazu sagen würde, dass sie einen Lehrer aus ihm gemacht hatte?

Sie trat ans Fenster. Rasen, Büsche, eine Hecke, deren ungeschnittene Zweige in alle Richtungen zeigten. Für dieses Viertel nahm sich der Vorgarten schmucklos aus.

Von hier sah man, wie unauffällig sich das gusseiserne Gartentor zwischen die hohen Bäume schmiegte. Kein Wunder, dass es von der Straße kaum zu sehen war.

»Gefällt Ihnen die Aussicht?« Frau Keiler stand im Türrahmen und musterte sie unverhohlen. »Hintenraus ist es gepflegter. Und von oben nochmal anders.« Sie klimperte mit dem Schlüssel in der Hand.

Zwei Minuten später unterdrückte Jona einen kleinen Freudenschrei. Die Zwölfquadratmeterbude, wie es die Vermieterin nannte, besaß weder Schrägen noch eine Dachluke, sondern ein großes Fenster. Helles Licht floss in den Raum und auf den Steinboden. Eine olivgrüne Tapete mit goldenen Ornamenten zierte die Wände.

»Sie können natürlich auch neu tapezieren. Ihr Vormieter fand Geschmack daran.« Ihr Lachen klang nach zwei Schachteln Zigaretten am Tag. »Toilette ist über den Gang, mit etwas größerem Waschbecken.«

Jona öffnete einen der Fensterflügel. Der Ausblick hatte etwas Erhabenes; über die Baumkronen hinweg konnte sie auf das stuckverzierte Wohnhaus jenseits der Straße sehen. Daneben, etwas zurückgesetzt, dieses Baugerüstmonster. *Hier entstehen Eigentumswohnungen für Sie*, las sie ein zweites Mal, diesmal von oben. Am Horizont ragte der schlanke Fernmeldeturm in den Himmel, und die Miete, die Frau Keiler ihr noch einmal bestätigte, zerstreute jeden Zweifel.

Als sie eine Viertelstunde später das Haus verließ, sah sie das Dornbuschviertel mit anderen Augen.

In der Praxis empfing sie das Plätschern des Sandsteinbrunnens, und eine von Utes Patientinnen, über eine Zeitschrift gebeugt, nickte ihr vom Wartebereich aus zu. Wie schaffte Ute dieses Arbeitspensum, eine Sitzung nach der anderen? Erst kurz vor eins werkelte ihre Kollegin in der Praxisküche. Jona stürzte aus ihrem Sprechzimmer.

»Endlich. Setz dich mal, ich muss dir was erzählen.« In wenigen Worten schilderte sie ihren Beinah-Sturz über eine Filmrolle, die ihren Blick zu einem Sperrmüllhaufen gelenkt hatte, der wiederum zur Villa, zur Vermieterin, zu ihrem neuen, außergewöhnlichen Dachatelier.

»Ein Zimmer im Dichterviertel? Hast du nicht letztes Jahr noch gesagt, keine zehn Pferde…«

»… das ist was anderes. Die Gegend da ist voller Schönheit und Widersprüche. Die lebt.«

»Aha.« Ute streifte ihre Espadrilles von den Füßen und zog ihre Füße auf den Stuhl. »Und was willst du dort machen?«

»Pass auf: Zwölf Quadratmeter, lichtdurchflutet. Eine komplette Wand wird Leinwand. Kühlschrank auf der anderen Seite. Meine Musikanlage daneben. Über den Steinboden kommt ein dicker, roter Teppich, und darauf mein Futon. Dann kann ich vorm Einschlafen direkt in den Himmel sehen.«

»Ich denke, du willst zu Ulf ziehen?«

»Da ist ja noch sein Sohn, schon vergessen? Wir brauchen mehr Platz.«

Utes Gesichtsausdruck war unmissverständlich.

»Okay. Ich brauche mehr Platz. Noch habe ich nicht unterschrieben. Termin ist morgen früh. Aber ich glaube, ich mache das. Diese Dachkammer schickt der Himmel.«

»Na, da bin ich ja mal gespannt, was dein Superbulle dazu sagt.«

Ihre Blicke maßen sich aneinander, bis die Türklingel die Stille zerriss und Ute lächelnd aus der Küche ging.

Es dämmerte bereits, als Jona ihre Praxis verließ und den Weg über die Adickesallee nahm. Steiner saß wie verabredet in seinem Mercedes, als sie auf den Parkplatz des Präsidiums vorfuhr. Ein feines Lächeln spielte um seinen Mund.

»Heute ist dein Abend«, er nahm einen Helm vom Beifahrersitz und stieg aus dem Wagen. »Essengehen, Wohnungsangebote im Internet suchen oder andere Dinge, die dir Freude bereiten.« Die Fahrertür schlug zu.

»Und Jakob?«

»Bei einem Freund. Die machen Party heute Abend. Ich habe ihm erlaubt, dort zu übernachten.«

»Dann lass uns spazieren gehen.«

»Ostpark?«

»Lieber hier ein bisschen. Es wird bald dunkel.«

»Hier?« Steiner ließ seinen Blick von der Adickesallee über die Kreuzung zur Eschersheimer Landstraße gleiten. Dicht an dicht jagten die Autos stadtauswärts.

Kurz darauf fädelten sie sich mit der Vespa in den Feierabendverkehr ein. Der Sinaipark war nur wenige Minuten entfernt, beim Spaziergang zwischen der Wiese und dem angrenzenden Naturschutzgebiet würde sie ihm von ihrem neuen Atelier ganz in der Nähe erzählen. Steiner tippte gegen ihre Schulter und rief etwas.

»Sind gleich da«, brüllte sie nach hinten und parkte wenig später den Roller auf dem Gehsteig.

»Voilá, der schönste, kleine Stadtpark Frankfurts.«

»Lass uns anderswo spazieren.«

»Warum denn?«

»Arbeit«, sein Blick glitt zum Park und verweilte dort, als spiele sich hinter den Büschen ein Schauspiel ab, das nur er sehen konnte. Jona spürte die Anspannung, die von seinem Körper ausging. Es dauerte eine Weile, bis er das Schweigen brach. »Ich war erst Montagabend hier. Mit Kovac, meinem Kollegen. Eine Hundebesitzerin ist spätabends über eine Leiche gestolpert. Den Jogger, von dem ich dir erzählt habe. Wie er dalag, blutüberströmt, der Körper verdreht, in diesen Sportklamotten.« Ulfs Stimme klang plötzlich heiser. »Entschuldige.«

»Ist doch okay.« Sie lächelte aufmunternd.

Natürlich fiel seine stoische Ruhe nicht vom Himmel. Wieso hatte sie sich nicht klargemacht, dass Ulf ein so feiner und erfolgreicher Kommissar war, weil er für seine innere Balance sorgte.

»Magst du erzählen oder vielleicht mal mit mir an den Ort gehen?«

»Das ist nichts für ...«

»Therapeutinnen?« Sie zwinkerte und verstaute ihren Helm im Topcase.

Der Sinaipark war trotz der einsetzenden Dämmerung noch belebt. Auf dem Streetballplatz spielten Jugendliche Basketball, vereinzelt keuchten Läufer an ihnen vorbei. Es dauerte nicht lange, bis sie die gegenüberliegende Seite des Parks erreicht hatten. Dort, wo kurz hinter der Biegung des Schotterwegs ein weiterer zu einem Spielplatz führte, säumte ein Bankcarré die kleine freie Fläche. Jona setzte sich auf eine der Bänke und besah sich das, was vor Kurzem ein Tatort gewesen war. Nur eine feine Schicht Sand, von etlichen Schuhsohlen zertreten, wies noch darauf hin, dass hier Blut geflossen war. Auch Ulf starrte auf die Stelle.

»Hast du eine Idee, warum hier, in der Nähe der Häuser?« Jona schlang ihre Jacke fester um sich. »Wo man von den Balkonen aus alles beobachten kann. Du hast gerade gesagt, der Mord ist gegen neun Uhr abends verübt worden, da werden doch

Hunde ausgeführt. Und durch diesen Seitenarm kann jederzeit jemand den Park betreten.«

»Vielleicht ließ es sich hier gut warten. Die Bäume gegenüber bieten Sichtschutz.«

»Es war doch ohnehin dunkel.«

»Der Tote trug eine Grubenlampe auf dem Kopf. Die war vollkommen zerschmettert. Die Scherben ... ach, egal.«

»Ulf. Ich hab in meiner Praxis schon ganz andere Sachen gehört.«

Es war schon zu dunkel, um Ulfs Blick zu erkennen, der lange auf ihr lag. »Wenig Kampfspuren. Aber viel Blut. Elf Einstiche; da hat jemand eine Rechnung beglichen.« Er ging in die Hocke und strich mit der Hand über einen Baumstamm, der am Wegrand stand. »Die KT hat hier Reste einer Nylonschnur gefunden, und Rindenabrieb. Der Täter hat die Schnur zwischen diesen Baumstamm und die Buche neben deiner Bank gespannt und dann im Schutz der Bäume auf sein Opfer gewartet.«

»Aber nicht lange. Den Park umrundet man in sechs oder sieben Minuten.«

»Genau. Glück für ihn, dass niemand vorher vorbeiging und stürzte.«

»Du weißt nicht, wie oft er es probiert hat«, erwiderte Jona. »Wieso eigentlich »er«?«

Verdutzt sah Steiner auf. Zwei Hunde kamen über die Wiese geschossen und jagten an ihnen vorbei. »Ich hatte dein kriminalistisches Gespür verdrängt.« Die Andeutung eines Lächelns huschte über sein Gesicht. »Meine Kollegen haben sämtliche Mieter der Wohnanlage befragt. Keiner hat etwas gesehen.«

Jona ließ ihren Blick über die Häuserreihen mit den ausladenden Balkonen gleiten. Die Lichter in den Fenstern sahen einladend aus. »Schafft das denn eine Frau überhaupt, einen sportlichen Typen mitten im Lauf zu überwältigen?« Jetzt lief doch ein kleiner Schauer über ihren Rücken. Steiner saß mittlerweile neben ihr auf der Bank. Seit er über den Mord sprach, wirkte er gefasster. »Er war chancenlos. Erst der Sturz. Und dann ging ein Messerstich direkt in seinen Hals. Die Rechtsmedizin meinte, es könnte der erste oder zweite gewesen sein, der dann auch tödlich war. Danach hat jemand nur noch wie besinnungslos auf ihn eingestochen. In den Arm, in den Bauch, in seine Genitalien.«

»Rache«, entfuhr es Jona.

»Oder jemand, der es wie Rache aussehen lassen wollte«, wandte Steiner ein. »Ein Immobilienmakler, Mitte dreißig, sportlich, in einer persönlichen Krise kurz vor der Scheidung. Auch beruflich lief es wohl gerade nicht so gut.«

»Wieso lief es beruflich nicht gut? Ich denke, er war Makler. Die schwimmen doch in Geld.« Sie vernahm, wie Ulf scharf Luft einzog und legte beschwichtigend eine Hand auf sein Bein.

»Anscheinend war er nicht besonders beliebt. Er kapselte sich in letzter Zeit laut seiner Kollegen immer mehr ab. Auch von seinem neuen Domizil wussten die wenigsten. Das Arbeitsverhältnis hätte nächsten Monat geendet – im gegenseitigen Einvernehmen.«

»Seltsamer Zufall. Gibt es da keinen Verdächtigen?«

Steiners Blick war eindeutig. Sie hatte Vorurteile gegen die ganze Branche. Gut, dass sie nicht ermittelte.

»Und seine Frau?«

»Hat keine Miene bei der Nachricht seines Todes verzogen.«

Ein Terrier mit rotem Leuchthalsband tippelte an ihnen vorbei und bohrte seine Schnauze in den Sandflecken, bevor ein schriller Pfiff ihn zurückflitzen ließ. »Wahrscheinlich war sie komplett überfordert«, sinnierte er. »Ich stelle mir das schwierig vor, wenn du dich nach einer Ehekrise trennst und dein Ex-Partner genau nach der Trennung ermordet wird. Und du bleibst mit deiner Wut und deiner Trauer zurück.«

»Noch-Mann.«

»Wie bitte?«

»Per Gesetz waren sie noch verheiratet. Das Ex bezieht sich also nur auf ihre Gefühle füreinander.«

Jona starrte auf den Sandflecken. Aus dem brutal ermordeten Jogger war innerhalb weniger Minuten ein unglücklicher Immobilienmakler mit Ehe-und Finanzproblemen geworden. Wie ein Fremdkörper kroch Ulfs Arm um ihre Schulter.

»Manchmal bist du mir unheimlich. Deine Formulierung hat ein Motiv ins Spiel gebracht. Aber wir haben die Vermögensverhältnisse schon ermittelt. Das Haus gehört seiner Frau.«

»Das ist doch schon mal gut«, sagte Jona gedankenversunken, während das Wort *Domizil* in ihrem Kopf Schleifen zog. Sie sollte aufhören, über geheime Domizile zu reden, bevor sie Steiner von ihrem eigenen erzählt hatte.

»Lass uns ein wenig laufen«, schlug sie vor, »mir ist kalt.«

4

Die Sonne goss warme Strahlen in ihr Wohnzimmer. Ellen lehnte sich ins Sofa zurück und schloss die Augen. Diese Albträume rissen an ihren Nerven. Heute Nacht der Treppenlift von Frau Kücherer, in dem sie plötzlich gesessen hatte. Rauf und runter in einem Irrsinnstempo, ohne dass sie aussteigen konnte, und dann ging es weiter nach unten, durch den Keller, unter die Erde, Hunderte von Metern in die Tiefe, es roch kalkig, das Mauerwerk verengte sich, sie konnte nach dem Schimmel in den Steinritzen greifen. Kein Boden unter ihr, nur Schwärze, in die sie einfuhr, bis ein Ruck … Sie schreckte auf und griff instinktiv nach der Katze, die zu ihr auf die Couch gesprungen war.

Die Bilder des Albtraumes hatten sie für einen Moment in ihren Strudel gezogen. In wenigen Minuten verschwand die Sonne hinter dem Haus. Sie spähte in den Wintergarten. Die schwarzgoldene Chaiselongue, auf der Maren öfter lag und in Prospekten blätterte, war leer. Im vorderen Bereich standen ihr eigener Ohrensessel und das runde Teetischchen, als warteten sie auf ihr Kommen. Sie musste sich erst an die gemeinsame Nutzung des Glasanbaus gewöhnen. Es war Marens Idee gewesen, Kakteen und Pflanzen der verstorbenen Traute Wismar aus dem Wintergarten zu räumen und jeder von ihnen die Hälfte zur freien Einrichtung zu überlassen. Sie war es auch, die den

Hinterausgang des Hauses verschlossen hatte und so den Mietern den Zugang zum Garten verwehrte.

Aber wirklich genutzt hatte den nur der Student aus dem zweiten Stock, um in der Hängematte zu liegen und seine Joints zu rauchen. Jetzt saß er öfter auf dem Balkonaustritt im Dach und blies seine Dampfschwaden in den Himmel. Ob Joschua von seinem Nachhilfeunterricht für Schüler und dem Job im Parkhaus leben konnte? Egal. Die schmale Miete war pünktlich auf dem Konto, und er war hilfsbereit, gerade Frau Kücherer gegenüber. Neulich war er nach den Einkäufen sogar auf einen Tee bei ihr geblieben. Über was ein Philosophiestudent und eine dement werdende ältere Dame sich wohl unterhielten?

Sie trat mit dem Handbuch für Gartenpflege hinter das Haus. Rote Rüben, Möhren und Chicorée waren schon ausgesät, dazu Kopfsalat und ein ganzes Beet kleiner Kohlrabi-Pflanzen. Fehlte nur noch der Triebschnitt bei den Obstbäumen. Sie waren spät dran, fast schon zu spät. Zwei Rotkehlchen flohen aus dem Apfelbaum, als sie die Leiter davorstellte und mit einer Gartenschere in der Hand die Sprossen hinaufstieg. Die großen Äste hatte sie letzte Woche gemeinsam mit Torben Fischer abgesägt und Baumwachs auf die Wundränder gestrichen. An den Holm der Leiter geklammert, besah sie sich den Aststummel. Hier waren sie stehengeblieben letzte Woche, und hier genau hatte Fischer ihr das »Du« angeboten, um sie bei einer anschließenden Limonade zu fragen, ob die Pflege des Anwesens sie nicht überfordere. Was für eine hinterhältige Frage, jetzt, wo sie wusste, was er wirklich gearbeitet hatte. Das Holz zersplitterte unter der Wucht, mit der sie die Gartenschere zusammenpetzte. Fruchtholz. Das war genau verkehrt. Wenn sie nicht aufpasste, brachte sie sich um die Früchte. Warum war sie immer so naiv und beantwortete alle Fragen? Sie fasste in den Apfelbaum, bekam einen kräftigeren Zweig zu fassen. Mitteltrieb, hatte dieser Heuchler gesagt. Und dass man hier noch Konkurrenztriebe ausschneiden musste. Konkurrenztriebe ausschneiden! Energisch trennte sie einen Zweig nach dem anderen vom Ast und hielt erst inne, als ihre Hand zu schmerzen begann. Ihre Kehle schmerzte mindestens ebenso. Sie atmete tief durch, bis der Druck in ihrer Brust nachließ. Es war unangebracht, jemanden zu mögen, der einem etwas wegnehmen wollte, Maren hatte recht. Aber das half nicht. Sie mochte diesen jungen Mann, der selbst etwas verloren gewirkt hatte und der jetzt tot war. Ermordet. Ihr wurde schwindlig. Vorsichtig stieg sie von der Leiter und rieb ihre klammen Hände aneinander, dann griff sie zur Teleskopschere. Von hier unten konnte sie wenigstens kleine Seitentriebe kappen. Nach kurzer Zeit zitterten ihre Arme von dem Gewicht des Werkzeuges. Als sie sich umdrehte, stand Maren in der geöffneten Tür des Wintergartens und winkte.

»Du hast noch nichts zur neuen Mieterin gesagt«. Maren goss Tee in beide Tassen und sank auf ihre Chaiselongue. Sie schien guter Laune. Als gehöre Torbens Tod der Vergangenheit an und hätte nicht die Villa besudelt. Gewalt zog Gewalt nach sich, wusste sie das nicht? Im Garten zwitscherten die Vögel, als wollten sie beweisen, wie lächerlich diese Gedanken waren. Was sollte sie zur neuen Mieterin sagen? Sie kannte diese Frau mit den kurzen, braunen Haaren ja gar nicht. Groß wie ein Mann, bunt gekleidet wie ein Papagei. Das war alles, was sie vom Küchenfenster aus hatte sehen können.

»Herr Fischer ist noch nicht mal unter der Erde. Das sieht doch seltsam aus, wenn gleich wieder jemand da einzieht.«

»Im Gegenteil.« Maren steckte sich eine Zigarette an und schob mit dem Fuß die Tür des Wintergartens weiter auf. »Es wäre eher verdächtig, wenn wir sie leer stehen lassen.«

Der Rauch ihrer Zigarette schwebte durch den Anbau, blaugraue Schlieren im Sonnenlicht.

»Ellen, aus dieser Totenkammer muss wieder ein Wohnort werden. Je schneller, desto besser.«

»Du hättest mich trotzdem fragen müssen.«

Der Dampf zog Richtung Garten und löste sich allmählich auf.

»Tut mir leid, es ging alles so schnell, und es kam mir perfekt vor. Eine nette Frau, die gut in diese Mietgemeinschaft passt und die Dachkammer nur als Zweitwohnsitz möchte. Und sie hat einen soliden Job.«

»Ich denke, sie ist Therapeutin.«

»Mit eigener Praxis. Wenn das nicht solide ist. Ich hab diesmal gegoogelt, damit wir nicht noch eine Überraschung erleben.«

»Eine Therapeutin, Maren. Denk doch mal nach. Die durchleuchtet uns alle, die ist darauf trainiert, menschliche Abgründe zu durchschauen.«

»Hast du denn welche?« Marens Lachen klang eine Spur zu laut. »Ellen, da ist nichts, was sie sehen könnte. Alles gut.«

Alles gut. Wie sie diesen Ausspruch hasste, den jeder bei jeder Gelegenheit auf den Lippen trug. Dabei war nichts gut. Heute Morgen im Treppenhaus hatte sie es schon gespürt. Eine fiebrige, schleichende Unruhe, eine Krankheit. Jemand zapfte die Villa an, wie ein Virus, der seinen Organismus von innen lahmlegte. Warum glaubte Maren ihr nicht, dass etwas vor sich ging, was nicht zu greifen war. Den Blick starr auf die Tasse Tee in ihren Händen gerichtet, sprach sie es zögernd aus.

»Die Villa atmet anders als sonst«, wiederholte Maren, wobei sie jede Silbe einzeln betonte. »Die Villa atmet oder was?«

»Sie ächzt. Und damit meine ich nicht die Holzstufen.«

Ellen versuchte ein Lächeln, ohne aufzusehen. »Sie hat einen Grundpuls, verstehst du? Und der flattert. Nervös.« Hitze trieb in ihr Gesicht. Es war verboten, so etwas zu sagen, auch wenn es der Wahrheit entsprach. Seit die Polizisten vor ein paar Tagen ihre Pforte betreten hatten, war die Villa von etwas befallen. Sie schnaufte, wimmerte, setzte sich gegen etwas zur Wehr, jede Nacht konnte sie es hören, jede verfluchte, durchwachte Nacht.

Für einen Moment sah es aus, als würde ein Lachen an Marens Gesichtszügen zerren. Aber das war Täuschung. Maren sah sie besorgt an, bevor sie den Wintergarten verließ und wenig später mit einer Schale Plätzchen zurückkam, die sie auf das Teetischchen zwischen ihnen stellte.

»Wie meinst du das – Puls der Villa?«

Plötzlich war jede Überheblichkeit von Maren abgefallen, und im Scheinwerferlicht ihrer ungeteilten Aufmerksamkeit entspannte sich Ellen und das Gedankenkarussell hielt an.

Wie damals.

An dem Tag, an dem sie ihre Mutter tot im Bett aufgefunden hatte. Warum sie ausgerechnet Maren angerufen hatte, die zu der Zeit in Berlin wohnte und sich seit Jahren nicht gemeldet hatte, wusste sie bis heute nicht. Aber dass es die richtige Entscheidung gewesen war, war ihr im Gedächtnis geblieben.

Während sie auf der Bettkante ihrer toten Mutter saß, zu Füßen leere Sektdosen, eine umgefallene Whiskyflasche und eine Packung, in deren Blister keine einzige Schlaftablette mehr steckte, fragte Maren mit ruhiger Stimme, was genau geschehen sei. Kommentierte weder, dass die Mutter die

Schlaftabletten aus ihrer, Ellens Tasche, gestohlen haben musste, noch, dass Ellen genau jene Tabletten einer lebensmüden Heimbewohnerin in guter Absicht aus deren Schrank entwendet hatte. Das Argument, sie habe den Freitod ihrer Mutter erst ermöglicht, ließ Maren nicht gelten. Stattdessen zerschlug sie ihren Gedanken, bei der Polizei alles wahrheitsgetreu anzugeben und ertrug wortlos ihre Selbstvorwürfe. Noch nie hatte jemand so mit ihr gesprochen, so zugewandt. Am Ende, nach einem zweistündigen Telefonat, hatte Maren ihr ruhig und geduldig Anweisungen gegeben, was zu tun sei. Die Schuld war nach jenem Gespräch von ihrer Seite gewichen bis zu dem Tag, an dem …

»Ellen?«

Marens Blick lag noch immer auf ihr.

»Ich kann das mit dem Puls nicht erklären. Es ist wie eine Schwingung, die ich aufnehme. Und die mir Angst macht.«

Eine bedeutungsschwere Stille folgte.

»Wovor hast du wirklich Angst?«

»Ich hätte den Brief abschicken sollen. Das war unrecht.«

»Welchen Brief?« Es dauerte einen Moment, bis Maren begriff. »Ach Gott, Ellen. Das war doch gut, für alle. Traute Wismar hatte eine glückliche Zeit, und jetzt haben wir eine. Wir verkaufen die Villa nicht, wir lassen die Mieter kriminell günstig weiterwohnen – alles so, wie sie es wollte.«

»Aber dieser Mord jetzt.« Ellen schluckte die Worte, die ihr auf der Zunge lagen, hinunter. Heimsuchung. Das klang nach den Gedanken einer Verrückten.

»Ich weiß, dass es damit nichts zu tun hat«, flüsterte sie, »ich mochte ihn nur so gerne. Letzte Woche hat er mir noch beim Ausschneiden der Obstbäume geholfen.«

»Weißt du was – ich helfe dir.« Maren sprang auf.

Wenig später standen sie vor dem alten Pflaumenbaum und beratschlagten, wie sie das dicht verzweigte Astwerk ausdünnen sollten.

»Erstmal das tote Holz entfernen.«

»Eine gute Idee«, sagte eine Männerstimme in ihrem Rücken.

Wieder trug der Kommissar ein blütenweißes Hemd, diesmal unter einer Jeansjacke. Seine Hände steckten in den Hosentaschen, als schlendere er durchs Viertel.

»Das Gartentor stand offen, und ich dachte, ich schau mal …«

»… wie man Pflaumenbäume richtig ausschneidet?« Maren lächelte auf diese bestimmte Art. Flirtete sie? Jedenfalls erwiderte der Kommissar ihr Lächeln.

»Ich dachte, das macht man etwas früher. Aber ich wollte mir das Grundstück ansehen. Die Immobilienfirma Greif beziffert den Wert auf 2,1 Millionen. Ich war neugierig.«

»Es ist ein Juwel, das diese Abzocker aufpolieren und für eine horrende Summe auf den Markt werfen wollen. Was glauben Sie, wie oft Post von denen im Briefkasten liegt. Wie oft Anrufe kommen. Hätte ich gewusst, dass Herr Fischer für diese Agentur gearbeitet hat …«

»Er war ja nicht der Einkäufer für dieses Objekt.« Der Kommissar begutachtete die Gartenschere, die auf dem Rasen lag. »Obwohl sich einige die Zähne ausgebissen haben, auch schon bei der ehemaligen Besitzerin, Frau Wismar, wenn ich nicht irre.«

Ellen ließ die Teleskopstange sinken. Diabolisch. Jetzt wusste sie, was hinter diesem freundlichen Blick lag.

»Sie irren nicht. Sie hat es mir unter der Bedingung anvertraut, alles so zu lassen, wie es ist.«

Warum erzählte Maren das? Und warum führte sie aus, wie sehr sie die Wünsche der verstorbenen Freundin respektiert hatte. Merkte sie nicht, dass dieser Steiner nur Stichpunkte lieferte, damit sie redete. Sich um Kopf und Kragen redete. Dass auch er gute Nachbarschaft schätze, hatte er gerade gesagt und dabei wie nebenbei die Regentonne an der Ecke inspiziert. Neulich wollte er noch ihr Alibi für den Mordabend wissen. Jetzt erzählte er seelenruhig, dass Immobilienmakler noch ganz andere Saiten aufziehen konnten.

»Niemand kriegt diese Villa.« Der Rasen unter ihren Füßen wankte, als sie zwei Schritte auf den Kommissar zutrat. »Sie beherbergt uns, wir pflegen sie. So einfach ist das.« Sie wischte sich den Schweiß von der Stirn. Durfte die Polizei einfach so in ihren Garten eindringen?

»Dann sind Sie die guten Geister des Hauses!«

»Sounds good.« Maren lächelte den Kommissar an, wie nur sie das konnte. »Ich würde eher sagen: Win-win. Wir haben unseren Seelenfrieden, nette Menschen im Haus und ein Auskommen, und die Mieter können es sich leisten, hier zu wohnen. Das wissen sie zu schätzen.«

Von der Straße ertönte ein Scheppern, dem ein Fluch folgte. Er klang anders als das übliche Gebrüll der Bauarbeiter. Und es war eindeutig ihr Gartentor, das zugefallen war. Als Schleifgeräusche folgten, legte Ellen die Teleskopstange auf den Rasen und lief Richtung Vorgarten. Die neue Mieterin kam ihr entgegen. Im Schlepptau ihrer Linken klemmte ein eingerollter Futon und eine prall gefüllte Tüte, mit der anderen Hand hielt sie ein medizinisches Skelett an der Aufhängung in die Höhe, bemüht, es nicht auf den Boden schleifen zu lassen.

»Ich brauche noch den Schlüssel«. Keuchend trat sie in den Garten. »Und ich bringe jemanden mit.« Ein Rütteln an der Aufhängung ließ die Gebeine des Skeletts klappern. »Er ist hilfsbereiter, als er aussieht. Darf ich vorstellen …« Sie lächelte in die Runde und verstummte, als ihr Blick auf den Kommissar fiel. Auch er wirkte mit einem Mal verkrampft. Einige Sekunden verstrichen, in denen niemand etwas sagte. Nur ein Vogel setzte unbeirrt seine Lockrufe ab, die unerwidert blieben.

Maren löste sich als Erste aus der Starre und hieß die neue Mieterin willkommen. Nach einer kurzen Entschuldigung half sie mit der Tasche und verschwand mit ihr zum Haupteingang.

Inzwischen war die Sonne hinter der Villa verschwunden. Im Schatten wirkte der Garten verlassen. Warum ging der Kommissar nicht? Stand da wie ein Ölgötze. Sie musste etwas sagen. Vielleicht zur neuen Mieterin, die der Kommissar angestarrt hatte, als hätte er noch nie ein weibliches Wesen in Schlaghosen und Windblouson gesehen.

»Wenn ich Ihnen noch weiterhelfen kann«, sagte sie vorsichtig.

Steiner drückte Daumen und Zeigefinger gegen seine Nasenwurzel.

»War das eine Mieterin von Ihnen?«

»Gerade frisch eingezogen. Eine Therapeutin und Künstlerin.« Schweigend quittierte sie sein Nicken, mit dem er sich verabschiedete, und sah seiner steifen Gestalt nach. Als das Gartentor hinter ihm zufiel, presste sie ihre Hände aneinander. Er hatte sie auch für eine Vermieterin gehalten. Sollte er noch einmal auftauchen, musste sie das richtigstellen.

5

Die Holzdielen knarrten, Stimmen hallten im Treppenhaus. Im ersten Stock stand das Flurfenster offen und trug das Knallen des Korkens ins Freie. Sekt am Nachmittag mit allen Mietern, wieso waren Maren und sie vor neun Monaten nicht auf die Idee gekommen, ihren Einstand in der Villa zu feiern? Ein handgeschriebener Zettel an der Innenseite der Eingangstür hatte ausgereicht, um die gesamte Mieterschaft in der Diele zu versammeln. Selbst Herr Boehm hatte einen Freund gebeten, ihn für die letzten Stunden in seinem Weinladen zu vertreten und sich in Schale geworfen.

Ellen sah zu, wie die Perlen im Glas aufstiegen und sich auf der goldenen Oberfläche kräuselten. Das Glas in ihren Händen und das Korkenknallen weckten alte Erinnerungen.

Sekt für die guten Tage, Whisky für die schlechten. Ihre Mutter trank nicht erst, seit ihr zweiter Mann sie verlassen hatte und es ruhig wurde in der Wohnung am Hafen. Am Osthafen, im Wohnblock, der Schieflage hatte. Tagelöhner und Sozialbaracken mit Pöbelcharme hatte dieser Keiler gebrüllt, bevor er sich seine eigene Tochter schnappte, um für immer zu gehen. Ab da wurde ihr Trinken exzessiver. Ab da gab es wieder nur Mutter und sie. Schäumende Sekttage wurden seltener, die Whiskynächte stiegen ins Unermessliche. Nur wenn es ihrer Mutter gelang, einer Arbeit nachzugehen, floss Prickelwasser.

Bis zu ihrem letzten Tag vor sieben Jahren Whisky, Schlaftabletten und Sekt.

Ellen führte das Glas an die Lippen und verharrte im letzten Moment. Sieben Jahre hatte sie keinen Sekt mehr angerührt. Aber Jona Hagen hatte ihr ein Glas in die Hand gedrückt, und nun stand sie mit den Mietern zusammen im Treppenhaus und wartete darauf, bis jeder ein gefülltes Glas in den Händen hielt. Gute Stimmung brachte die Neue mit, das musste man ihr lassen. Ein Kniff am Oberarm riss sie aus ihrer Betrachtung.

Die alte Kücherer! Saß im Drehsitz des Treppenliftes und hielt ihr Glas in die Höhe. Ihr weißes Haar kräuselte sich dicht am Kopf, wahrscheinlich hatte sie wieder selbst daran herumgeschnitten. Dass alte Menschen so eigensinnig waren. Ellen schüttelte den Kopf. *Burning down the house* schallte es aus Marens geöffneter Wohnungstür. Eine Hausparty war so richtig nach ihrem Geschmack. Sie wippte mit den Hüften zu den Bässen und verschwand nach einem kurzen Wortwechsel mit Jona Hagen in ihrer Wohnung. Gleich darauf verstummte die Musik.

Die Neue trat in die Mitte der Holzdiele. Aus der Nähe sah sie älter aus, als es die Kleidung erwarten ließ. Jeans mit Schlag und ein gepunktetes Sweatshirt. Sie war nur unmerklich kleiner als Herr Boehm, mindestens einsachtzig. Apart sah das aus, die grünen Augen zu dem braunen Kurzhaarschnitt. Wenn die jemanden um den Finger wickeln wollte, dann gute Nacht. Vom Typ her glich sie Maren. Ob sie auch Anarchopotenzial in sich trug? Jetzt erhob sie ihr Glas.

»Alle da?«

»Hanna fehlt«, konstatierte der Student vom Treppenabsatz her.

»Frau Vers ist unpässlich.« Maren sah kurz zu ihr herüber und zuckte mit den Achseln. Sie musste heute Mittag bei ihr gewesen sein. Warum vertraute Hanna Vers sich Maren an. Warum nicht ihr?

»Na dann, auf gute Nachbarschaft.« Die Therapeutin drehte sich einmal im Kreis und lachte. Ein Schluck Sekt schwappte auf die Holzdielen und verschwand unter dem Taschentuch, das sie zu Boden fallen ließ. Ellen erwiderte ihr Lächeln. Es war einfach so aus ihr herausgeflossen. Der Schaumwein perlte in ihrem Mund, und die Musik, die Maren nach dem Toast wieder leiser anstellte, ging ihr in die Beine. Vielleicht hatte sie Recht, aus dieser Totenkammer musste wieder ein Wohnort werden. Kühl prickelte der nächste Schluck auf ihrer Zunge. Dem Dachboden Leben einhauchen, das könnte der Neuen gelingen. Ellens Blick wanderte zur Eingangstür, wo Viktor Boehm auf sie einredete. Vermutlich ging es um Wein. Bei ihm ging es immer um Wein oder klassische Musik. Seine Wangen glühten, mit dem Körper schirmte er sie von den restlichen Mietern ab.

»Unser Dionysos!«, bemerkte der Student in ihrem Rücken, und die alte Kücherer kicherte. Heute schien sie glasklar zu sein. Wenn sie bloß nicht von Torben anfing. Ellen stellte ihr leeres Glas auf dem Treppenabsatz ab. Ob sie mal nach Frau Vers sehen sollte? Die Neue kam auf sie zu, streckte ihr die Hand entgegen.

»Die gute Seele des Hauses, habe ich gehört.« In ihrer Miene lag kein Spott. Gute Augen, so viel Wärme darin.

»Wer sagt denn sowas?«

»Alle, mit denen ich geredet habe. Dann wird es stimmen.«

Die Hand der Therapeutin lag noch immer in ihrer. Plötzlich überschwemmte sie eine Welle der Dankbarkeit.

Herr Boehm füllte die Gläser auf. Endlich wieder Gespräche im Haus. Ihre Gläser stießen gegeneinander, ein Klirren wie Musik, bis Maren in den Fokus ihrer Aufmerksamkeit rückte.

Maren fixierte etwas hinter ihr Gelegenes, und im gleichen Moment wandte auch Jona Hagen ihren Blick zur Treppe.

Wie ein Geist schwebte Hanna Vers die Stufen herunter. Sie wirkte noch schmaler als sonst, die geblümte Bluse nahm jede Farbe aus ihrem Gesicht. Dass sie bis eben gelegen hatte, war unschwer an ihrem zusammengedrückten Haar zu erkennen. Vielleicht war sie wirklich krank. Psychisch krank, wie Maren es gestern angedeutet hatte. Ein verkrampftes Lächeln lag auf ihrem Gesicht, während sie auf Jona Hagen zusteuerte und eine Schachtel in ihren Händen vor sich hertrug, als sei es eine Mission, Pralinen zu überreichen.

»Sekt?«

Hanna Vers schüttelte den Kopf. Das Glas Orangensaft, das die Therapeutin ihr reichte, steckte wie ein Fremdkörper in ihrer Hand. Die Augen hinter der randlosen Brille auf die Neue gerichtet, fragte sie schüchtern, ob sie ab jetzt in der Dachkammer wohne.

»Es ist eher ein Rückzugsort, wenn ich mal nachdenken oder malen möchte.«

»Ich wohne unter Ihnen. Und ich bin froh …« Sie brach den Satz ab und schien nach den richtigen Worten zu suchen. »Froh, dass jemand so nettes jetzt dort einzieht.« Wieder das scheue Lächeln, das unvermittelt abriss. Wie fahrig sie war.

Zum ersten Mal hatte es der Therapeutin die Sprache verschlagen. »Auf gute Nachbarschaft«, sagte sie nach kurzem Zögern und berührte Frau Vers am Oberarm.

Ein neues Lied setzte ein und wischte den seltsamen Auftritt fort. Warum war sie heruntergekommen? Seit vorgestern harrte sie in ihrer Wohnung aus. Erschöpfung stand auf ihrer Krankschreibung. Psycho, hatte Maren gesagt, als sie Dienstagabend aus ihrer Wohnung kam. Sie sei starr geworden bei der Nachricht von Torbens Tod. Starr und zittrig. Auch jetzt stand sie vor der Neuen, als könnte sie ein falsches Wort in die Krise stürzen.

Ellen leerte ihr Sektglas in einem Zug und stellte sich zu den beiden.

»Wenn es nach Essen duftet, kann man sicher sein, es kommt aus der Wohnung von Frau Vers.«

»Das zieht dann hoffentlich zu mir hoch.«

Die Neue lachte und kramte in ihrer Umhängetasche. Sie schien absorbiert von ihrem Glück über das Zimmer und bot jedem von den Zigaretten an, die sie aus der Tasche befördert hatte. Der Student griff als einziger zu und führte sie an seine Nase. »Nelke.« Ein Lächeln huschte über sein Gesicht, bevor er der Therapeutin zum Rauchen vor die Tür folgte.

Hanna Vers sah ihnen nach. Sie schien zu zögern, ob sie den beiden folgen sollte und nippte am Orangensaft, bevor sie das Glas abstellte und kurz darauf in ihre Wohnung zurückkehrte. Unschlüssig sah Ellen zu Maren. Ein Schulterzucken war alles, was der dazu einfiel. Und Viktor Boehm ließ noch einen Korken knallen. *Take me to the matador*, schallte es durch den Hausflur, Marens Lippen bewegten sich zu dem Text, fehlte nur noch, dass sie anfing, laut zu singen. Plötzlich schien ihr die Party seelenlos. Sie beugte sich zu Frau Kücherer, die mit geröteten Wangen im Treppenlift saß und den Trubel genoss.

»Alles okay?«

Das Strahlen in dem faltigen Gesicht war Antwort genug. Am Türrahmen gegenüber prosteten sich Maren und Herr Boehm zu. Niemand sagte etwas. Ihr fiel auch nichts ein. Erst als die beiden vom Rauchen zurückkehrten, wurde es belebter. Auf Marens Frage begann Jona Hagen von den Bildern zu erzählen, die sie in der Dachkammer malen wollte.

Am frühen Abend löste sich der Umtrunk allmählich auf.

***

Die Bauarbeiten am Haus gegenüber ruhten, und das bläuliche Flimmern in den Fenstern verriet, wer um diese Uhrzeit schon fernsah. Ellens Blick fiel auf die Vespa vor dem Gartentor. Ob die Neue schon heute in der Mansarde übernachtete? Sie raschelte mit der Futterpackung, doch das typische Tapsen von Katzenpfoten blieb aus. Vermutlich war Bella während der Feier ins Freie entwischt und streifte durch die Vorgärten. Vorsichtshalber öffnete Ellen ihre Wohnungstür, doch auch im Treppenhaus war von der Katze keine Spur. Das Aftershave von Herrn Boehm hing noch in der Luft. Und von oben kamen leise Klopfgeräusche. Von einem Nagel, der in die Wand getrieben wurde, oder pochte jemand gegen eine Tür? Sie konzentrierte sich. Da war es wieder. Knöchel an einer Tür, wenn sie es richtig deutete. Der Lautstärke nach im zweiten Stock.

»Bella«, rief sie laut und stieg die Holzstufen nach oben. »Bella.« Wieder das dezente Klopfen. Doch als sie den Absatz des zweiten Stockwerkes erreichte, stand sie allein dort. Und jetzt hörte sie auch, dass die Geräusche aus der Wohnung von Frau Vers kamen, begleitet von harschen Gesprächsfetzen. Führte sie Selbstgespräche?

Unschlüssig blieb Ellen vor der Holztür stehen, deren Glaseinsatz ein Tuch verhüllte, dann gab sie dem Drang nach und klingelte. Drinnen erstarben die Geräusche. Auch im Treppenhaus war es still. Die Villa hielt den Atem an. Nur ihr eigener Puls rauschte in den Ohren. Sie sollte wieder nach unten gehen, dachte sie, während ihr Daumen erneut auf die Klingel drückte. Endlich ein Rascheln. Die Tür öffnete sich einen Spalt und Hanna Vers, barfuß und mit einem weißen Kaftan bekleidet, sah sie unheilvoll an, bevor sie die Tür vollständig öffnete. Die Frage, ob alles in Ordnung sei, blieb Ellen im Hals stecken. Erst als die Mieterin die Hand mit dem Pfefferspray sinken ließ, folgte sie der Einladung ins Innere. In der Küche brannte eine Kerze auf dem Tisch und beleuchtete flackernd zwei leere Teetassen.

Dunkelheit hatte sich über das Dichterviertel gesenkt. Unbeteiligt hing die blasse Mondsichel am Himmel, als hätte sie sich für immer von der Erde losgesagt. Ellen fuhr ihre schmalen Konturen mit den Augen nach. Zum ersten Mal erkannte sie tatsächlich die runde Klinge eines Werkzeuges darin.

Von hier konnte man die grellroten Scheiben des Ginnheimer Spargels sehen, wie eine galaktische Raumstation ragte er in den Himmel. Wo blieb Frau Vers? Es war schon Minuten her, dass sie sich entschuldigt hatte, um im Bad zu verschwinden. Im Geiste versuchte Ellen, den bruchstückhaften Bekenntnissen der Mieterin Sinn zu verleihen. Dass sie das im Fall einer Befragung erzählen musste, stand fest. Deswegen fürchtete sie sich auch vor einem Besuch des Kommissars. Hanna Vers hatte von Schritten aus der Dachkammer erzählt, die ihr in die Träume gefolgt wären. Von rätselhaften Geräuschen bis in die Nacht hinein. Sein Anschleichen, sein plötzliches Neben-Ihr-Auftauchen, wenn sie Wäsche auf den Dachboden hängte. Mit jedem weiteren Wort schien es, als habe Torben Fischer ihr Leben diktiert. Hanna Vers, die zwar ein zurückhaltendes, etwas verstaubtes Dasein führte, aber doch im Leben stand. In einer Bank arbeitete. Die noch nie ihre Tür verriegelt hatte oder jemandem mit Pfefferspray in der Hand begrüßte.

Mehrmals war das Wort ›Schuld‹ gefallen. Es ging um Erinnerungslücken. Hatte sie wirklich gesagt, sie wisse nicht genau, an welchem der vergangenen Abende sie im Sinaipark gewesen sei? Man konnte doch nicht wegen ein paar Gläschen Wein vergessen, ob man abends in einen dunklen Park gegangen war. Und warum überhaupt? Auch darauf hatte die Mieterin keine Antwort gewusst. Das alles klang ... verrückt. Ellen sah auf die beiden Tassen Tee, die Frau Vers in die Spüle geräumt hatte. Auf ihre Frage nach Besuch war sie nicht eingegangen. Unruhig durchquerte sie die spartanisch eingerichtete Küche und trat in den Flur. Wenigstens kamen Wassergeräusche aus dem Bad. Als sie sich umdrehte, jagte das Schrillen der Türklingel ihr Adrenalin durch die Adern.

Durfte sie öffnen? Sie schob einen Zipfel des Tuches zur Seite und erkannte durch den Glaseinsatz das Rot von Marens Bluse. Was wollte denn die schon wieder bei Frau Vers?

»Komme gleich«, rief es aus dem Bad.

Unschlüssig zog Ellen die Tür auf und sah in ein lächelndes Gesicht, das sich bei ihrem Anblick verdüsterte.

»Was machst du hier?«

»Ich mache mir Sorgen um Frau Vers.«

»Ich auch.« Maren schob sich in die Wohnung.

Wenig später saßen sie zu dritt in der hell erleuchteten Küche.

Hanna Vers trug wieder ihre bunte Bluse vom Nachmittag. Der Versuch, sich zu schminken, hatte rote Flecken auf ihren Wangenknochen hinterlassen. Ellen konnte den Blick nicht von der Stirn abwenden, die nass glänzte, von den kleinen Pusteln unter dem Haaransatz. Doch niemand bemerkte, dass sie starrte. Seit Maren die Küche betreten hatte, schien sie selbst unsichtbar.

»Und Sie sind sicher, dass Sie am Dienstagabend bei mir gewesen sind? Die ganze Zeit?« Die Frage der Mieterin klang wie eine Bitte, ihr das Gegenteil zu bezeugen, die Maren mit einem bedauernden Kopfnicken abschlug. Sie wirkte angestrengt, als sie hinzufügte, dass sie darüber doch schon am Mittag gesprochen hatten.

»Worüber denn?«, entfuhr es Ellen.

Eine Pause entstand, und Hanna Vers griff sich theatralisch an die Schläfen.

»Das, was ich die ganze Zeit versuche zu erklären. Meine Ängste. Und auch die Ausfälle. Ich kann mich an den Dienstagabend kaum erinnern. Ich hatte Kopfschmerzen am nächsten Morgen. Mein Kopf war Matsch.«

Maren zog die Augenbrauen hoch, »Sie haben eine ganze Flasche Rotwein getrunken. Filmriss nennt man das.«

»Aber da ist ein Film. Ein unheimlicher. Fetzen davon spuken in meinem Kopf herum.« Ihr Blick ging ins Leere, als spulten sie sich gerade auf einer inneren Leinwand ab. Im Schein der Deckenlampe wirkten ihre Gesichtszüge schärfer.

»Da ist dieser Park. Es war dunkel. Ich bin spazieren gegangen. Auf dem Weg. Es war kalt, aber ich hatte eine Jacke an. Oder hatte ich die ausgezogen? Weiß nicht. Und dann …«, angestrengt sah sie in die Ferne, »… dann lag ich da. In der Finsternis.« Sie biss sich auf die Lippen. »Ich lag im Gestrüpp. Über mir kein Himmel, nur schwarze Bäume. So dicht. Ich war … begraben von diesem Dickicht.«

»Und dann?«, fragte Ellen mit trockenem Mund.

»Habe ich geschrien. Ich rappelte mich auf und rannte und rannte und … dann war es morgen, und ich bin in meinem Bett aufgewacht.«

Ellen stieß die Luft aus. »Sind Sie sicher, dass es kein Albtraum war?«

»Ich kenne den Unterschied zwischen Albträumen und meinen …«

»Ängsten«, ergänzte Maren nach einer Weile.

»Aussetzern.«

»Frau Vers«, Maren drehte an ihrem Nasenstecker, ein Anzeichen, dass sie langsam die Geduld verlor, »wir kennen uns seit über zwei Jahren, und seit neun Monaten wohnen wir im selben Haus. Ich habe noch nie ein lautes Wort von Ihnen gehört.«

»Vielleicht vermischen Sie manches?« Kaum ausgesprochen, bereute Ellen ihre Worte. Sie hatten freundlich klingen sollen, aber die Panik in ihrer Stimme brachte alle drei zum Schweigen. Was geschah hier eigentlich?

Sie wollte in ihre Wohnung zurück. Bella füttern, zu Abend essen, und zwei Episoden der neuen Krimi-Staffel sehen.

Gerade als sie im Begriff war aufzustehen, schob Hanna Vers den Ärmel ihrer Bluse nach oben. »Und was ist das?« Wie eine Anklage prangte der Abdruck von fünf Fingern als blau verfärbtes Hämatom auf ihrem Oberarm. »Muss ich das der Polizei nicht zeigen, wenn sie nochmal ins Haus kommt?«

Maren betrachtete die Druckstelle auf dem Arm. »Ich weiß nicht. Lieber nicht. Und Sie wissen nicht, woher das stammt?«

Aus dem Treppenhaus ertönte Gepolter. Wie auf Kommando verstummten sie alle drei. Etwas Metallenes schepperte von Stufe zu Stufe bis zum unteren Treppenabsatz. Die Neue schien mit einem Möbelstück zu kämpfen.

Es dauerte eine Weile, bis Ruhe im Hausflur einkehrte und Maren nach ihrem Wohnungsschlüssel griff.

Schweigend verabschiedeten sie sich von der Unglücklichen, schweigend liefen sie die Treppe hinunter. Erst als sie sich in der Diele gegenüberstanden, ergriff Maren das Wort. »Durch den Wind, sage ich nur.« Sie klaubte zwei Chips vom Boden auf. »Und ich sag dir noch etwas.« Ihr Gesicht kam so nahe an Ellens heran, dass ihr Zigarettenatem zu riechen war. »Ich habe sie am

Montagabend aus dem Haus gehen sehen, auch wenn sie behauptet, die Abende zu verwechseln. Sie wirkte ganz normal, als ginge sie einkaufen. Sie hat Fischer bestimmt nicht abgemurkst. Trotzdem gut, dass Steiner sie nicht angetroffen hat.«

In ihrer Küche brannte noch Licht. Ellen sackte in den Stuhl und starrte auf den Sisalstamm, an dem Bella sonst ihre Krallen schärfte. Kaum zu glauben, was sie gerade erfahren hatte. Vielleicht saß Hanna Vers noch am Holztisch, nur wenige Meter über ihr, mit ihrem Film im Kopf und diesem verrückten Blick. Beim Hinausgehen hatte sie ihn auf sich gespürt. Sie wusste nicht allzu viel über die nette, zurückgezogene Frau. Sechsunddreißig. Viel zu jung, um blumige Blusen zu tragen und sich nach der Arbeit zu Hause zu vergraben. Schon Frau Wismar hatte den Kopf über sie geschüttelt. Die braucht mal einen Mann, hatte die alte Kücherer letztens gesagt und gekichert. Torben Fischer war ein Mann, und er hatte direkt über ihr gewohnt. Und laut eigener Aussage in Scheidung gelebt.

Ellen stützte ihr Kinn in die Hände. Von oben war die Stimme des Moderators zu hören, dessen Show Frau Kücherer liebte. Aus dem Wohnzimmer vernahm sie ein Maunzen. Sie fand Bella vor der gekippten Tür im Garten. Im Schein des Bewegungsmelders glänzten die braunen Knopfaugen. Ihre Barthaare waren blutverschmiert, und vor ihren Pfoten lag eine tote Ratte.

6

Jona erwachte vom Läuten der Kirchenglocken. Das Kabel mit der nackten Glühbirne hing über ihr wie eine weiße Sonne, deren Licht erloschen war. Wenn sie ihren Nacken überstreckte, konnte sie in den farblosen Himmel sehen. Aber das war keine gute Idee. Der Schmerz schoss sofort zwischen ihre Brauen. Sie schloss die Augen und tastete nach dem Handy. Zehn Uhr. Und keine Nachricht von Ulf. Um diese Uhrzeit hatte er längst mit seinem Sohn gefrühstückt. Automatisch wählten ihre Finger die vertraute Nummer und drückten die Verbindung wieder weg. Der Gedanke, einfach so seine Stimme am anderen Ende der Leitung zu hören, war seltsam.

Sie lag in einem Paralleluniversum, abgeschnitten von ihrem bisherigen Leben, randvoll mit Bildern und Eindrücken der letzten vierundzwanzig Stunden. Kaum zu glauben, dass über ihnen das gleiche Flugzeug am Himmel seine Kondensstreifen zog.

Wie sollte sie Ulf die ganze Geschichte erzählen, die mit einem Sperrmüllhaufen begann und in der Küche von Maren Keiler endete, jetzt, wo ihnen diese Leiche dazwischengekommen war, die Leiche des Toten, in dessen Mansarde sie lag. Es musste sich um die Mansarde des ermordeten Immobilienmaklers handeln, von der Ulf im Park erzählt hatte, warum sonst war er im Garten der Villa gewesen? Das konnte doch kein Zufall sein.

Sag einfach die Wahrheit, hatte Ute ihr am gestrigen Abend nach dem zweiten Calimocho beim Spanier geraten. Und das so schnell wie möglich. Nach ihrem vierten Calimocho hatte sie ihr nahegelegt, bis zum nächsten Tag zu warten.

Jona stand auf und spülte eine Kopfschmerztablette mit eiskalter Cola hinunter. Ihr Designerkühlschrank, ihr Futon auf dem roten Teppich und zwei Eimer mit Pinseln und Farbtuben in der Ecke. Sie konnte nicht verhindern, dass der Anblick ihres neuen Zimmers sie glücklich machte. Eine Künstlerbude. Wann wurde sie erwachsen? Morgen würde ihr geregeltes Leben in der Praxis weitergehen. Sie musste mit Ulf reden. Und davor frühstücken. Ob es im Wohnviertel um diese Uhrzeit irgendwo Schokocroissants gab?

Zwanzig Minuten später nippte sie zwischen Süßigkeiten und Kaltgetränken an einem Espresso. Vom Ofen in ihrem Rücken zog ein Duft nach frischen Brötchen durch den Raum. Sonntagmorgens glich die Tankstelle einer Bäckerei. Kaum jemand tankte. Eine Angestellte reichte Backwaren, Getränke und Zeitungen über die Theke, aus den Boxen rieselte Popmusik. Auch eine Art, die Menschen aus dem Viertel kennenzulernen. Jona lächelte der Frau hinter der Theke zu. Ihr gefiel der Ort. Ob Ulf hier tankte? Das Präsidium lag in der Nähe. Wie oft war sie in Versuchung gewesen, ihn anzurufen. Bei der letzten Fahrt zwischen Bornheim und der Villa im Dornbusch hatte sie den Weg über das Nordend genommen, um dann doch nicht in die Neuhofstraße einzubiegen. Seit wann wich sie Konflikten aus?

Wieder schob sich sein müdes Gesicht in ihre Erinnerung. Er bat um Schonung, und in ihr explodierten die Wünsche. Es muss doch mehr als Alles geben, hörte sie ihren Vater spöttisch sagen und leerte den Pappbecher bis zum letzten Tropfen, doch auch der zuckrige Bodensatz konnte diesen Gedanken nicht versüßen.

Das in Papier gewickelte Schokocroissant wurde ihr über die Theke gereicht. Sie drückte der Angestellten einen Fünfeuroschein in die Hand und verließ die Tankstelle. Auf dem Gehsteig hinter den Zapfsäulen eilte eine schmale Gestalt in Sportanzug dem Park entgegen. War das die scheue Mieterin von gestern? Hanna Vers? Jona fixierte die Frau. Ihr Gang wirkte selbst auf die Distanz getrieben. Ein Tuch verdeckte die Hälfte ihres Gesichtes. Aber die Haare und die Körperhaltung verrieten sie. Ohne nachzudenken, überquerte Jona die Tankstellenanlage und folgte ihr. Hanna Vers war schon in den Schotterweg des Parks eingebogen. Mit am Körper abgewinkelten Armen schritt sie aus. Trieb sie Sport? Bei dem gestrigen Sektumtrunk hatte sie geistesabwesend gewirkt und war erst nach einer Weile aufgetaut. Umso erstaunlicher ihre Einladung auf eine Tasse Tee, als sie sich noch einmal kurz am Treppenabsatz begegnet waren. Sie schien einsam. Ihr Lächeln, die verkrampften Schultern. Und dann ihr Schweigen, als sie sich gegenübersaßen. Der Blick voll stummer Erwartung. Warum, verdammt, musste sie immer auf so etwas reagieren. Ob es ihr nicht gut ging. So etwas fragte man doch nicht beim ersten Treffen. Hanna Vers schien nur darauf gewartet zu haben.

Ein Liebespaar kam ihr entgegen. Jona wich den beiden aus und bemühte sich um einen Schlendergang. Der Park war übersichtlich; wenn Hanna Vers ihn umrundete, würde sie sie zwangläufig irgendwann sehen oder an ihr vorbeilaufen. Die einzige versteckt liegende Bank, die ihr einfiel, war die am Tatort. Aber das war perfide. Als sie ihren Blick wieder nach vorn wandte, war Frau Vers verschwunden.

Erleichtert biss Jona in ihr Croissant. Unter ihren Sohlen knirschte der Schotter, die Vögel zwitscherten. Sie würde ihren

Spaziergang fortsetzen, ohne nach ihrer Nachbarin zu forschen. In der Praxis begegneten ihr täglich genug Neurosen. Aber seltsam war ihr plötzliches Abtauchen doch. Sie ließ ihren Blick schweifen und erhaschte auf dem gewundenen Pfad ins Gehölz einen Fetzen des bordeauxroten Sportanzuges. Was machte Frau Vers im Gestrüpp der Sinai-Wildnis? Jetzt bückte sie sich. Hatte sie etwas verloren an diesem gefällten Baumstamm, hinter dem sie erneut verschwunden war? Irritiert näherte sich Jona dem Pfad. Noch immer schien ihre Nachbarin wie vom Erdboden verschluckt. Plötzlich tauchte sie auf und stand wie eingefroren. Ob sie Hilfe brauchte?

Der Himmel war inzwischen fahl, aber immerhin pochte es nicht mehr hinter ihrer Stirn. Nur ihr Denken schien verlangsamt. Keine Eingriffe, keine Übergriffe, befahl sie sich im Geiste. Was gingen sie die Marotten ihrer Mitmieterin an? Sie war gestern schon viel zu tief in das Gespräch über Ängste und Selbstzweifel eingestiegen.

Erst nach endlosen Sekunden wandte sie sich ab und folgte dem Schotterweg bis zum Ende des Parks. Rechts ging es in eine Grünanlage. Ihre Gedanken wanderten zu Ulf. Wie es schien, hatten sie den ersten richtigen Konflikt. Es war 36 Stunden her, seit sie das letzte Mal miteinander gesprochen hatten, und sein fassungsloser Blick im Garten der Villa ging ihr nach.

Sie blieb an einem Bronzekunstwerk stehen. Ein Mann saß auf einer Bank, ein zweiter stand abgewandt hinter ihm. Die perfekte Nichtkommunikation. Willkommen im Club, dachte sie und wählte, nachdem sie sich neben der sitzenden Skulptur niedergelassen hatte, Ulfs Nummer. Keine fünf Sekunden später hatte sie ihn in der Leitung.

***

Die Stufen zum Eingangsportal des Polizeipräsidiums kamen ihr steiler als sonst vor. Am Empfang wusste man bereits von ihrem Besuch. Die Beamtin hinter der kugelsicheren Trennscheibe gab das Drehkreuz frei. Das letzte Mal hatte sie den Innenhof in Vorfreude auf Ulfs Umarmungen überquert und es nicht erwarten können, durch die langen Gänge des hinteren Gebäudes zu seinem Büro zu kommen. Jetzt schien es ihr mit jedem weiteren Schritt unmöglicher, seiner Bitte, ins Präsidium zu kommen, gefolgt zu sein. Es war sein Bereich, sie eine Besucherin.

Ulf telefonierte mit dem Rücken zu ihr, als sie die angelehnte Tür des Büros aufschob. Graues Licht floss in den Raum, der ihr verändert vorkam. Vielleicht, weil vor dem Whiteboard eine zusätzliche Stellwand stand. Bevor sie sich bemerkbar machen konnte, beendete Steiner das Telefonat.

»Entschuldige.«

»Bist du im Dienst?«

»Nein.« Er bat sie ins Zimmer. Wie bei einer Vorladung. Mit spröder Stimme lehnte sie ein Wasser ab. Zwei Meter zwischen ihnen, und keine Regung in seiner Miene.

»Das, was ich dir sagen muss, wird dir nicht gefallen.« Er trat zur Stellwand und tippte mit dem Finger auf das Foto einer brutal erstochenen Leiche in Jogginganzug.

»Dein Vormieter«, sagte er, ohne mit der Wimper zu zucken. »Er wohnte nicht zufällig in dieser Villa. Sein Kollege Moritz Krampner gab gestern zu Protokoll, dass Torben Fischer geradezu verbissen gewesen sei, dieses Anwesen unter Vertrag zu kriegen. Er war verschuldet, und das Haus, in dem er vor seiner Trennung lebte, gehört seiner Frau. Wie du ja bereits weißt.«

Jona starrte auf die hingestreckte Person und musste an die olivfarbene Tapete denken, auf die der junge Mann noch kurz vor seinem Tod geschaut hatte.

»Keiner in der Firma hat es geschafft, die Besitzerin umzustimmen«, fuhr Steiner fort, »und Fischers Name kannte sie bis dato nicht.«

»Maren Keiler?«

»Wir reden von Traute Wismar. Die Frau Keiler das Haus im Falle ihres Todes zugedacht hat.«

»Und die ist jetzt tot?« Jona musterte die schmalen Augen hinter den Brillengläsern. Sie waren rot gerändert.

»Seit zweieinhalb Monaten. Die Erbangelegenheit läuft noch. Und vermutlich rechnete sich Fischer bei der neuen Vermieterin Chancen oder zumindest einen gewissen Einfluss aus.«

»Das ist Spekulation.«

»Eine Hypothese. Nimm seinen Laptop. Wir wissen nicht, wer die Daten geschreddert hat. Aber dass sie vor seinem Tod vernichtet wurden, hat die KTU bestätigt. Es ist also nicht unwahrscheinlich, dass Torben Fischer es selbst getan hat. Sensible Daten vielleicht über das Haus, die Vermieter, über Vermögensverhältnisse.«

Aus dem Flur drangen Stimmen. Mit zwei Schritten war Ulf bei der Tür und drückte sie leise ins Schloss. Sensible Daten. Wahrscheinlich durfte er kein Wort davon preisgeben. Sie trat näher an die Stellwand. Ein Männername stand links vom Foto des Toten, und rechts der Name ihrer Vermieterin.

»Da haben wir Moritz Krampner, der gestern im Präsidium war. Er sagt, sie würden sich auch privat gut verstehen. Und …«, Ulf stand plötzlich so dicht neben ihr, dass ein Hauch seines Aftershaves zu ihr wehte, »… er war noch am Montag zwei Stunden vor seinem Tod bei ihm.«

Ob das schon verdächtig sei, hörte Jona sich fragen, während ihr die Kraft aus den Knochen wich. Wieso diskutierte sie mit Ulf über den Fall, statt endlich die Worte auf ihre Dachkammer zu lenken, statt ihn zu berühren, irgendwie, um diesen Bann zu brechen?

»Wenn er uns das freiwillig gesagt hätte, nein. Wir mussten ihn erst mit der Handyauswertung von Fischer konfrontierten. Er war der letzte Anruf auf seiner Liste. Angeblich bot Krampner ihm an, vorübergehend bei ihm zu wohnen.« Steiner räusperte sich. »In der Ermittlungsarbeit wimmelt es von guten Menschen und edlen Motiven.«

»Und Frau Keiler?«

»Schien perplex, als sie von seinem wahren Beruf erfuhr. Ihr wird die Villa gehören und eine Barschaft. Da gibt es noch eine enterbte Tochter von Frau Wismar, der ein Pflichtanteil zusteht. Wenn man sie findet. Astrid Wismar hat sich seit Jahren von ihrer Mutter und dem ganzen Spießerland, wie es der Notar formulierte, losgesagt. Eine Aussteigerin.«

Aussteigerin. Jona trat einen Schritt zurück. Unwillkürlich musste sie an Ute denken, die letztes Jahr auf eine kleine Insel ausgewandert war, um dann nach Monaten in der Praxis zu stehen, als sei nichts gewesen. Auswandern, wie weit war das weggerückt von ihr. Sie hatte jetzt zwei Zuhause. Wenn sie so weitermachte, bald keines mehr.

»Warum steht denn dann Frau Keilers Name an der Wand?«

Ulf zog seine Brille ab und wischte sich über die Augen.

»Setz dich mal.«

Sie rollte den Drehstuhl zu sich und verfolgte, wie Ulf aus dem Vollautomaten in der Ecke zwei Espresso zog. Sie wollten an diesem Wochenende gemeinsam nach einer Wohnung suchen. Vielleicht hatte sie alles kaputt gemacht. Der Blick, den er ihr von der Stellwand zuwarf, war nicht zu deuten.

»Bist du wirklich in diese Villa gezogen?«

»Ausgewichen. Als Rückzug und Atelier.« Sie zwang sich, den Blick nicht von Steiners verletztem Gesicht zu wenden. Es entsprach der Wahrheit. Ihrer Wahrheit. Steiners Wahrheit sah vermutlich anders aus. Schon allein das, was er ihr bisher erzählt hatte, konnte ihn seinen Job kosten.

Als lese er in ihren Gedanken, sprach er genau diesen Satz aus, bevor er von den ersten Indizien berichtete, die auf Ungereimtheiten in den Unterlagen der Immobilienfirma Greif schließen ließen.

***

Gott sei Dank hatten sie das Gespräch abgebrochen und auf morgen vertagt. Dass Ulf nicht schlief, hörte sie an seiner Art, Luft zu holen. Zur Seite gerollt, lag er neben ihr im Bett und atmete seine Sorgen in die Dunkelheit. Seine größte war, sie in Gefahr zu bringen. Die Kripo, die Steuerfahndung, und sie, seine Lebenspartnerin, als Mieterin direkt am Schauplatz des Geschehens. Es könne gefährlich werden, wie oft hatte er das wiederholt und Szenarien entworfen, in denen jemand sie zusammen sah und falsche Schlüsse zog. Als würde sie sich von der Kripo einspannen lassen.

Jona schlüpfte aus dem Bett und schlich durch die dunkle Wohnung auf den kleinen Balkon. Im Haus gegenüber waren mehrere Fenster erleuchtet. Die Stadt schlief nie. Sie zündete sich eine Nelkenzigarette an und sah zu, wie die Glut sich knisternd durchs Papier fraß. Die letzte hatte sie gemeinsam mit dem Studenten vor der Tür geraucht; es schien Ewigkeiten her. Und es war schön gewesen. Wie lange hatte sie schon nicht mehr mit einem jungen Menschen geredet, der die Welt philosophisch betrachtete? In ihrer Welt ging es immer nur darum,

Probleme anzugehen. Ulfs Welt bestand aus Opfern, Tätern und dem Versuch, eine Gerechtigkeit herzustellen, die es ohnehin nicht gab. Dass Joschua der Welt moralfrei begegnete und keine Urteile fällte, war erfrischend.

Ulf hatte davon gesprochen, dass der Tote bei Joschua ein- und ausgegangen sei, angeblich, weil es keine Waschmöglichkeiten in der Mansarde gab. Es war absurd, darin mehr als reine Freundlichkeit zu sehen. Aber Ulf hielt ja auch Maren Keiler für gefährlich, und Ellen Beetz dazu. Herrje, wenn er die beiden beim Sektempfang erlebt hätte. Alles, was sie wollten, war in Ruhe dort zu leben. Und sie boten den Maklerbonzen die Stirn. Absurd, dass es schon verdächtig war, wenn jemand sich an diesem Mietenwahnsinn nicht beteiligte und sich weigerte, seine Träume zu verkaufen. Die kleine Gemeinschaft der Villa war speziell und liebenswert. Wieder fiel ihr die scheue Bewohnerin aus dem ersten Stock ein, die ihr Interesse und ihren Zuspruch förmlich aufgesaugt hatte. Morgen sollte sie mal kurz vorbeisehen, ob es ihr wieder besser ging. Aber kurz, einer neuen Nachbarin angemessen, und etwas unverbindlicher. Sie drückte ihre Zigarette in Steiners Aschenbecher aus und zählte vier weitere Stummel, die definitiv nicht von ihr waren.

Gegenüber erlosch das Licht in einem Fenster. Wieder einer, der Ruhe gefunden hatte. Fröstelnd lief sie ins Schlafzimmer zurück und erfasste den dunklen Schatten am Fenster erst, als Ulf sich ihr zuwandte.

»Den Wunsch nach einem eigenen Zimmer kann ich gut verstehen.«

Die Stille, die seinen Worten folgte, stand zwischen ihnen. Jona spürte, wie ihr Körper sich anspannte. Eine ganze Weile standen sie sich im Dunkeln gegenüber, dann hörte sie das Knacken seiner Fußgelenke.

»Vielleicht ist dir entgangen, dass ich auch keinen Rückzug habe, seit du hier wohnst.«

»Nein, ist es nicht.« Sie griff nach seinem Arm und fasste ins Leere.

»Der Einzige mit eigenem Zimmer ist Jakob«, sagte er mit gepresster Stimme, »und für den ist die Situation schwierig genug. Ich tue, was ich kann, um dir ein neues, gutes Zuhause zu geben, und du mietest dir heimlich einen Rückzugsort. In der Mansarde eines Toten, dessen Mordfall ich betreue. Hast du eine Ahnung, was das bedeutet? Wenn du denkst, alles …« Er brach den Satz ab.

Nein, sie dachte nicht, dass sich alles um sie drehte. Sie hatte noch nicht mal eine Ahnung, wo sie stand.

Zwei Schritte trennten sie von seiner reglosen Silhouette. Zwei Schritte und das Wissen, dass sie den Kosmos seiner Person nie ganz begreifen würde. Dass sie sich liebten, weil jeder für sich ein Kosmos war, hautnah und unerreichbar.

Ihr *Entschuldige* klang rauer als beabsichtigt. Die Gedanken waren plötzlich verstummt. Alles war verstummt. Sie griff nach seinen Händen. Spürte seine warmen Lippen, seine Muskeln, seinen Körper, der sich in ihrer Umarmung entspannte. Hörte sich sagen, dass sie eine Grenze ziehen würde, für eine Weile, eine Grenze zwischen sich und der Villa. Dass sie morgen damit beginnen würde, nach einem letzten Besuch.

***

Es dämmerte bereits, als sie am nächsten Abend ihren Roller parkte und das verrostete Gartentor aufdrückte. Die Villa thronte im Garten, nur erreichbar über den steinernen Treppenaufgang, der ihr etwas wie Würde verlieh.

Im Treppenhaus roch es nach altem Holz und Äpfeln. Das Deckenlicht legte einen gelben Schein auf die ausgetretenen Stufen. Jona blieb im Vorraum der Diele stehen und lauschte einen Moment in die Stille, der ein leises Schleifgeräusch unterlegt war. Das Geräusch kam von unterhalb der Treppen. Bisher war ihr gar nicht aufgefallen, dass es Kellerräume gab. Ob der Geruch nach gelagertem Obst den Vorratskammern entströmte? Sie setzte einen Schritt nach vorn und stand plötzlich im Dunkeln. Wieder dieses Geräusch. Dazu ein Sirren.

»Hallo?«

Niemand antwortete. Kurz entschlossen trat sie die Stufen ins Untergeschoss hinunter, vorbei an einem blinden Spiegel und einem Garderobenständer, hinter dem eine Eisentür offenstand. Von der Schwelle aus bot sich ihr ein seltsamer Anblick. In der Mitte eines unverputzten Gewölbes beugten sich der Student und Ellen Beetz über ein auf den Sattel gestelltes Fahrrad. Hinter ihnen bedeckten Sägen, Gartengeräte und Schraubenschlüssel die Wände, in der rechten Ecke stand eine Töpferbank. Niemand hatte beim Einzug diese perfekt ausgestattete Werkstatt erwähnt, die sich in dem fensterlosen Raum versteckte. Als Jona an die offene Eisentür klopfte, schreckten beide auf.

»Hey.« Joschua lächelte. »Wieder da?«

Mühsam erhob sich Frau Beetz und wischte die ölverschmierte Hand an ihrer Gartenschürze ab. Das Neonlicht leuchtete unbarmherzig ihr müdes Gesicht aus.

»Ich will nur ein paar Sachen von oben holen. Und mich bei Frau Vers nochmal für die Pralinen bedanken.«

Ihr nächster Satz wurde vom Klimpern unterbrochen, mit dem der Schraubenschlüssel zu Boden ging. Ellen Beetz stoppte ihn mit dem Schuh. »Ich kann es ihr später ausrichten.«

»Das mache ich lieber persönlich.«

»Zu spät.« Diesmal war es der Student, der ihr entgegentrat. In seiner schmucken Hose und dem Leinenhemd wirkte er fehl an diesem Ort. Unwillkürlich fiel ihr Blick auf seine sauberen Hände. Erklärte er seiner Nachbarin, was zu tun war, statt mitzuhelfen? »Heute Nacht kommt Hanna nicht nach Hause.«

»Herr Zingler!«

»Sorry«, erwiderte der Student und sah Ellen Beetz mit ehrlichem Bedauern an, »aber es gibt nichts, was sich lange verheimlichen lässt.« Er strich sich über seinen Vollbart. »Hanna ist zur Polizei gegangen und hat behauptet, sie hätte Torben Fischer umgebracht.«

»Wir glauben das alle nicht«, beeilte sich Ellen Beetz zu sagen. »Das ergibt doch keinen Sinn.«

»Leben, das Sinn hätte, fragte nicht danach.« Joschua zuckte mit den Schultern. »Sagt jedenfalls Adorno in seiner negativen Dialektik. Ich kann auch nicht glauben, dass Hanna so etwas getan hat. Andererseits ist sie aufs Präsidium gegangen und hat denen ihre Schuld wie ein ordentlich geschnürtes Päckchen auf den Tresen gelegt. Und diese Helden haben sie dabehalten und sich auf die Schulter geklopft für ihren tollen Erfolg. Ich glaube, die Beerdigung hat sie in eine Krise gestürzt. Der Bulle mit dem weißen Hemd, der einen Besen verschluckt hat, hat sie wohl verfolgt.«

Steiner! Jonas Gesicht glühte. Natürlich war er zur Beerdigung von Torben Fischer gegangen, er war der zuständige Kommissar und auch der, bei dem eine Geständige zuerst landete. Was sie alles gar nicht wissen durfte. Aber wieso war Hanna zur Beerdigung gegangen? Doch nicht wegen ihrem Gespräch nach dem Sektempfang.

»Wieso Mord?« fragte sie so bestürzt wie möglich. »Der Mann, der die Wohnung meines Vormieters ausräumte, sagte mir, sein Bruder hätte sich wohnlich vergrößert.«

»Wohnlich vergrößert – das ist stark.« Der Student grinste kurz. Ohne Vorwarnung stieß Ellen Betz das Fahrrad um. Oder hatte sie sich daran festhalten wollen? Als sie sich wieder gefangen hatte, legte sie die Gartenschürze ab und ordnete ihr drahtig wirkendes, graues Haar.

»Wir haben versucht, Privatsphäre zu achten. Wer kennt schon die Geschichte seines Vormieters?« Ihr Blick verlor die Schärfe, als sann sie über diese Frage nach, bevor sie unvermittelt von Hanna Vers zu erzählen begann, von ihrem freundlichen, zurückgezogenen Wesen, ihrer Schreckhaftigkeit, die mit dem Einzug von Torben Fischer zugenommen hätte. »Dieser Mord hat sie durcheinandergebracht, genau wie die Angst vor einem Verhör.«

Genau wie ein Gespräch über Ängste, fehlendes Selbstvertrauen und Mut. Jonas Magen krampfte sich zusammen. »Gesteht man deshalb einen Mord?« Unwillkürlich glitt ihr Blick über die Sägen an der Wand.

»Sie hat manchmal diese Bilder im Kopf. Da geht was durcheinander bei ihr. Selbst Maren ist es nicht gelungen, sie von ihrer fixen Idee abzubringen. Und jetzt läuft irgendwo ein Mörder frei rum, und Frau Vers bezahlt für ihre Ängste. Das ist nicht gerecht.«

»Gerechtigkeit gibt es nicht.« Jona fing den interessierten Blick des Studenten auf und wandte sich an Ellen Beetz, die neben seiner schmächtigen Gestalt plump wirkte, und verzweifelt.

»Außerdem wird niemand verurteilt, wenn nur irgendein Zweifel an der Richtigkeit der Aussage besteht.«

»Kennen Sie sich damit aus?«

»Ich hatte vor langer Zeit mal eine Klientin in der Praxis, die in Schwierigkeiten war«, hörte Jona sich sagen, während in ihrem Kopf eine Alarmglocke schrillte.

»Bevor Sie gehen, bitte kurz bei mir klingeln«, sagte Joschua, »ich hab noch den Toilettenschlüssel zur Dachmansarde.«

»Ich gehe jetzt gleich.«

»Dann komme ich gerade mit. Danke, Frau Beetz, ich schaue nachher nochmal vorbei.«

Summend lief der Student neben ihr die Stufen hinauf. Vor seiner Haustür sah er ihr das erste Mal ins Gesicht.

»Ich besitze keinen Schlüssel zur Dachtoilette. Aber die Beetz hätte dich nicht so schnell aus ihrem Gebet entlassen. Auf einen Tee?«

Zwei Minuten später saß Jona auf einem sperrmüllverdächtigen Küchenstuhl und verfolgte, wie der Student Tee aufbrühte und den Inhalt einer angebrochenen Kekspackung auf einen Unterteller dekorierte. Ihr war noch immer flau. Wieso musste sie Hanna nur an dem Abend beschwören, auf ihre innere Stimme zu hören, egal was andere sagten. Sie kannte sie doch gar nicht. Ein fast therapeutisches Gespräch unter Sekteinfluss; wenn sie das Ute erzählen würde. Jona sah auf. Was hatte der Student gerade gesagt – dass er einfache Einrichtungen mochte?

Sie sah sich in der Küche um. Dass hier nicht gekocht wurde, fiel selbst ihr auf. Die wenigen Dinge, die in den offenen Regalen standen, sahen nach Instantgetränken und Fingerfood aus. Was sich hinter dem Vorhang des oberen Hängeschranks verbarg, würde er ihr bestimmt nicht lange vorenthalten. Seine Attitüde, materiellen Dingen nichts abgewinnen zu können, stand zu deutlich im Raum. Im Gegensatz zur Patchworkeinrichtung nahm sich seine Kleidung makellos aus. Hemd und Stoffhose. Am Flurhaken ein Jackett. Sie schob den Gedanken an Hanna Vers' leere Wohnung gegenüber fort, während ihr der Student eine Tasse Tee reichte und sich einen Küchenhocker an den Tisch heranzog

»Danke.« Jona blies in den Tee. »Auch für die Rettung eben.«

»Nichts gegen Frau Beetz. Sie ist mehr als in Ordnung. Auch wenn sie denkt, ich mache den ganzen Tag nichts anderes als Joints rauchen und Löcher in die Luft philosophieren.«

»Und machst du noch etwas anderes?«

Joschua strich sich über den Bart. »Vorlesungen besuchen, Referate schreiben, Thesen prüfen, nachdenken, zweimal in der Woche Nachtdienst im Parkhaus, Mathe-Nachhilfe geben, mit Freunden ausgehen, Gedichte schreiben und …«, er lächelte, »noch ein paar andere Dinge.«

»Wie Frau Beetz Tipps beim Rad reparieren geben.«

»Eher andersrum. Ich habe ihr zugesehen, um was zu lernen. Sie kann alles, und sie macht auch alles im Haus. Manchmal denke ich, sie weiß auch alles.«

»Von der Aktion von Frau Vers hat sie nicht gewusst.« Jona sah in das junge, bärtige Gesicht des Studenten und fragte, wie er die Situation einschätze. Mit einem Schlag erlosch die Koketterie darin.

»Wenn du einmal in den Lauf einer Pistole geschaut hast, dann bleibt da was zurück. Nackte Angst um deine Existenz.«

»Geht es auch etwas undramatischer?«

»Das mit der Pistole ist keine Metapher. Vor ein paar Jahren hat ein Vermummter Hanna in der Sparkasse eine vors Gesicht gehalten. Taschen auf, Geld rein. Geisel für zwei Stunden. Seitdem hat sie Flashbacks und Phasen, in denen sie sich wie in einem Film vorkommt. So hat sie es mir erklärt.«

»Depersonalisation!«, murmelte Jona, das hatte sie bei ihr mit keinem Wort erwähnt. Nur diese Selbstzweifel. Sie versuchte sich vorzustellen, wie die beiden gemeinsam an einem Tisch saßen und über persönliche Dinge sprachen. Immerhin duzte er sie.

»Hanna ist nicht immer schräg drauf. Sie kann auch lustig sein. Letzten Sommer haben wir im Vorgärtchen gesessen und den Vögeln in den Bäumen Gespräche angedichtet.«

»Nüchtern?«

»Naja, ein paar Haschkekse waren im Spiel. Ich wollte sie einfach mal lockermachen. Ist gelungen.« Er verschränkte die Hände hinter seinem Nacken. »Was ist denn das Leben wert, wenn man sich nicht ab und zu frei fühlt?« Wie zur Bekräftigung zwitscherte ein Vogel vor dem Fenster. »Später war sie froh über diese Erfahrung.«

Jona schwieg. Ein Blick in sein Gesicht genügte, um zu sehen, dass er selbst wusste, wie übergriffig diese Aktion gewesen war.

»Torben Fischer hat sie auch mal auf einen Wein eingeladen. Ist aber abgeblitzt.« Er zuckte mit den Schultern. »Zu anhänglich, denke ich mal. Und dann stand er unter Strom. Gerade abends. Wie ein Tiger lief er in der Mansarde auf und ab und hat ins Telefon gebrüllt, das hab sogar ich gehört. Und Hanna hat unter ihm gewohnt.«

»Wusstest du, dass sie zur Polizei wollte?«

»Nee, keinen Schimmer. Sonst hätte ich es ihr ausgeredet.«

Sein Handy klingelte. Nach einem Blick auf das Display trat er zum Fenster und rief etwas in den Vorgarten hinunter. Als er sich umdrehte, wirkte er belebter.

»Das Treffen in der Shisha-Lounge habe ich ganz vergessen. Sorry.«

Jona beobachtete die beiden vom Flurfenster aus. Die junge Frau auf dem Hollandrad, die vor dem Gartentor wartete, war ebenso zierlich wie Joschua. Sie umarmte ihn kurz, bevor sie gemeinsam davonradelten. Er war überzeugt von Hannas Unschuld. Und ihr ging das seltsame Gebaren der Mieterin im Sinaipark nicht mehr aus dem Kopf. Ein so zerbrechlicher Mensch konnte doch nicht bestialisch morden. Oder vielleicht gerade doch, aus einer Angst heraus. Langsam stieg sie die Stufen ins Dachgeschoss hinauf und suchte nach dem ersten Eindruck, den sie von Hanna Vers hatte. Sie war als Letzte zum Sektempfang dazugestoßen, und ihre Körpersprache beim Überreichen der Pralinen sagte … Jona blieb auf dem Treppenabsatz stehen … tu mir nicht weh! Hanna Vers wirkte wie ein Mensch, der darum bat, verschont zu bleiben – und damit jedem ausgeliefert war, der es sich zum Ziel gesetzt hatte, diese Rolle zu übernehmen.

War das Torben Fischers Rolle gewesen?

Sie schloss die Dachkammer auf und sah im gleichen Moment das Foto des verdrehten Leichnams vor sich. So hell das Licht der Glühbirne auch die Kammer ausleuchtete, es blieb ein Schatten darin. Vor ein paar Tagen hatte der Tote hier noch energisch und lautstark telefoniert. Und sich Raum genommen, vielleicht über die Grenzen der Mansarde hinaus.

Sie wurde das Gefühl nicht los, dass der Raum noch immer Torben Fischer gehörte. Selbst ihr Futon wirkte in diesem Licht fremd. Wenn sie zurückkehrte, würde sie die Wände weißen.

Mit ihrem Laptop und zwei kleineren Taschen bepackt, trat sie wenig später die knarzenden Holzstufen hinab. Niemand hatte sie gebeten, sich abzumelden, wenn sie die Dachmansarde nicht nutzte. Es war ein Rückzugsort, nicht ihre Wohnung. Warum sie bei der Vermieterin klingelte, wusste sie selbst nicht.

7

Frankfurt platzte aus allen Nähten. Wo immer eine Fläche frei wurde, pflanzte sich ein neues Bauprojekt in die Lücke. An jeder Ecke hämmerte und bohrte es, in manchen Straßenzügen steckten gleich mehrere Gebäude in der Zwangsjacke eines Gerüstes. Ganze Wohnkomplexe lagen hinter Gitter. Längst gehörten die Immobilienagenturen, in deren Schaufenster neue Wohnobjekte wie Brillant Colliers hingen, ins Straßenbild eines jeden Stadtteils.

Auch das Ostend, in dem Ellen ihre Kindheit verbracht hatte, war seiner ungeschliffenen Mentalität beraubt worden, um saniert und veredelt zum Wohlfühlhafen der Finanzbranche zu werden.

Das Dichterviertel im Dornbusch war eines der begehrtesten Wohngebiete. Immer wieder hatte Maren ihr die Vorzüge aufgezählt und von den Villen und alleenartigen Straßen geschwärmt.

Ellen lief durch die Parkanlage, die den Dornbusch von ihrer alten Heimat trennte. Egal, was Maren sagte; ihr Herz schlug im Platenviertel. Hier kannte sie sich aus, hier kannte man sich, kannte sie. Das Platenviertel war das bessere Ostend, so hatte es ihre Mutter immer gesagt, nachdem sie umgezogen waren. Und es stimmte. In der Siedlung lebte es.

Es war die gleiche Luft, die durch ihre Lungen floss, der gleiche Nieselregen, der ihre Haut benetzte und auf Büsche und

Asphalt niederging, und doch roch der Frühling hier in der Platensiedlung intensiver. Ellen ließ ihren Blick über die vertrauten Holzbalkone schweifen. Reihenhäuser in Siedlungen, für sie der Inbegriff von Geborgenheit. Das Nebeneinander verschiedener Kulturen besaß etwas Beruhigendes, auch wenn es nicht immer ruhig war. Ein Teil von allem sein, statt exklusiv zu wohnen – war nicht das die wirkliche Heimat?

Noch zwei Querstraßen, dann war sie dort, wo sie sich seit Torben Fischers Tod im Stillen wieder hin wünschte.

Wenn Maren das hören würde! Für sie war die Villa der ultimative Wohnort. Aber ein Haus war noch kein Zuhause. Das hatte sie Maren damals schon gesagt, auch wenn die ihre Worte wie lästige Insekten verscheucht hatte. Wahrheiten ließen sich nicht wegwedeln.

Ellen trat vor die Haustür. Wie immer suchten ihre Augen die Klingelschilder nach einer Veränderung ab. Kurz nach ihrem Auszug war Ulrike aus dem Erdgeschoss links fortgezogen. Die schüchterne Ulrike. Hatte endlich jemanden gefunden, der sie liebte, und war ihm in eine andere Stadt gefolgt. Sie zog ihren Schlüssel aus der Handtasche und ließ ihn, als im Nebenhaus die Tür aufging, schnell wieder zurückgleiten, um ordnungsgemäß zu klingeln. Wie zu erwarten, dauerte es mehrere Minuten, bis der Türdrücker summte.

Frau Kubitsch stand auf ihren Rollator gestützt an der Türschwelle, als Ellen schwer atmend die letzten Stufen in den dritten Stock nahm. Der Einkaufsbeutel war prall gefüllt mit Köstlichkeiten. Die alte Dame naschte gerne. Seit ihrem Einzug in den Neunzigern hatte Frau Kubitsch ihre schützenden Hände über sie gehalten und der Mutter öfter mit Geld ausgeholfen. Jetzt war es an Ellen, ihr den Lebensabend zu versüßen.

»Kaffeezeit.« Ellen stellte die Taschen ab. Es war zehn Uhr morgens, aber Plätzchen und Selbstgebackenes zauberten immer ein Lächeln in das Gesicht ihrer ehemaligen Nachbarin. Bis zum Mittag tauchten sie in alte Geschichten aus dem Viertel ein.

Später nahm sie den Bus und fuhr weiter zum Baumarkt an der Friedberger Warte. Als sie am Dichterviertel vorbeikam, versuchte sie einen Blick in die schnurgerade Straße zu erhaschen. Von einer blauen Vespa war nichts zu sehen. Schon waren sie über die Kreuzung und ließen den Ort hinter sich, an dem plötzlich alles anders war.

Ob man wegen Erinnerungsfetzen einen Mord gestand, hatte Jona Hagen gestern Abend gefragt. Ellen drückte sich ans Fenster und ließ die Gebäude an sich vorbeiziehen. Links das amerikanische Konsulat, das mit seinen meterhohen Eisenstäben wie ein Gefängnis aussah. Ein Konsulat hinter Gittern. Gut möglich, dass Hanna Vers schon hinter solchen saß und auf den Haftrichter wartete. Jetzt hielten sie auch noch direkt vor diesen umzäunten Flachbauten. Traurig sah das aus. Noch während sie sich drehte, fesselte etwas an der Tankstelle gegenüber ihre Aufmerksamkeit. Ein Lieferwagen, bordeauxrot, und quer über die Längsseite der bekannte Schriftzug: *Boehm-Weine*. Auf dem Beifahrersitz saß eine Brünette mit kurzen Haaren. War das … Maren? Maren, die sich vorbeugte und nach etwas im Fußraum griff. Wieso saß sie bei Viktor Boehm im Auto? Kein zu privater Kontakt mit den Mietern, das war ihre Ansage gewesen. Persönlich, aber nicht privat. Schlingernd fuhr der Bus an. Ellen drängte an ihrer Sitznachbarin vorbei in den Gang und drückte den Stoppknopf. An der nächsten Haltestelle stieg sie aus. Diesmal musste Maren ihr Rechenschaft ablegen. Fünf

Minuten später saß sie im nächsten Bus und fuhr mit klopfendem Herzen nach Hause.

Die Villa wirkte verlassen. Ein farbloser Himmel filterte das Licht aus ihrem Antlitz, das heute nichts weiter als eine unnahbare Fassade war, selbst der Student aus dem zweiten hatte sein Fenster geschlossen. Mit einem Quietschen gab das Eisentor nach. Ellen lief durch den Vorgarten und erhaschte aus dem Augenwinkel eine Bewegung hinter Marens Küchenfenster. War ihr gemeinsamer Tripp mit Viktor Boehm also beendet.

Und wenn Maren es einfach zugab? Sie ging ohnehin ständig mit Leuten aus. Dass sie selbst nicht automatisch zu diesem Kreis gehörte, hätte sie sich denken können. Noch in Straßenschuhen lief sie zum Kühlschrank und verschlang zwei Wiener Würstchen. Es dauerte eine Weile, bis sich ihr Puls beruhigte. Sie starrte ins Innere des Kühlschranks. Wurstdosen, aufgetürmte Quarkpackungen und ein Stück Kuchen vom Wochenende. In der Tür stand der Pfirsichlikör, von dem sie nach dem Polizeibesuch letzte Woche zusammen getrunken hatten. Warum misstraute sie Maren immer, bis die ihr das Gegenteil bewies und ihr die eigene Kleinheit vor Augen führte.

Eine Erinnerung schlich sich in ihre Gedanken. Die Kühlschranktür fiel unter der Wucht ihrer Bewegung zu, und Ellen begann, durch die Wohnung zu tigern. Was wusste sie schon über Marens Leben jenseits der Villa, außer dass sie noch immer gelegentlich als Floristin in dem Blumenladen aushalf? Von den damals geplanten gemeinsamen Unternehmungen war nicht mehr die Rede, seit sie Tür an Tür wohnten. Maren konnte sich einfach nicht in ein geregeltes System einfügen. Schon als Kind nicht. Immer wollte sie etwas anderes.

***

Im Treppenhaus ging eine Tür. Sie spähte durch den Spion. Maren! Wohin denn jetzt schon wieder, mit ihrer schwarzen Lacktasche über der Schulter und einer Tüte in der Hand, aus der ein Zollstock ragte. Sie stürzte ans offene Küchenfenster und zuckte unter ihrer eigenen, lauten Stimme zusammen. Maren hielt am Gartentor inne und kam ein paar Schritte auf sie zu.

»Alles in Ordnung?«

»Entschuldige, fährst du in die Stadt?«

»Die andere Richtung, zum Friseur. Oder ist es wichtig?«

Ellen winkte ab. Nicht wichtig. Vor dem Haus gegenüber zogen Kranführer Betonplatten in die Höhe, Bella sprang auf den Küchenstuhl, Besorgungen standen nicht an; sie hatte nichts weiter zu tun, als dem nachzugehen, was Maren als Luxus bezeichnete: Müßiggang. Im Wohnzimmer sank sie in die Polster und legte ihre schweren Beine auf den Couchtisch, als plötzlich der Zollstock Eingang in ihre Erinnerung fand. Wozu in Gottes Namen brauchte Maren beim Friseur einen Zollstock? Du lügst, sagte sie halblaut, und im gleichen Moment drängte die Erinnerung, die sie beim Kühlschrank überfallen hatte, nun doch in ihr Bewusstsein.

»Zeig mal deine Taschen«, hatte der Filialleiter zur damals Siebenjährigen gesagt. Und Maren? Kopfschütteln, das Ausweichen vor seinen zupackenden Händen und die Wut, mit der sie die verpackten Eistüten in den Mülleimer geschmettert hatte und davongerannt war. Hätte sie nicht hinter ihr gestanden und ein gutes Wort für Maren eingelegt, wer weiß, wie es ausgegangen wäre. Später auf der Straße nur trotzige Erwiderungen. Süßigkeiten stehen mir zu, hatte Maren ihr, der Achtzehnjährigen, ins Gesicht geschrien und dabei mit dem Fuß aufgestampft, als gälte es, die ganze Welt darunter zu zermalmen.

Ellen setzte sich aufrecht. Was war so falsch daran, für sein eigenes Glück zu sorgen, wenn es niemand anders tat?

Der nächste Gedanke trieb ihr die Hitze ins Gesicht.

Wie sie auf die Idee mit dem Wintergarten gekommen war, wusste sie nicht mehr. In ihrem Rücken maunzte Bella, die es nicht gewohnt war, eingeschlossen zu sein.

Stumm lieferten sich die Möbel in dem Glasanbau ein Duell; ihr gepolsterter Ohrensessel gegen Marens elegante Chaiselongue. Sie starrte gegen die silbernen Lamellen, bevor sie vorsichtig die Klinke der Verbindungstür hinunterdrückte. Abgeschlossen. Atemlos kehrte sie durch ihre Glastür in die eigenen vier Wände zurück.

Genau vor neun Monaten, in einer anderen Zeitrechnung, hatte Maren ihr ein Duplikat des Generalschlüssels gegeben, um ihr im Notfall Zugang zu allen Wohnungen zu gewähren. Seitdem klebte er am Boden einer Teedose. Eine Schrecksekunde lang war sie sicher, er sei verschwunden, dann hielt sie die Teedose kopfüber in den Händen und löste den Klebestreifen vom Blech. Schwer lag der Schlüssel in ihrer Hand. In zehn Minuten würde er wieder am Platz liegen, als hätte sie ihn nicht aus seinem neunmonatigen Schlummer geweckt.

Im Treppenhaus war es still. Maren war unterwegs, wohin auch immer, Herr Boehm im Weinladen, die Vespa der Therapeutin stand nicht im Vorgärtchen, Frau Vers saß in Untersuchungshaft, und Frau Kücherer von oben im Rollstuhl fest. Blieb noch der Student. Sie eilte die Stufen in den Keller hinunter und spähte nach seinem Fahrrad, doch der Kellervorraum war leer.

Nur das Haus war Zeuge. Mit zittriger Hand schob sie den Schlüssel ins Schloss und schlüpfte in die Wohnung. Es roch nach Marens Parfum, Maiglöckchen, nach Kaffee und abgestandenem Zigarettenrauch. In der Küche sah es aus wie immer. Stylisch und aufgeräumt. Ein Brief hob sich vom schwarzen Tisch ab, flüchtig aufgerissen. Ellen warf einen Blick auf das Kuvert. Die Telefonrechnung.

Im Wohnzimmer empfing sie der bekannte Anblick. Ledersofa, Chrommöbel, ein Fernseher, der die halbe Wand einnahm. Vor der Stehbar auf der anderen Seite fehlten die goldenen Hocker. Einem Impuls folgend trat sie an die Glastür, die zum Wintergarten führte, und entriegelte sie. Nur für den Notfall. Der Gedanke, wie sie durch die Glastür in den gemeinsamen Wintergarten flüchtete, ließ Panik in ihr aufsteigen. Ihr Blick jagte über die silberne Vitrine. Fünf Minuten. Fünf Minuten für die Vitrine und das Sideboard mit den großen Schubladen im Flur, und dann zurück in die eigene Wohnung. Sie öffnete die Vitrine. Gläser, Keramikaschenbecher, Feuerzeuge und eine Shisha, darunter Schubladen. Die oberen enthielten Papiere aller Art. Sie griff nach einem Schnellhefter und legte ihn gleich wieder zurück. Ihr war heiß. Als sie die unterste Schublade aufzog, setzte ihr Atem aus. Auf einer schwarzen Samteinlage ruhten Schmuckstücke, die ihr nur allzu bekannt waren. Halskettchen, ein Collier mit Brillanten, Goldreife und ein antikes Armband. Dazu mehrere Ringe mit funkelnden Steinen.

Geschenke, summte es in ihrem Kopf, Geschenke, die eigentlich ihr gehörten.

Davon hatte Maren nichts erzählt. Immer nur davon, wie glücklich Frau Wismar nach einem ihrer Besuche oder ihrer Ausflüge war. Sie nahm den Goldreif heraus und sah die fleckigen Handgelenke der alten Dame vor sich. Es gab keinen Tag, an dem sie nicht an die verstorbene Traute Wismar dachte. An die freundlichen blaugrauen Augen und die vertraulichen Gespräche, in denen sie ihr aus ihrem Leben erzählte. Sie war bestimmt enttäuscht gewesen, dass sie sich nach ihrer Kündigung nie mehr hatte blicken lassen. Nicht einmal auf ihre Beerdigung hatte sie gehen können.

Ein Medaillon fiel ihr ins Auge. Vorsichtig nahm sie es auf und drehte es, und tatsächlich, es war DAS Medaillon, das Heiligtum von Frau Wismar, tagelang war sein Verschwinden Gesprächsstoff gewesen und die Zimmer von Mitbewohnern, die sie in ihrem Wohntrakt besucht hatten, beiläufig nach dem Stück durchsucht worden. Vergeblich. Der freche Blick ihres Gatten, vielleicht dreißigjährig, für alle Zeiten jung geblieben in dieser eingerahmten Erinnerung, hatte nichts von seiner Lebendigkeit eingebüßt. Fassungslos starrte Ellen auf das Antlitz des Toten, über dessen Verlust Frau Wismar untröstlich gewesen war.

Maren hatte beteuert, jeden Winkel in der Stiftswohnung abgesucht zu haben und Traute Wismar in ihrem Beisein am Telefon wortreich getröstet, während das Medaillon längst in ihrer Schublade lag.

Ellen legte es zu den anderen Schmuckstücken und schloss die Vitrine.

Sie hatte keine Kraft mehr, die großen Fächer und Schubladen des Sideboards zu inspizieren, keine Kraft mehr für weitere, verstörende Entdeckungen.

Ein letzter Kontrollblick durch den Spion gab den Blick auf ihre eigene Wohnungstür frei. Über dem Milchglaseinsatz hing ein Hufeisen zur Vertreibung des Bösen. Dabei waren in diesem Haus schon zwei Gebote gebrochen werden. Erst ein Mord, jetzt Marens Diebstahl. Vielleicht auch noch eine Falschaussage von Frau Vers oder … sie kam nicht dazu, den Satz zu Ende zu denken. Aus dem Treppenhaus ertönte ein dumpfer Schlag. Ellen schlüpfte aus der Wohnung und schloss zweimal ab, bevor sie etwas atemlos die Holzdielen in den ersten Stock hinaufstieg.

Wie erwartet lag die alte Kücherer neben ihrem Rollstuhl. Sie war mutiger als die meisten Alten, die sie aus dem Heim kannte, und wagte ohne fremde Hilfe den Aufstieg in den Treppenlift, der ihr öfter misslang. Kaum saß sie in der Senkrechten, lächelte sie wieder.

»Haben Sie einen Moment Zeit?«

***

Mit der Nacht war Stille ins Viertel eingezogen. Dunkelheit saß hinter dem Fenster, ein frischer Wind streifte durch den Garten und zerrte an den Sträuchern. Bella hatte nicht streunern wollen, sie lag an ihren Oberschenkel geschmiegt auf der Couch. Ellen lagerte ihre Beine hoch. Ihre Knie schmerzten. Aber es hatte gutgetan, die alte Kücherer durchs Viertel zu schieben. Die schnurgerade Straße entlang zum Reformhaus, dem Obstladen und der Stadtteilbücherei; Stationen, die sonst oft der Student für sie abklapperte. Der sei mit Frauen beschäftigt. Abends die Therapeutin, nachts eine junge Frau. Die Jugend. Ach, sie sei auch noch so jung im Herzen. Munter hatte die Rentnerin im Rollstuhl vor sich hingeplappert, während ihr selbst das Atmen schwer geworden war. Aber lange Erwiderungen waren ohnehin sinnlos. Die Alte hörte nicht mehr gut. Seit neuestem zeigte sie auch Ansätze von Demenz. Man wusste nie, was sie mitbekam und ob das, was sie ausplauderte, der Wahrheit entsprach.

Sie war froh gewesen, nicht reden zu müssen und ihren eigenen Gedanken nachhängen zu können. Ihren Erinnerungen an eine Zeit, die Lichtjahre entfernt schien und doch die letzten drei Jahre umfasste. Maren und Traute Wismar hatten sich befreundet, keine Frage, und Frau Wismar war glücklich gewesen, mit eigenen Augen hatte sie gesehen, wie gut ihr die Besuche von Maren taten. Und wie viel Schalk und Leichtsinn noch in ihr gesteckt hatte, trotz ihres Alters und der Krankheit.

Das, was sie heute in Marens Wohnung entdeckt hatte, würde sie in ihren Erinnerungen begraben. Es war gestohlenes Wissen. Unrecht gegen Unrecht.

Ellen schob sich die Kissen im Rücken zurecht und kraulte das weiche Bauchfell ihrer Katze.

Der Thriller begann genau in dem Moment, in dem sie den Fernseher einschaltete.

Auf dem Bildschirm schwappte ein abgetrennter Kopf an den Ufersaum, die Kamera zoomte in die Totale und zeigte das angespülte, aufgedunsene Gesicht eines Mannes. Der Anblick seiner zugenähten Lippen jagte ihr einen wohligen Schauer über den Rücken. Sie griff nach den Chips. Maren bezeichnete solche Filme als Dreck. Sie hatte keinen Sinn für den quälenden Kitzel. Für das Kribbeln im Körper, wenn das Unheimliche in den Raum drang und lähmte, auf eine gute Art. Gebannt verfolgte sie die verschwommene Erinnerungssequenz einer jungen Frau, die sich gefesselt in einem Keller wiederfand. Im Hintergrund leises Schwappen von Wasser, die tiefe See. Unwillkürlich krallte Ellen ihre Finger in Bellas Fell. Ihr Zimmer war in bläuliches Flackern getaucht. Schreie, Flashbacks einer verstörenden Verfolgungsszene am See, dann eine Nahaufnahme der jungen Frau, plötzlich unter Wasser, ein Schwenk in einen laborähnlichen Raum, wieder Nahaufnahme, das zärtliche Lächeln der

Psychopathin, die ihre Folterwerkzeuge sortierte und in einer übergeblendeten Sequenz Schraubenschlüssel ordnete, jetzt in einer Autowerkstatt, und zu ihrem Kollegen im Blaumann sagte, sie sei dabei, Dinge, die in Unordnung geraten seien, zu beseitigen. Ellen starrte auf den Bildschirm, unfähig, ihren Blick von dem bildhübschen Gesicht der Psychopathin abzuwenden. Ihr Lächeln war so einnehmend.

Der schrille Ton der Türklingel ließ sie zusammenfahren. Er schien irreal, genau wie der geschmeidige Sprung, mit dem Bella die Couch verließ. Genauso irreal wie das einnehmende Lächeln, das Maren anknipste, als sie die Tür öffnete.

Sie schob sich mit einer Sektflasche in der Hand an ihr vorbei ins Wohnzimmer.

»Das ist ein echter Boehm. Komm schon, hol zwei Gläser.«

Knallend schoss der Korken aus dem Flaschenhals.

Ob es etwas zu feiern gäbe, hörte Ellen sich fragen und spürte den halbtrockenen Sekt auf ihrer Zunge prickeln.

»Das Leben.« Maren zog ein Päckchen Zigaretten aus ihrer Hosentasche. Vielleicht war es nicht ihr erstes Glas. Ihre Beine über die Polsterlehne geschwungen, erzählte sie von ihrer Einkaufstour, von Boutiquen, Friseur, einem Streifzug durch Feinschmeckerläden auf der Bergerstraße und dem Besuch im Weinladen von Herrn Boehm. Sechs Kisten Wein und Sekt warteten in der Kellerwerkstatt, sie solle sich bedienen, wann immer sie wolle. Solle endlich die Trübsal beenden und nach vorn schauen.

»Sagt auch die Neue von oben, Jona Hagen. Sie stand gestern überraschend vor meiner Tür. Wir haben einen Wein zusammen getrunken.«

Nichts in Marens Verhalten deutete auf eine Lüge hin, im Gegenteil; sie erwiderte ihren Blick ohne das leiseste Blinzeln, während sie ihr Glas abstellte und sich endlich richtig in den Sessel setzte.

»Ich mag sie, diese Therapeutin. Sie ist geradeheraus. Und sie glaubt nicht, dass Frau Vers eine Mörderin ist. Ich übrigens auch nicht. Was denkst du?«

»Ich denke, dass sie sich da raushalten sollte.« Ellen streckte sich und schob ein Kissen in ihren Rücken. »Sie ist zu neugierig.«

»Das stimmt, sie plant sogar, Frau Vers im Gefängnis zu besuchen.«

Marens Worte verschlugen ihr die Sprache. Die Stehlampe warf einen gelben Schein auf ihr freundliches Gesicht. Für eine kurze Sekunde schob sich das Bild der lächelnden Psychopathin aus dem Horrorfilm darüber.

Die Behauptung konnte gelogen sein. Maren hatte manchmal ihre eigene Wahrnehmung von den Dingen.

»Was sagst du dazu?«

Wieder dieses liebenswerte Lächeln. Was gab es zu lächeln, wenn sich ein weiterer Mensch in die Sache einmischte. Den trüben Sud aufrührte. Hanna Vers im Knast besuchen, was dachte sich diese Therapeutin dabei.

»Du solltest es ihr ausreden«, sagte Ellen mit einer Stimme, die nicht nach ihrer klang. Das Erstaunen in Marens Gesicht war nicht gespielt. Einen Moment maßen sich ihre Blicke aneinander, dann verteilte Maren stumm den Sekt auf ihre Gläser. Aus der Wohnung über ihnen ertönte ein heller Schlag.

»Der Gehstock von Frau Kücherer«. Ellen deutete mit dem Kopf nach oben. »Sie wirft ihn überall hin. Wie Frau Wismar.« Ein Lächeln entstand wie von selbst zwischen ihnen. »Sie fehlt mir«, sagte Ellen, »hast du eigentlich irgendein Andenken von ihr?«

»In meinem Herzen.« Der Sekt schwappte aus dem Glas, als Maren auf ihr Brustbein tippte, »da ist sie fest verankert. Da braucht es kein Erinnerungsstück.« Sie wischte mit den Fingern über den nassen Fleck auf ihrer Bluse. »Es ist gut, dass sie gestorben ist. Am Ende konnte sie doch gar nicht mehr aufstehen. Ich stelle sie mir immer unbeschwert vor, in einem Café oder im Palmenhaus zwischen den tropischen Gewächsen. Da saß sie so gerne.«

»Und ihr Schmuck?«, hörte Ellen sich mit belegter Stimme fragen. »Der war doch immer ganz wichtig für sie. Manchmal wüsste ich gerne, wo er geblieben ist.«

Maren inhalierte den Rauch ihrer Zigarette und ließ ihn aus Mund und Nase strömen. Eine Weile herrschte Schweigen, bevor sie von ihrem letzten Besuch im Stift zu erzählen begann, von dem Zimmer, das nach dem Tod der alten Dame so verlassen ausgesehen habe, als hätte sie nie dort gelebt.

»Den Schmuck habe ich mitgenommen. Altmodisches Zeug, weißt du ja. Ich wollte nicht, dass die Sachen einfach so weggestohlen werden.« Sie ließ den Zigarettenstummel in ihr Glas fallen und sah zu, wie die Glut zischend in der Sektpfütze erlosch. »Du kannst dir gerne davon nehmen, was du möchtest.«

Lange, nachdem sich die Tür hinter Marens leicht schwankender Gestalt geschlossen hatte, saß Ellen auf ihrer Couch und überließ sich den Erinnerungen, die das Gespräch in ihr wachgerufen hatte. Es war die erste wirkliche Begegnung zwischen Maren und ihr seit dem schrecklichen Ereignis. Nicht viel, und ihr Misstrauen hätte jede weitere vereitelt. Schade, dass Maren so viel mit sich alleine ausmachte. Sie könnten sich stützen, gegenseitig. Aber Maren war nicht der Typ für große Sentimentalität. Sie litt im Verborgenen oder weigerte sich, den Schmerz anzunehmen. Harte Schale, weicher Kern. Außerdem hatte sie recht. Es war an der Zeit, nach vorn zu schauen.

Erst im Bett, im vollständigen Dunkel ihres Schlafzimmers, aus dem die Fensterläden den letzten Schimmer Licht sperrten, trat das Bild des silbernen Lamellenvorhangs vor ihre Augen. Sie hatte vergessen, Marens Verbindungstür zum Wintergarten wieder zu verriegeln.

8 Von draußen drangen Geräusche der Einkaufsmeile durch das offene Fenster. Jona klappte den Laptop zu und atmete tief durch. Die Sitzungen mit Frau Geiger entwickelten sich zunehmend schwieriger. Jede Woche kam sie mit einer neuen Vision, die das zuvor entwickelte Ziel über Bord warf. Selbst die Praxistür war unter ihrem Aktionismus krachend ins Schloss gefallen.

Aktionismus, notierte sie sich auf ein Blatt Papier und betrachtete ihr Gekritzel. Sie war nervös. Steiner wollte um viertel nach eins unten warten. Sie warf einen Blick auf die Zeil hinunter und entdeckte ihn vor dem David und Goliath Denkmal. Rauchend sah er einer Gruppe Jugendlicher zu, die die Steinstufen an der Hauptwache als Sprungschanze benutzten.

Was wohl gerade in ihm vorging? Wenn die Wohnung nur halb so attraktiv war, wie es das Inserat versprach, gab es keine Ausreden mehr. Kein Zurück. Wenn sie überhaupt die Glücklichen, Auserwählten waren. Eine Therapeutin und ein Kriminalkommissar mit pubertierendem Sohn, wollte jemand solche Mieter? Vielleicht sollte er lieber sagen, er sei Polizist, das konnte Sicherheit vermitteln. Wenn nicht sowieso jemand schon unter der Hand vorgemerkt war oder heimlich mit einer Finanzspritze seinem Glück nachhalf. Ulf blendete all das mit stoischem Glauben an alte Verhältnisse aus. Die halbe Nacht hatte er vor dem Computer verbracht und den Immobilienteil mehrerer Plattformen durchforstet. Auch eine Art von Aktionismus. Seine genauen Vorstellungen von einer Wohnung würde er nach den ersten Besichtigungen von selbst begraben. Noch weigerte er sich zu glauben, wie das mit dem Wohnungsmarkt lief. Was Jakob über ihre Umzugspläne dachte, konnte sie nur ahnen. Der Deutschrapp, der neuerdings aus seinem Zimmer drang, sprach Bände. Ulf ließ ihn gewähren. Jakob würde sehr schnell begreifen, dass sie keinen Muttterersatz spielen wollte. Oder war gerade das sein Problem?

Ratlos schloss sie das Fenster und verließ kurz darauf die Praxis.

Zwanzig Minuten später erreichten sie den stuckverzierten Altbau, vor dem bereits ein Pulk Interessenten auf Einlass wartete. Es war die dritte Besichtigungsgruppe an diesem Tag, wie ein junger Mann hinter ihnen einen anderen aufklärte.

»Das hat Herr Krampner schon prophezeit.«

»Wer?«

»Der Makler von …« Ulf verstummte.

»Greifimmobilien«, platzte Jona heraus und sah, wie Steiner mit den Augen rollte.

»Er hat mit einer Kundin telefoniert, als ich dazukam. Also was solls.«

Bevor Jona etwas erwidern konnte, ging die Haustür auf und spülte eine Gruppe gut gekleideter Menschen auf die Straße, während sich die Wartenden um sie herum in Bewegung setzten.

Sie betraten als letzte die Wohnung, einen Altbau mit hohen Decken und dunkel lackierten Holzdielen, die unter den Schritten der Interessenten knarzten. Die Gruppe, vom Makler angeführt, durchquerte den Flur. Ausgerechnet ein Makler von Greif. Wieso hatte Ulf ihr das nicht gesagt?

Im Vorübergehen erhaschte Jona einen Blick in die hochmoderne, schmale Küche aus rotem Lack, die der Makler außer Acht gelassen hatte, und berührte Ulf am Arm.

»Da darfst du aber kein Gramm mehr zunehmen, sonst bleibst du stecken.«

Ulf schwieg. Die anderen waren hinter der Biegung des Flures verschwunden und lauschten dem Makler, der ununterbrochen redete. »Grimms Märchenstunde«, murmelte sie und zog die nächste Tür auf. Ein granitfarben gekacheltes Bad ohne Fenster. Sie winkte Ulf zu sich und zog ihn ins Bad.

»Sieh mal hier. Was für eine Edelgruft. Einmal heiß geduscht, und du erstickst.«

Kurz trafen sich ihre Blicke im Spiegel, dann sah Steiner sie direkt an.

»Ich habe es verstanden. Lass uns gehen.«

Jona strich mit den Fingern über die glatten Kacheln.

»Verstehst du eigentlich immer alles?«

»Was ich verstehe«, er senkte seine Stimme, »ist, dass dir das hier nicht passt. Du hast ja deine Mansarde. Auch wenn du mir gesagt hast, du meidest sie erstmal.«

Er streckte seinen Rücken durch und bemühte sich um eine freundliche Miene.

»Ich glaube, du bist schon verstrickt in die ganze Sache. Mehr als du denkst.«

»Ich denke die ganze Zeit an Hanna Vers. Sie verfolgt mich regelrecht. Sie und ihr seltsames Geständnis. Es ist doch absurd, dass sie getötet haben soll.«

Ihre Worte fegten das bemühte Lächeln aus seinem Gesicht.

»Nicht hier.«

»Ich mag sie eben. Ich weiß, das ist kein Grund, um zu beurteilen, ob jemand einen Mord begangen hat.«

»Ich sagte, nicht hier.« Steiner schob die Badtür zu und stellte sich davor. »Was denkst du denn? Es gibt ja auch noch sowas wie Indizien. Und Täterwissen.«

»Hat sie kein Alibi?«

Ulf atmete tief durch. »Sie kann sich nicht erinnern, wo sie war. Woher …«

»Das ganze Haus weiß, dass sie in U-Haft sitzt.«

Es klopfte gegen die Tür, die Steiner unsanft aufzog, bevor er sich am Makler und dem Tross Wartender vorbeischob und die Wohnung verließ.

Erst draußen im umzäunten Vorgärtchen holte sie ihn ein.

»Was jetzt?« Er sah zwei Jungen nach, die eng umklammert auf einem E-Roller über den Radweg schossen.

»Ulf. Ich weiß, dass du mir nichts erzählen darfst.«

»Ist ja schon längst passiert.« Seine Hand, nach der sie gegriffen hatte, verschwand in der Tasche seiner Lederjacke. »Wegen dir hab ich mir die Erbangelegenheit der Villa näher angeschaut.«

»Und?«

»Fehlanzeige. Der Notar, bei dem Frau Wismar ihr Testament hinterlegt hat, kennt die Dame schon seit den Sechzigern. Sie hat ihre Tochter lange enterbt, bevor Frau Keiler ins Spiel kam. Alles korrekt. Frau Keiler hat sich eine ganze Weile um das Haus gekümmert, bevor sie selbst eingezogen ist.«

»Sag ich doch. Sie ist nett. Kann nicht der Notar Dreck am Stecken haben?«

»Frau Wismar ist an ihrer Krebserkrankung gestorben, ganz ohne Fremdeinwirkung, das hat mir der zuständige Arzt bestätigt. Und sie war bis zum Schluss im Vollbesitz ihrer geistigen Kräfte.«

Über ihnen ging ein Fenster auf. Schweigend folgte Jona Ulf durchs Nordend, bis sie vor seiner Haustür standen. Doch statt den Schlüssel aus seiner Tasche zu ziehen, sah er auf seine Uhr.

»Jakob ist schon zu Hause. Ich schlage vor, wir suchen uns einen anderen Platz zum Reden.«

Im Sinaipark war es belebt. Senioren aus dem nahegelegenen Altersheim, rauchende Jugendliche, Fußballspieler, Vierbeiner, Sonnenanbeter, die bei zartesten Sonnenstrahlen halbnackt auf der Wiese lagen; alle waren sie in den Stadtpark gepilgert und fügten sich in seine friedliche Kulisse ein.

Sie betraten den Schotterweg. Steiner war nicht erstaunt gewesen, als sie den Park vorschlagen hatte. Er wirkte erleichtert, wie nach einer Beichte. Wieder spulte sich sein plötzlicher Redestrom während der Autofahrt als Film in ihrem Kopf ab. Wie Hanna Vers starr und aschfahl von einer nahegelegenen Bank die Beerdigung des Immobilienmaklers verfolgt hatte. Wie sie zwei Stunden später ihm gegenüber im Verhörraum saß, um den Mord zu gestehen.

Die Rolle Nylonband, die Hanna auf den Tisch legte, ihr entblößter Oberarm mit dem Abdruck von Fingern, ihr Hasten durch den nächtlichen Park, das Gestrüpp, das Erwachen am Morgen im Bett, in Straßenkleidung, erdverschmiert, die Hände taub wie von einer großen Anstrengung. Und Leere im Kopf, Schwindel. Erinnerungsfetzen.

Jona ließ ihren Blick über den Park schweifen und blieb wie angewurzelt stehen. Vor ihnen führte der gewundene Pfad ins Gehölz, in dem Hanna Vers vor zwei Tagen auf der Suche nach etwas gewesen war. Natürlich, auf der Suche nach ihren Erinnerungen! Sie konnte sich selbst nicht trauen. Die perfekte Täterin, nein, das perfekte Opfer.

In ihrem Kopf summte es, während sie in den Pfad einbog, um sich mit eigenen Augen zu überzeugen. Als sie den gefällten Baumstamm erreichte, blieb sie stehen und besah sich den Flecken aufgewühlter Erde dahinter. Die Größe konnte hinkommen. Also hatte sie sich wirklich auf den Boden gelegt, um die Nacht zu rekonstruieren, die Nacht, in der sie sich liegend in der Sinai-Wildnis wiedergefunden hatte. Hier an diesem Flecken. Ein Räuspern riss sie aus ihren Gedanken. Ulf sah sie in einer Mischung aus Befremdung und Neugier an.

»Warte mal.« Sie richtete ihren Blick nach oben und starrte auf das Astgeflecht, das sich statt des Himmels über ihr wölbte. Nachts in der Dunkelheit mochte es aussehen wie Gestrüpp. Und dann war Hanna Vers noch einmal abgetaucht, vermutlich, um verräterische Indizien von sich zu finden. Aber da war nichts, denn der Mord hatte nicht hier stattgefunden, und sie hatte ihn nicht begangen.

Sie ließ sich auf dem Baumstamm nieder und warf Ulf einen langen Blick zu. »Setz dich mal bitte.«

Während die Rinde des Stammes gegen ihre Gesäßknochen drückte, suchte sie nach den richtigen Worten. Worten, die nicht nach Intuition klangen, sondern das, was sie in den letzten 48 Stunden gehört und gesehen hatte, zu einer schlüssigen These formten. Vielleicht zerstreute sich ihr Verdacht schon beim Aussprechen oder wurde als unlogisch entlarvt. Neben ihr saß Steiner, der Kriminalkommissar, nicht ihr Freund Ulf.

»Ich war am Sonntag im Park«, begann sie und ignorierte die vorbeispazierende Kleinfamilie, um zu schildern, was Hanna Vers am Sonntag genau an dieser Stelle getan und ihr der Student am Montagabend bei einer Tasse Tee erzählt hatte.

»Gewalterfahrung, eine Posttraumatische Belastungsstörung, und dann ein Mord in unmittelbarer Nähe, an einer Person, die man fürchtet – das sind perfekte Voraussetzungen, um eine labile Persönlichkeit durcheinanderzubringen.«

Steiner war ihrem Bericht schweigend gefolgt, während sein Blick über den zerdrückten Blätterhaufen zu ihren Füßen wanderte.

»Von der PTBS hat sie weder mir noch Kovac noch dem Staatsanwalt erzählt. In diesem Fall wird ein psychologisches Gutachten erstellt werden. Weiß denn noch jemand von Frau Vers' Vorbelastung?«

»Alle im Haus.«

Steiner atmete hörbar aus.

»Ulf, vielleicht hat es ihr jemand bewusst in die Schuhe geschoben.«

»Das ist Spekulation.«

»Eine Hypothese.«

Sie konnte sein Lächeln hören und fegte ein Insekt von ihrem Bein.

»Für diese Hypothese spricht, dass sie den Mord hier ansiedelt, weil sie die wirkliche Stelle gar nicht kennt. Jemand hat ihr davon erzählt, ihr Erinnerungen in den Kopf gesetzt. Vielleicht durch Hypnose.« Jona verstummte. So ausgesprochen, klang es abstrus. Vom Streetballplatz, auf dem Jugendliche Baseball spielten, drang Hip-Hop-Musik zu ihnen herüber.

»Vielleicht hat auch dieser Krampner Hanna Vers das eingeredet. Er war doch im Haus, abends noch, hast du mir im Präsidium gesagt. Und du hast von Ungereimtheiten gesprochen.«

»Ich bin an ihm dran«, sagte Steiner, »aber so einfach ist das nicht. Er hat ein Alibi.« Ulf sah auf. »Von drei anderen Maklern, mit denen er eine kleine Privatfeier hatte. Vielleicht kehrt ja auch Frau Vers' Erinnerung an jene Nacht vollständig zurück.

Sie wird in den nächsten Tagen Besuch von einer forensischen Psychiaterin bekommen. Die Ermittlungen laufen noch.«

Er erhob sich und vermied es, auf die Stelle mit der aufgewühlten Erde zu treten. »Genau wie unsere Wohnungssuche. Was machen wir jetzt?«

Jona schlug einen Imbiss im Stehen vor.

Als sie eine Stunde später wieder an der Hauptwache stand, fühlte sie sich leer. Ulf hatte sich Mühe gegeben, in ein lockeres Gespräch zu finden und es nach wenigen Minuten aufgegeben. Sie war wie eingesponnen in einen Kokon, auch jetzt noch glich die Welt, die sie umgab, einer unwirklichen Kulisse. Politische Parolen, vom Mikrofon verzerrt, zerschnitten die Luft, mehrere kleine Menschengruppen schwenkten Fahnen, die sie nicht zuordnen konnte. Und inmitten all dem die Bronzeplastik des David und Goliath, auf die sie so oft von ihrer Praxis aus herabsah. Ging es denn wirklich immer um den Kampf zweier ungleicher Gegner?

Sie dachte an Carlos Alvarez, der in einer Viertelstunde zur Therapie kam, um einen Umgang damit zu finden, dass sein neuer Arbeitgeber seine sexuelle Ausrichtung als Makel ansah und ihn das auch spüren ließ. Mechanismen der Macht, denen sich keiner entziehen konnte. Es war ihr Job, das innere Gleichgewicht ihres Klienten zu fördern, sie verdiente ihr Geld durch die Existenz von Vorurteilen und Urteilen, lebte von der Krankheit dieser Stadt.

Sie beschleunigte ihre Schritte und flüchtete aus dem Gedränge der Einkaufszone in ihre Praxisräume. Nach dem letzten Patienten blieb ihr noch Zeit, in Ruhe über alles nachzudenken. Ulf war mit Freunden unterwegs und Jakob lag vermutlich mit einem Buch im Bett oder spielte auf seiner Playstation. Vielleicht sollte sie diesen Tag mit einem guten Bordeaux runterspülen. Mit einem richtig guten Bordeaux. Und sie wusste auch schon, wo sie später nach diesem besonderen Tropfen suchen würde.

***

Die Fahrt nach Heddernheim führte am Dornbusch vorbei. Sie widerstand der Versuchung, einen Umweg über die Villa zu nehmen und genoss die letzten Sonnenstrahlen, die schräg über die Dächer fielen und die Straße in goldenes Licht tauchten. Stadtauswärts wurde es ländlich, sobald man Eschersheim hinter sich gelassen hatte. An der Nidda entlang erstreckten sich die wunderschönsten Gärten. Als sie die Brücke überquerte, fiel ihr der bordeauxrote Lieferwagen am Seitenstreifen ins Auge. *Boehm-Weine* las sie im Vorüberfahren und drosselte das Tempo, um die schmale Straße, in der der Weinladen laut Google liegen musste, nicht zu verpassen.

Von außen wirkte der Laden klein. In der Auslage hing ein Fischernetz, und darin Postkarten von Weingütern, Sektkorken und tatsächlich, Jona trat näher heran, Weintrauben aus Plastik. Das war so schräg, dass es schon wieder was hatte. Durch die Schaufensterscheibe begegnete sie dem Blick des Weinhändlers, der sie einen Moment ansah, bevor er sie erkannte und erfreut winkte.

Sie trat ein und fand sich in einem hellen Raum wieder. Auch die Regale waren modern und nicht so vollgestopft, wie es die Schaufensterauslage vermuten ließ. Viktor Boehm stand mit zwei Frauen an einem Verkostungstisch und bedeutete ihr, sich schon einmal umzuschauen.

Es gab nicht viele Orte, an denen Jona sich wohler fühlte als in einem Weinladen. Ron, ihr Ex-Freund, besaß einen im Osten der Stadt, und so oft sie damals aneinander geraten waren, war doch Friede zwischen ihnen eingekehrt, wenn sie über Wein geredet hatten. Sie steuerte das Regal mit der blauweißrot-verzierten Banderole an und ließ ihren Blick darüber gleiten, bis sie schließlich die Flasche eines ihr unbekannten Chateaus herauszog. Das Rückenetikett las sich gut, der Jahrgang passte und der Preis, sie schluckte. Heute war es egal.

»Sie haben Geschmack.« Viktor Boehm war unbemerkt an ihre Seite getreten.

»Und Sie eine tolle Auswahl. Heute suche ich aber nur eine Flasche, um diesen Tag stilvoll zu ertränken.«

»Oh, nur zu.«

Jona schluckte eine Erwiderung hinunter und folgte seinem Blick, der zu den teuer gekleideten Frauen am Verkostungstisch geschwenkt war. »Darf ich mich dazustellen?«

Kurz darauf lehnte sie am Eck des Holztisches und sah in die jungen Gesichter zweier Frauen, die nicht älter als zwanzig sein konnten. Vor ihnen standen mehrere geöffnete Flaschen und eine Schale mit Baguettekrümeln. Eine schwere, vollmundige Fruchtbombe, sagte die Langhaarige in einer Art, als formuliere sie diesen Wunsch nicht zum ersten Mal, während ihre Nachbarin, die dieselben feinen Gesichtszüge trug, ein Foto von der Weinflasche schoss und auf ihrem Handy zu scrollen begann. Zwei Euro günstiger, raunte sie, als Viktor Boehm sich umdrehte, um die Schale mit Weißbrot aufzufüllen. Wenn er es gehört hatte, ließ er es sich nicht anmerken. Geübt löste er die Kapsel von der letzten, ungeöffneten Weinflasche auf dem Tisch und sprach über die kraftstrotzenden Weine Apuliens, die die Sonne in sich trugen, dicht, vollmundig mit einer rosinigen

Note, wie ihn die besten Primitivo aufwiesen, und dieser sei der Beste, den er im Laden stehen habe. Jeder schwärme von dem Wein.

»Zu mainstreamig sollte er aber auch nicht sein«, warf die Langhaarige ein, sie war die Tonangebende und sprach von einem großen, aber speziellen Event. »Und was halten Sie von dem Wein?«

Jona erwiderte den ruhigen, freundlichen Blick der Frau, die sie schon mehrmals über den Tisch hinweg gemustert hatte. Vielleicht wirkte sie mit ihrer Schlaghose und dem gepunkteten Mantel speziell genug, um das beurteilen zu können. Sie nahm einen Schluck und bewegte ihn im Mund. Der reinste Gewürzgarten, zum Kauen dicht und dann so aufdringlich weich, als würde man ein Marmeladenbrot essen.

»Hervorragend.« Sie lächelte. »Vergessen Sie den Mainstream und kaufen Sie einfach, was Ihnen selbst schmeckt.« Nach einem weiteren Schluck löste sie sich vom Tisch und streifte im Laden umher. Jetzt erst fielen ihr die liebevollen Details auf, die zwischen den Flaschenreihen drapiert waren. Boehm war kreativ – und aufmerksam. Bei ihrem Sektempfang hatte er ihr mit salzigem Gebäck ausgeholfen und den Sekt der alten Dame mit Pfirsichlikör versetzt. Der Sektempfang. Wie lange das schon zurücklag. Lichtjahre. Sie trank noch einmal von dem tiefdunklen Wein. Die Sonne Südens, das war gar nicht so verkehrt. Beim Umdrehen spürte sie die Wirkung des Alkohols. Sie sollte ihre Vespa stehenlassen. Inzwischen standen die jungen Frauen an der Kasse und verstauten eine Flasche Primitivo in den Lederrucksack, zur nochmaligen Probe bei den Managern, wie sie betonten. Herr Boehm lächelte. Im Profil wirkte sein Rücken ein wenig gekrümmt. Als sich die Tür hinter den beiden schloss, atmete er sichtbar auf.

»Ein Event mit Managern, das sieht nach einem guten Geschäft aus.« Jona stellte ihr leeres Glas auf dem Verkostungstisch ab und vernahm ein freudloses Auflachen.

»Glauben Sie nicht, dass die noch einmal auftauchen.« Er kopierte die Art, wie die Jüngere der beiden sich über ihr Handy gebeugt hatte und wisperte: »Im Netz zwei Euro billiger.« Jona musste lachen.

»Aber nichts gegen die vier Typen vom Steuerbüro gegenüber, die sich hier freitags nach Feierabend durchs Sortiment der geöffneten Flaschen probieren und gegenseitig mit Geschmackseindrücken übertreffen.« Herr Boehm winkte ab. Er schien belebter und legte den Kopf schief. »Ich schließe bald. Soll ich Sie mitnehmen? Ich glaube, ich habe in meinem Weinkeller zu Hause genau den Tropfen, nach dem Sie suchen.«

Es war schon dunkel, als sie die Villa erreichten. Nur im Fenster der alten Dame brannte Licht. Und in der Erdgeschosswohnung links hatte sich die Gardine bewegt und den Umriss eines Kopfes erahnen lassen.

Herr Boehm öffnete seine Wohnungstür mit den Worten, dass sie wahrscheinlich gerade das Gerede in Gang brachten. Die Idee schien ihm zu gefallen. Pfeifend stieg er die Treppe hinab, um aus dem Keller den einzigen Wein zu holen, mit dem sich, wie er betonte, auf grandiose Weise ein Tag ertränken ließ. Schon im Lieferwagen hatte er ihr den Mund wässrig gemacht. Ein Glas, mehr nicht, schwor sie sich. Ulfs SMS wartete noch darauf, gelesen zu werden. Sie betrat die Wohnung und setzte sich in der Küche an einen schmucklosen Holztisch. Eine Dose Zucker, die Tageszeitung und ein schmales, weißes Notebook, mehr befand sich nicht darauf. Alles war so ordentlich arrangiert, als hätte er mit Besuch gerechnet. Mit einem Klacken erlosch das Licht im Treppenhaus und hinterließ vollkommene Stille. Ihr Blick schweifte durch die Küche. Wieder ein neuer Kosmos. So viele Parallel-Leben auf engem Raum. Das Gerede in Gang bringen, hatte Viktor Boehm gesagt. Vermutlich war es schwer, hier etwas geheim zu halten.

Sie kramte ihre Zigaretten aus der Tasche und lehnte sich im Stuhl zurück. Der Sektumtrunk vor ein paar Tagen war beinah wie eine kleine Familienfeier gewesen – bis zu dem seltsamen Auftritt von Hanna Vers. Was es da wohl für Gerede untereinander gab?

Das Licht im Treppenhaus sprang an, und kurz darauf betrat der Weinhändler gut gelaunt die Küche.

»Sie können gerne auch drinnen rauchen. Aber nicht vor dem ersten Schluck.«

Er entnahm dem Schrank zwei Gläser und entkorkte den Wein. »Der Student hat hier auch schon geraucht, und nicht nur Tabak. Er raucht das Zeug zur Bewusstseinserweiterung. Und dann jagt er seine philosophischen Erkenntnisse über Instagram in die Welt.«

Jona fiel in sein Lachen ein. »Eine schöne Hausgemeinschaft haben Sie hier.«

»Mit den Jahren wächst man zusammen.«

Der Barolo war hervorragend. Gleich mit dem zweiten Schluck bot Viktor Boehm ihr das »Du« an. Er schien zu genießen, dass ihm jemand zuhörte. Nach einer halben Stunde wusste sie nicht nur von seinen Ambitionen als Schriftsteller und dem in der Schublade schlummernden Weinkrimi, sondern auch, dass er einen gut dotierten Arbeitsplatz bei der Messe aufgegeben hatte, um sich mit den Ersparnissen seinen Traum vom eigenen Weinladen zu erfüllen. Seit vier Jahren sei sein Hobby auch sein Beruf.

»Großartig«, Jona hielt die Hand über ihr leeres Glas. Ihr Handy in der Tasche hatte zum zweiten Mal vibriert. »Das ist bestimmt nicht immer einfach. Wenn ich da an die beiden jungen Frauen denke.«

»Hätte ich dir vorhersagen können. Die Reichen sind die geizigsten. Von nichts kommt nichts.«

Sein Lächeln verrutschte. Gescheitert, dachte Jona. Doch Viktor wischte ihren Gedanken mit einer Handbewegung fort.

»Was solls. Für einen guten Wein und das bisschen Leben reicht es.«

Das bisschen Leben. Jona schlenderte die Eschersheimer Landstraße hinunter. In ihrem Kopf vermengten sich die Bilder und Gesprächsfetzen der letzten Stunde. Immer wieder schlich sich der Satz von dem bisschen Leben in ihre Erinnerung.

Das bisschen Leben, das ihren Eltern noch blieb. Das bisschen Leben, von dem jemand Torben Fischer mindestens die Hälfte abgezwackt hatte. Das bisschen Leben, das Hanna Vers nun vielleicht in einer Gefängniszelle verbringen würde. Sowohl Viktor als auch sie hatten es vermieden, über ihr Geständnis zu reden. Sie überquerte die Straße und kaufte sich in einem Imbiss eine Flasche Wasser. Vor ein paar Stunden hatte sie mit Ulf hier zu Mittag gegessen. Wie sollte sie ihm erklären, dass sie trotz gegenteiliger Ankündigung schon wieder in der Villa war, noch dazu auf einen Wein bei einem der Tatverdächtigen. Sie blieb stehen. Gehörte Viktor zum Kreis der Verdächtigen?

Sie trank einen Schluck Wasser und versuchte sich vorzustellen, wie Ulf auf ihre Idee, Hanna Vers im Gefängnis zu besuchen, reagieren würde. Vielleicht sollte sie erst einmal einen Besuchsantrag stellen. Wenn Frau Vers dem zustimmen würde, konnte sie Ulf immer noch davon erzählen.

Sie bog um die Ecke. Schon von hier konnte sie sehen, dass in seinem Wohnzimmer noch Licht brannte. Beim Aufschließen der Haustür kehrten ihre Gedanken noch einmal zu Viktor Boehm und seinem Spruch zurück, dass es keinen besseren Wein als einen 2011er Barolo gab, um auf grandiose Weise den Tag zu ertränken. Unwillkürlich musste sie lächeln.

9

Der Ort der Ruhe, der *ewigen* Ruhe, wie es in den Abschiedszeilen hieß, die im Stift für jeden verstorbenen Bewohner an der Gedenktafel hingen. Ellens Blick wanderte zum Portal des Hauptfriedhofs. Außer einem jungen Mann, der auf den Stufen der Trauerhalle ein Eis aß, war niemand durch die schmiedeeiserne Drehtür getreten, und das seit fünf Minuten. Der Kotflügel, an dem sie lehnte, drückte gegen ihre Hüfte. Sie war zu dick. Kein Wunder, dass Maren ohne sie aus ihrem Wagen gesprungen war, um schnell noch Blumen zu besorgen. Warum musste Maren welche kaufen, wo sie doch als Floristin aushalf?

Jetzt kam sie zurück, ein eingepacktes Gesteck in den Händen. Sie lächelte, so wie früher.

Mit Maren an der Seite kam ihr der Weg neu vor. Das Maiglöckchenparfum roch heute besonders stark, selbst im Freien setzte es sich durch, selbst gegen die echten Pflanzen und den Weg entlang der Gräberreihen, bis sie vor dem schlichten Grab ihrer Mutter standen.

Gabriele Beetz, darunter die Lebensdaten. Geburt und Tod. Kein tröstlicher Spruch, keine Verzierung. So, wie ihr Leben gewesen war.

Maren befreite das Blumengesteck vom Papier und legte es in die Mitte des Beetes.

Gelbe Narzissen im Holzkasten, mit Moos abgedeckt.

»Weißt du noch?«

»Was?«

»Wie sie mal die Narzissen der Nachbarn mit Whisky gegossen hat.«

Ellen musste gegen ihren Willen lächeln. »Wie hießen die gleich noch?«

»Vogt. Für Mama nur ›die schrägen Vögel‹. Waren die eigentlich auch auf der Beerdigung? Ich kann mich nicht erinnern.«

»Außer Frau Kubitsch war niemand von den Nachbarn da.« Ellen starrte auf den schlichten Grabstein mit der Inschrift. Das Bild des halb ausgeräumten Kinderzimmers stand ihr mit einem Mal vor Augen. Nur ein paar Socken und die Grundschulhefte erinnerten daran, dass Maren acht Jahre in der Wohnung im Ostend gewohnt hatte. Sie selbst war mit ihrer Mutter zurückgeblieben und hatte dann ein Zimmer für sich allein besessen. Ein ganzes Zimmer und ein halbes Herz.

Sie warf einen Blick zur Seite und sah, wie das Päckchen Zigaretten, das Maren in der Hand hielt, wieder in die schwarze Lacktasche verschwand.

»Maren, warum sind wir eigentlich hier?«

»Ich dachte, du freust dich.« Der schwarze Lackschuh beschrieb einen Halbkreis und kickte dann ein Stöckchen von der Grabsteinumrandung. »Ich musste gestern daran denken, an die Zeit nach Mamas Beerdigung.«

»Du hast sie verachtet.«

»Sie hat mich im Stich gelassen.« Das Lächeln auf Marens Gesicht erlosch. Nun förderte sie doch eine Zigarette zutage und zündete sie nach einem Blick in alle Richtungen an.

»Du weißt, dass ich auch an ihr gehangen habe.«

Der Rauch wehte über das Grab. Ellen sah zu, wie er sich auflöste und in der Atmosphäre verlor. Es stimmte, Maren war damals aus Berlin gekommen und bei ihr geblieben, zehn traurige, glückliche Tage, in denen sie sich gemeinsam an das Stück Kindheit erinnerten, das Marens Vater ihnen gelassen hatte, bevor er sie mit nach Berlin nahm. Bevor Mama zuließ, dass er mich mitnahm, betonte Maren, so oft die Sprache darauf kam.

Von weitem war das Asthäckseln der Gärtner zu hören, pietätslos und tröstlich zugleich.

»Ich habe Frieden geschlossen.« Maren sah ihr ins Gesicht. »Wir haben uns damals geschworen, nicht so zu enden. Und jetzt wohnen wir in der Villa zusammen. Das ist doch toll.«

»Noch gehört sie uns nicht.«

»Aber bald. Bis dahin müssen wir gut auf sie aufpassen.« Wieder floh Rauch aus Marens Mund und verlor sich in der Ferne. »Du weißt, manchmal haben die Wände Ohren. Jedenfalls habe ich gestern Abend mitbekommen, dass unser lieber Herr Boehm und Jona Hagen es sehr vergnüglich miteinander hatten. Ihr Lachen hat bis in mein Wohnzimmer geschallt.«

»Ich denke, du magst sie.«

»Tu ich auch.« Maren drückte die Zigarette mit ihrer Schuhsohle aus und hob den Stummel auf. »Aber dass sie gleich so vertraut sind. Als würden sie sich kennen.«

»Sie sind sogar gemeinsam nach Hause gekommen.« Genau genommen um zehn nach sieben, dachte Ellen. Die Neue hatte durch die Gardine mitten in ihre Angst hineingesehen. Aber das ging Maren nichts an.

Ein Wind war aufgezogen. Die Zweige der hohen Tanne, die die Gräber überschattete, schaukelten über ihrem Kopf. Sie saß schon zu lange auf der Bank. Wie lange, wusste sie nicht. Maren war vor einer Weile gegangen. Sie hatte eine Verabredung mit einer Freundin vergessen und gefragt, ob sie sie allein lassen durfte. So war es immer mit ihr. Erst vertraut, wie Schwestern sich nur sein konnten, und dann plötzlich verwandelte sie sich in eine Fremde.

Sie erhob sich von der Bank und trat ans Grab ihrer Mutter. Aber da waren keine Worte mehr. Mutter war fort, war nichts weiter als eine Erinnerung, die wehtat.

Auf dem Weg zum Friedhofsausgang musste sie an Traute Wismar denken. Zweieinhalb Monate lag die alte Dame jetzt schon unter der Erde. Es wurde Zeit, sich zu entschuldigen. Für was, würde Maren fragen. Dabei musste sie doch am besten verstehen, wie es war, wenn man sich nicht mit der Mutter aussöhnen konnte. Ellen verließ den Seitenpfad; der Hauptweg besaß etwas Beruhigendes. Trotz der kühlen Luft kam sie ins Schwitzen. Inzwischen hatte der Wind die Wolkenfetzen zu einer grauen Decke zusammengeschoben. Regen lag in der Luft. An der Trauerhalle blieb sie stehen und loggte sich übers Handy ins Internet ein. Keine fünf Sekunden später offerierte ihr das Display das alphabetisch sortierte Namensregister des Hauptfriedhofs, und gleich darauf, als ihre Finger etwas zittrig den Buchstaben »W« angeklickt hatten, hatte sie ihn schwarz auf weiß: Den genauen Standort von Frau Wismars letzter Ruhestätte.

Das freistehende Doppelgrab war von zwei kleinen Säulen flankiert. In den hohen Granitstein waren die Namen und Jahreszahlen eingraviert, verbunden durch eine Steinrose. Ein Grabstein und Erinnerungen, das war alles, was von einem Menschenleben blieb. Ellen spürte einen Stich bei dem Gedanken, die alte Dame nicht nach ihrer Kündigung im Stift besucht zu haben. Vorsichtsmaßnahmen. Natürlich war das sicherer gewesen. Trotzdem: Frau Wismar war bestimmt enttäuscht gewesen, auch wenn Maren das dementierte. Dass sie vier Monate vor ihrem Tod noch auf die Pflegestation gekommen war, musste schlimm für sie gewesen sein.

Wieder glitt ihr Blick über das schlichte, edle Grab und die Namen darauf. Traute Wismar und Hugo Wismar. Jetzt waren sie wieder vereint, so wie die alte Dame es sich gewünscht hatte.

Vielleicht sah sie von oben herunter und freute sich über ihren Besuch. Freute sich, dass sie in ihrer Villa wohnte, sie pflegte, verarztete, ihren Puls überprüfte, so wie sie es damals auch bei ihr selbst getan hatte. Ein Luftzug wehte über ihr Gesicht und die Stelle am Hals, die das Seidentuch nicht bedeckte, dann lösten sich die ersten Tropfen aus den dunkelgrauen Wolken über ihr.

Im strömenden Regen erreichte sie die Villa. Sie wechselte ihre Kleidung und suchte Bella, die erst nach mehrmaligem Rufen aus dem Schlafzimmer kam. Bella war anders als sonst. Vielleicht hatte der Kater von nebenan sie wieder gejagt. Von den Snobsens, Nachbarn, für die sie Luft waren. Selbst ihr Kater war blasiert. Und feindselig.

Mit den aufgewärmten Nudeln vom Vortag siedelte sie ins Wohnzimmer um. Das Grün vor dem Fenster beruhigte. Zwischen zwei Bissen schob sie die Gardine beiseite und entdeckte Maren, die in Gummistiefeln und Regenjacke Frühlingspflanzen einsäte. Im strömenden Regen! Seit sie als Floristin aushalf, schien sich ihre Wut etwas gelegt zu haben, ihre Grundwut auf alles, was mit Bevormundung zu tun hatte. Obwohl, wie sie den Spaten ins Erdreich stieß, das hatte etwas … etwas Radikales. Als wolle sie dem Garten seinen Eigensinn austreiben.

Was machte sie überhaupt schon hier? Sie war doch verabredet.

Als könne sie Gedanken lesen, drehte Maren sich um und winkte ihr vom Rosenbeet aus. Ihr Haar war tropfnass, und das Gelb des Ölmantels glänzte im Regen. Ellen winkte zurück und zog die Gardine wieder vor. Stumm standen die Möbel an ihrem Platz, sie brauchte sich nur in die Kulisse einfügen, um dazuzugehören. Hier war ihr Platz, ihr Zuhause. Und der Friedhof weit weg, in einem Leben, das mit ihr abgeschlossen hatte.

Wieder schob sich das Bild der unterschiedlichen Gräber in ihre Gedanken. Selbst die letzte Ruhestätte spiegelte wider, wie man in die Welt gebettet war.

Wie wohl ihr eigenes Grab aussehen würde?

Der verhangene Himmel filterte das Licht aus dem Zimmer und machte sie schläfrig. Kaum hatte sie es sich auf der Couch bequem gemacht, fiel sie in einen traumlosen Schlaf.

Es war ein heller Schlag, der sie weckte. Instinktiv sah sie sich nach Bella um, aber die saß müde im Sessel und blinzelte sie an. Da war es wieder! Ganz deutlich kam ein Tocken von der Wohnung über ihr, eins- zwei- dreimal. Dann nach ein paar Sekunden das gleiche harte Geräusch. Ihr Blick glitt zum Handy, dann zur Zimmerdecke. Wenn die alte Kücherer nicht anrief, musste das einen Grund haben. Sie hievte sich von der Couch und nahm die Treppen in den ersten Stock, so schnell es ihr möglich war.

Kurze Zeit später saß sie auf der abgewetzten Küchenbank und legte den Pulsmesser um den faltigen Oberarm. Blass sah die sonst muntere Alte aus, und das Zittern, mit dem ihre Hand das Wasserglas angehoben hatte, war auch neu. Schon zum zweiten

Mal klopfte sie mit dem Zeigefinger der freien Hand gegen ihre Stirn.

»Der Kasten will heute nicht. Außer Betrieb.«

Sie lächelte schwach. Ein Wunder, dass sie noch aufrecht im Rollstuhl saß bei dem Puls.

»Macht ihre Ärztin auch Hausbesuche?«

Margo Kücherer winkte ab. »Ich brauch nur Kreislauftropfen.«

Und Unterhaltung, dachte Ellen und ließ ihren Blick durch die Küche schweifen. Alles tadellos. Wie sie das schaffte mit ihrer Vergesslichkeit und ihrem eingeschränkten Gehvermögen. Selbst der zweiteilige, uralte Küchenschrank war aufgeräumt. Hinter dem Glaseinsatz stand die Portweinflasche, von der jeder im Haus schon gekostet hatte. Frau Kücherer war ihrem Blick gefolgt.

»Wie wärs mit einem Gläschen?«

»Nein, danke.« Sie löste den Pulsmesser vom Oberarm und wehrte sich gegen den Gedanken, dass Portwein die Trübsal dieses Tages vertreiben konnte. »Und Sie sollten auch nicht, wenn Ihnen noch schwindlig ist.«

»Mit Frau Wismar habe ich mir auch ab und zu ein Schlückchen gegönnt. Ein feiner Mensch.«

»Das habe ich schon öfter gehört.« Ellen erhob sich und räumte den Pulsmesser in die Tasche zurück.

»Die Tochter von ihr auch«, führte Frau Kücherer fort und ignorierte die Tatsache, dass sie keine Anstalten machte, sich wieder an den Tisch zu setzen. »Astrid war ein Wildfang, immer schmutzige Hosen und ein loses Mundwerk. Aber ihr Herz war gut.«

Die Stille, die den Worten folgte, verstärkte das Sirren in Ellens Ohren.

»Sie kennen Ihre Tochter?«

»Ich wohne seit vierzig Jahren hier.« In die Augen der alten Dame trat ein Glanz, als sie von der Tochter der Hauseigentümer zu erzählen begann. Von dem liebenswert eigensinnigen Mädchen, das wie der Vater gewesen sei. Ein Mensch ohne Wurzeln. Handlungsreisender. Immer im Außendienst. Und bei seiner Rückkehr an den Wochenenden habe es mit der Kleinen Streit gegeben. Wie oft habe das Mädchen bei ihr geklingelt und weinend ein Eis auf ihrer Küchenbank gegessen.

»Selbst als Teenager kam sie noch zu mir hoch. Ich versteh nicht, warum sie neulich nicht bei mir geklingelt hat.«

Frau Kücherer sank wieder in ihrem Rollstuhl zusammen. Nur die leichte Röte der Wangen verriet die Erregung, in die sie die Gedanken an früher versetzt hatten. Nach einer Weile sah sie ratlos auf.

»Sie wollten doch meinen Blutdruck messen.«

»Hab ich schon, mit dem Puls zusammen. Ganz schön niedrig«, sagte Ellen und notierte sich im Geiste, dass sie bei der Ärztin nach Antidementiva fragen musste.

Von gegenüber ertönte das Hämmern und Klopfen der Baustelle. Es hatte aufgehört zu regnen. Ellen öffnete das Küchenfenster und atmete die frische Luft ein.

Als sie sich wieder umwandte und in das alte, freundliche Gesicht sah, drang plötzlich die Bedeutung der letzten Worte in ihr Bewusstsein.

»Was hatten Sie gerade gesagt?«

»Sie wollten meinen Blutdruck messen.« Frau Kücherer streckte ihr den Arm entgegen.

»Nein, das andere.« Ihre Stimme kratzte wie Schmirgelpapier. »Über den Besuch von Frau Wismars Tochter neulich.«

»Sie hat mich NICHT besucht. Dabei habe ich ihr vom Fenster aus noch zugewinkt. Und gewartet, bis sie zu mir hochkommt.«

»Aber sie kam nicht.«

»Wahrscheinlich ist sie gleich zu ihrer Mutter ins Stift gefahren. «

»Und wann war das?«, hörte Ellen sich fragen.

Eine Ewigkeit verging, bis ein Lächeln über das faltige Gesicht huschte. »Ich hatte eine Tüte mit Plätzchen für sie auf den Tisch gestellt, das muss …«, sie verlor sich in Gedanken, »Ende letzten Jahres gewesen sein.« Wieder tippte sie sich an den Kopf. »Der Kasten funktioniert doch.«

Ellen versuchte zu lächeln, während in ihrem Kopf die Gedanken explodierten. Wenn Astrid Wismar ihre Mutter noch vor deren Tod besucht hatte, dann konnten sie das Erbe vergessen. Aber wieso hatte Maren ihr nicht davon erzählt.

»Ich besorge Ihnen morgen Kreislaufmittel. Aber wenn das nicht besser wird, rufe ich Ihre Hausärztin an.«

»Bleiben Sie noch. Wenn Sie das interessiert mit Hanna, können wir doch plaudern.« Die knochigen Hände legten sich auf die Räder des Rollstuhls. »Astrid, nicht Hanna.«

Ellen schüttelte den Kopf. Noch eine weitere Sekunde in dieser Wohnung und sie erstickte. Sie verließ die alte Dame mit dem Versprechen, morgen noch einmal vorbeizuschauen.

Die Leitungen surrten, als sie den Drehschalter betätigte und das Grau im Treppenhaus mit einem Schlag auslöschte. Ein gelbes, unwirkliches Licht dokumentierte jeden ihrer Schritte bis vor die Wohnungstür ihrer Schwester. Sie bohrte ihren Finger in den Klingelknopf und nahm ihn erst zurück, als Maren entnervt die Tür aufriss.

Es war drei Uhr, als sie erschöpft in ihre Wohnung zurückkehrte. Eine geschlagene Stunde hatte Maren ihr dargelegt, dass Frau Kücherer Dinge durcheinanderbrachte und die Tochter der Verstorbenen nicht unbemerkt das Haus betreten haben konnte. Sie hätte doch sonst bei Ihnen geklingelt. Sie wäre doch nicht nach Deutschland gekommen, ohne ihre Mutter zu besuchen. Und warum erzählte die alte Kücherer erst jetzt davon, in dem Moment, in dem sie Gesellschaft brauchte? Maren hatte recht. Und sie selbst taugte nicht für Geheimnisse. Oder für geheime Aufträge.

»Du hast ihn doch vernichtet?« Marens Ton war plötzlich scharf gewesen.

»In Schnipsel zerrissen und die in der Mülltonne entsorgt.« Unfähig zu einer Regung saß Ellen in der Küche. Dass ihr diese Lüge so leicht über die Lippen gekommen war. Und wieso konnte sie nicht ein einziges Mal über ihren Schatten springen und machen, was nötig war? Aber Gedanken einer Todkranken wegwerfen. Sie schüttelte den Kopf. Sie kannte ja nicht einmal deren Inhalt.

Zwei Minuten später lag der Brief vor ihr. Ein Jahr hatte er zwischen Büchern eingeklemmt sein Geheimnis bewahrt, und dabei sah die vom Alter gezeichnete Handschrift von Traute Wismar so frisch aus, als hätte sie die Adresse eben erst geschrieben. Eine griechische Adresse, die letzte, die sie von ihrer Tochter besaß.

Vorsichtig schnitt Ellen das Kuvert mit einem Brieföffner auf und zog einen beschriebenen Bogen Papier heraus. Die schwarze, leicht verwischte Schrift löste eine Flut von Erinnerungen aus, während ihre Augen über die Zeilen huschten und sie nach dem letzten Satz erneut zu lesen begannen.

Das, was hier stand, stimmte nicht mit Frau Wismars Worten überein, mit denen sie ihr den Brief überreicht hatte. Ihre

Finger strichen über das gebleichte Papier. Vielleicht hatte sie auch nur eine falsche Schlussfolgerung gezogen. Oder Frau Wismar hatte einfach vergessen, ihr zu sagen, dass es nur der erste Teil ihres Versöhnungsschreibens war, das sie zur Post hatte bringen sollen.

Sie sackte in sich zusammen und legte ihre Stirn auf die Tischplatte.

Hatte es in ihrem Leben jemals eine Lüge gegeben, die unentdeckt geblieben war? Und war es nicht ehrenwert, die letzten Worte einer Mutter an ihre Tochter ungelesen zu lassen, statt in den privaten Zeilen Frau Wismars zu stöbern?

Die Würde der letzten Worte, wenigstens das. Maren hatte den Brief natürlich lesen wollen und nicht verstanden, wieso er in Fetzen zerrissen in die Mülltonne hatte wandern müssen, als hätte es ihn nie gegeben. Aber er existierte, noch immer, er lag zwischen Zuckerdose und Teestövchen auf ihrem Küchentisch. Der letzte, verzweifelte Versuch der alten Dame, das jahrelange Schweigen zu beenden und sich mit ihrer Tochter Astrid zu versöhnen. Ellen starrte auf das Ende des Briefes. Versöhnung Teil eins.

Und Teil zwei? Auch Vivienne hatte für Frau Wismar hin und wieder Botengänge erledigt. Das fiel ihr jetzt ein!

Der Gedanke, nach so langer Zeit einen Fuß in das Pflegestift zu setzen, ließ ihren Puls in die Höhe schnellen.

***

Das erste, was sie sah, als der Bus um die Ecke bog, waren die gelben Sonnenrollos, die im Wind flatterten. Beklommen stieg Ellen aus und blieb an der Schranke vor dem Eingang stehen. Neun Monate war sie nicht mehr hier gewesen. Ihre Augen suchten die Wohnanlage nach dem blumenübersäten Balkon ab, auf dem Traute Wismar oft gelesen hatte. Dritter Stock, viertes Fenster. Ein kahles Betonrund. Keine Pflanzen, kein Sessel. Nur ein Wäscheständer gab Zeugnis davon, dass die Wohnung nicht leer stand.

Sie gab sich einen Ruck und lief über den Parkplatz. In der Eingangshalle empfing sie der vertraute Geruch nach Reinigungsmitteln und Kaffee. Gabi saß am Empfang und unterbrach ihr Telefonat.

»Ellen, was machst du denn hier? Sehnsucht nach uns?«

»Ich will nur mal Hallo sagen auf Station.«

Die Bepflanzung im Gang war jetzt gelb, nicht mehr lila. Zögernd trat sie an die Gedenktafel, vor der eine Kerze brannte. Ilse Hedwig war gestorben. Und der Demente aus dem zweiten Stock, der jeden Besucher um Zigaretten angeschnorrt hatte. Der Name Traute Wismars war bereits von der Gedenktafel gelöscht worden. Jahre hatte sie hier gewohnt und war innerhalb von wenigen Wochen in die Bedeutungslosigkeit versunken. Sie nahm den Fahrstuhl zu ihrer ehemaligen Pflegestation in den vierten Stock.

Es war Kaffeezeit. Um den Tisch saßen die Bewohner und aßen Kuchen. Mit einem Blick erfasste sie die Runde. Drei Neue. Als der verstummte Greis von Zimmer 411 sie erkannte, breitete sich ein Lächeln in seinem Gesicht aus, das ihr einen Stich versetzte. Jetzt nur nicht sentimental werden. Sobald sie aus seinem Sichtfeld trat, vergaß er sie wieder und tauchte in seine eigene Welt ab. Wie oft hatte sie sich gefragt, was hinter seiner Stirn vorging, wenn er abwesend in den rückwärtigen Garten sah.

Sie winkte ihm und flüchtete sich ins Schwesternzimmer. Peggy stand mit dem Rücken zur Tür und sortierte Pillen in Tablettenboxen.

Ausgerechnet Peggy! Die Einzige, um die sie immer einen Bogen gemacht hatte. Wenn sie schon diesen wippenden Pferdeschwanz sah.

»Hallo Peggy, ist Vivienne auch hier? Oder im betreuten Wohnen?«

Peggy fuhr herum und sah sie entgeistert an. »Mann, hast du mich erschreckt! Wenn du Vivienne treffen willst, musst du morgen kommen. Sie hat heute frei.« Ihr Blick schwenkte zu etwas in ihrem Rücken. »Ich komme gleich«, rief sie und rollte mit den Augen, als sie wieder allein waren. »Hat sich nichts geändert. Kommst du zurück?«

»Ich war in der Nähe und wollte nur Hallo sagen.« Ellen zwang sich zu einem Lächeln. Als sie an dem Tisch mit den Heimbewohnern vorbeikam, winkte sie noch einmal und verließ eilig die Station. Wenn sie morgen Vivienne mit einem Besuch überraschte, würde sie Schokolade für alle mitbringen.

Der Fahrstuhl brauchte wieder ewig. Hoffentlich tippelte ihr niemand hinterher. Beim Umdrehen sprang ihr der hinter Glas gefasste Zeitungsartikel ins Auge, der an der Wand hing. Er musste neu sein. Sie trat näher heran und erkannte auf dem Foto Vivienne und sich selbst inmitten der Heimbewohner, die Tütchen mit Zutaten oder ein Nudelholz in die Kamera hielten. Die Weihnachtsfeen aus dem Stift, las sie als Headliner und überflog den Artikel, der Viviennes Projekt, mit Heimbewohnern Plätzchen für Obdachlose zu backen, ausführlich beschrieb. Wieso wusste sie nichts von dem Artikel? Wieder glitt ihr Blick über das Foto. Frau Wismar saß zwischen den Besuchern und lächelte. Da lebte sie noch in der Hoffnung, sich mit ihrer Tochter versöhnen zu können. Oder waren sie sich wirklich noch einmal begegnet? Sie musste Vivienne sprechen. Und dazu brauchte sie einen Plan, einen Lügenplan.

Mit einem vertrauten Schnurren öffnete der Aufzug seine Türen. Die Frau, die ihr aus der Spiegelwand entgegensah, war rotgesichtig und trug einen grimmigen Ausdruck in ihrem Gesicht. Ihrem Lügengesicht.

In der Eingangshalle herrschte reger Betrieb. Besucher standen an der Cafeteria für Kuchen an, zwei Damen in elektrischem Rollstuhl hielten ein Schwätzchen, und auf den Bänken um die Hydrokulturecke saßen Senioren. Jetzt musste sie nur noch unauffällig an der Rezeption vorbeikommen. Ellen blieb stehen. Seit wann saß niemand am Empfang? Sie suchte das Foyer mit Blicken ab und entdeckte Gabi in dem Moment, in dem sie mit einem schlanken Mann in Jeans und Lederjacke hinter der Tür zur Verwaltung verschwand. Der Mann kam ihr bekannt vor. Die Erkenntnis schlug wie ein Blitz ein. Sie drehte sich auf dem Absatz um und lief durch den neuen Trakt zum Hinterausgang. Auf der Milchglastür zeichneten sich die Schemen der Ergotherapeutin ab, die mal wieder dort rauchte. Sie wechselte die Richtung und kehrte zu den Aufzügen zurück, von denen einer bereitstand. Ohne nachzudenken stieg sie ein und drückte die vier. Auf ihrer ehemaligen Station wurde sie ruhiger. Es gab noch andere Männer mit kerzengeradem Gang und graumeliertem Haar. Und sie war … angespannt, so nannte es Maren und meinte damit hysterisch. Von der Wand gegenüber prangte der eingerahmte Zeitungsartikel. Frau Wismar und sie auf einem Foto, das war gar nicht gut, das konnte andere dazu bringen, sich mal genauer die Verhältnisse anzuschauen. Wen denn? hörte sie Maren im Geiste fragen, während sie das kühle Glas schon in ihren Händen hielt. Von nahem betrachtet, war es eindeutig, dass Frau Wismars liebevoller Blick auf ihr lag, Ellen Beetz, ihrer Lieblingspflegekraft. Wie viele Erinnerungen hatte die alte

Dame ihr anvertraut, die lächelnd eine Tüte mit Zimtsternen in die Kamera hielt, wie viele Sorgen und Sehnsüchte. Und hatte sie nicht vor drei Jahren selbst gesagt, sie würde am liebsten ihr den Besitz vermachen. Und jetzt besaß sie ihn, wenn auch nicht auf dem Papier. Er war nicht dem Staat zugeflossen, weil sich ihre Tochter keinen Deut um ihre Mutter gekümmert hatte, er war nicht versteigert worden und nicht dieser gierigen Immobilienfirma in die Hände gefallen. Greif! Wie konnte jemand, der im Maklergewerbe arbeitete, so heißen? Sie ließ den Glasrahmen in ihrer Hand sinken. Torben Fischer. Wie konnte so ein netter Mensch in einer solchen Branche arbeiten? Alles Geier, wetterte Maren immer. Unsinn.

»Bist du noch hier?« Peggy stand am Flurende, an der Hand Frau Westerbühl, die sich jetzt löste und auf sie zuschlurfte.

»Den Artikel kannte ich gar nicht.« Ellen hängte ihn an seinen Platz zurück und lief Frau Westerbühl entgegen. Die zerbrechlichen Schultern unter ihren Händen fühlten sich vertraut an. »Ich komme morgen zu Besuch«, rief sie der Schwerhörigen ins Ohr, bevor sie ihr noch einmal die Hand drückte.

Morgen. Eine ganze Nacht lang Ungewissheit. Sie würde die Frage nach einem Brief Frau Wismars unauffällig einfädeln müssen und Vivienne bitten, ihr den Artikel zu schenken, als Erinnerungsstück.

Als sie kurz darauf das Stift durch den Seiteneingang verließ, fühlte sie sich gefasster. Sie hatte einen Plan. Hektisch lief sie über den Parkplatz, bis sie den alten, olivgrünen Mercedes entdeckte. Genau so einen waren die Kripobeamten gefahren. Unschlüssig blieb sie stehen. Wurde sie jetzt verrückt? Verfolgungswahn nannte man das. Sie hatte schon mehr als einen Heimbewohner gesehen, der in jedem Besucher einen Vollstrecker sah oder Verschwörung innerhalb des Pflegeteams witterte. Sie warf dennoch einen Blick in den Wagen. Auf dem Rücksitz lagen ein Halstuch und eine grüne Umhängetasche mit Pailletten. Das sah nicht nach Kripo aus. Erleichtert verließ sie den Parkplatz und nahm den nächsten Bus nach Hause.

Bella empfing sie maunzend. Sie trug etwas im Maul, doch Ellen fand nicht die Kraft, sich hinunterzubeugen und nachzusehen, was es war. Das graue Licht, das von draußen in die Küche sickerte, lähmte sie. Als würde es in sie selbst einsickern und ihr den Atem nehmen, ganz langsam, als würde sie Trübsal einatmen. Nicht mehr lange, und die vorzeitige Dämmerung ging in Dunkelheit über. Sie lief durch die Küche und schloss die Fensterläden, ehe sie die Deckenbeleuchtung anknipste. Auf dem Küchentisch lag noch immer der Brief von Traute Wismar. Er musste an sein Versteck zurück, bevor jemand ihn fand. Maren konnte jederzeit klingeln oder auch ihre Wohnung betreten, wenn sie wollte. Ob ihr die unverschlossene Verbindungstür aufgefallen war? Sie spürte Bellas Köpfchen an ihrer Wade und streichelte ihren Hals, bis sie in etwas Nasses fasste. Angewidert riss sie ihre Hand von der zerbissenen Maus und starrte auf das blutige Knäuel zu ihren Füßen. Früher hatte Bella kaum bei ihren Freigängen gewildert. Sie entsorgte die Überreste der Maus und füllte die Keramikschale bis zum Rand mit Bellas Lieblingsfutter.

Das Handy auf dem Couchtisch fiel ihr erst ins Auge, als sie zur Fernbedienung griff. Zwei Nachrichten waren während ihrer Abwesenheit eingegangen. Ihre Freundin Heike fragte, ob sie nächste Woche auf den Lohrberg mitkam. Und Maren hatte eine Sprachnachricht hinterlassen. Zögernd drückte Ellen auf den Knopf und vernahm die raue Stimme ihrer Schwester, die berichtete, dass Frau Kücherer sie am Telefon gefragt habe, ob es Donnerstag oder Freitag sei und wohl langsam dement werde. Im Handy rauschte es, vermutlich blies sie den Zigarettenrauch aus, den sie vorher hörbar eingesogen hatte. Mehrere Sekunden lief die Nachricht, ohne dass Maren etwas sagte. Ellen hörte die Nachricht ein weiteres Mal ab. Warum erzählte Maren ihr das? Und warum suchte sie selbst hinter dieser Voicemail eine versteckte Absicht? Sie hatten sich doch immer vertrauen können, auch wenn ihr Kontakt neun Jahre lang abgebrochen war.

Die Idee, die ihr plötzlich in den Kopf schoss, war verrückt. Sie sprang auf, nahm den Brief und klingelte an der Wohnungstür gegenüber. Ihr Mund war trocken. Maren konnte so zornig werden. Aber alles war besser als dieses Misstrauen. Ein zweites Mal drückte sie den Knopf ins Gehäuse, während sich die Worte in ihrem Kopf überschlugen. Am besten, sie überreichte Maren den Brief, und danach die Sintflut. Doch hinter der Holztür blieb es still. Als das Licht im Treppenhaus erlosch, setzte sie sich auf eine der Stufen und versuchte, das Gedankenkarussell anzuhalten.

Vielleicht, wenn sie sich auf den Puls der Villa konzentrierte. Sie schloss ihre Augen, atmete tief ein und aus. Da war nichts. Ihr Blut rauschte in den Ohren, aus dem zweiten Stock drangen leise Fetzen der klassischen Musik, nach der Viktor Boehm süchtig war. Alles von weiter oben entzog sich ihrer Wahrnehmung.

Sie wusste nicht einmal, ob der Student zu Hause war oder die Neue nicht doch in der Dachmansarde saß. Sie konnte ihre Vespa ebenso gut in einer Nebenstraße geparkt haben. Oder bei dem Studenten im Zimmer sitzen, wie es neulich Frau Kücherer erzählt hatte. Wenn man dem, was sie sagte, trauen konnte.

Wenn man überhaupt jemandem trauen konnte.

10

Das frühlingshafte Wetter hatte die Menschen nach draußen gelockt. Jona schlenderte über den Schillermarkt und aß im Stehen eine Bratwurst. Am Wochenende sollte es warm bleiben, seit Tagen versuchte Ulf, seinem Sohn den Familienausflug in den Taunus schmackhaft zu machen.

Am besten, sie behielt ihren Besuchsantrag in der JVA erst einmal für sich. Nach dem Gespräch mit Hanna Vers würde sich Einiges klären. Es war leicht gewesen, am Telefon zu lügen und dem Staatsanwalt glaubhaft eine Freundschaft zu der Inhaftierten darzulegen. Sie wohnten schließlich im gleichen Haus. Bei dem persönlichen Termin am Montag würde sie sich etwas einfallen lassen müssen für den Fall, dass Hanna Vers ihr Besuchsanliegen abschlug oder ihren Angaben widersprach.

Als sie eine Stunde später mit Tüten bepackt die Wohnung betrat, überkam sie eine Unruhe. Sie verstaute die Einkäufe und streifte durch die Zimmer. Es fühlte sich seltsam an, allein in der Wohnung zu sein. Ein Teil von ihr wohnte noch in Bornheim. Sie musste endlich die letzten Kartons aus ihrem alten Domizil holen, bevor die Bauarbeiter die Wände mit Dämmplatten erstickten und in der Küche alles in Schutt und Asche legten. Sie lebte jetzt hier. Seit drei Wochen. Vor der Wand mit dem auf Leinen gezogenen Kunstdruck blieb sie stehen. Botticellis Venus auf zwei mal drei Meter. Im Schein der Nachmittagssonne wirkte sie zerbrechlich. Es fühlte sich fast verboten an, hier zu stehen und ungeniert ihre Schönheit zu betrachten, die Ulf und seine verstorbene Frau gleichermaßen berührt hatte. Als würde sie sich etwas nehmen, was ihr nicht zustand. Wie zur Besänftigung streiften ihre Finger über das Bild. Frieden mit dem Leben schließen, war es das, was jetzt auf sie zukam? Einen Frieden, dem sie seit jeher misstraute.

Bald würden sich zu der braunen Ledercouch und der Stehlampe aus Chrom ihre eigenen Möbel gesellen, samt ihrer Fotoausrüstung und Hunderten von Büchern. Steiner hatte zu allem Ja gesagt. Sie war schon ein Teil seiner Welt. Und auch ein Teil jener anderen Welt, die sie erst vor wenigen Tagen betreten hatte. Nahtlos aus dem Wohnchaos in Bornheim ins Mordchaos der Villa. Verflucht, war sie süchtig nach Komplikationen?

Sie riss das Fenster auf und sah zum Altbau hinüber, in dem eine junge Frau ein Baby auf dem Arm durch die Wohnung trug.

Fünf Minuten später saß sie auf ihrer Vespa und drehte den Gasgriff bis zum Anschlag auf.

Im Dichterviertel herrschte Wochenendstimmung, selbst die Bauarbeiten am Haus gegenüber lagen brach. Jona schwang ihre Tasche über die Schulter und betrat die Villa. Für einen Moment kam sie sich wie die Besitzerin des Anwesens vor, als sie durch das Treppenhaus ins Dachgeschoss lief.

Sie öffnete Tür und Fenster ihrer Mansarde und lüftete durch. Vom Fenster aus sah sie auf das eingerüstete Haus, vor dem eine ausgehobene Grube klaffte. Heile Welt, kaputte Welt. Und immer mehr Menschen in der Stadt. Kein Wunder, dass die Mieten explodierten. Wenn alle Bewohner im Haus so wenig zahlten wie sie, dann war die verstorbene Besitzerin ein wahrer Menschenfreund gewesen. Kaum zu glauben, dass Maren Keiler nicht erhöhen wollte. Ihre Gedanken glitten zu dem spontanen Abend mit der Vermieterin. Die Geschichte ihrer Erbschaft hatte wie ein modernes Märchen geklungen. Zu schön, um wahr zu sein. Warum eigentlich nicht? Warum sollte es sowas nicht geben, ein paar Menschen auf dieser Welt, die nicht darauf aus waren, aus allem Kapital zu schlagen, und denen eine gute Hausgemeinschaft wichtiger war als Geld. Sie drehte sich um und stieß einen kleinen Schrei aus.

»Verzeihung.« Beschwichtigend hob Joschua die Hände. Sein Blick fiel auf das medizinische Skelett.

»Mister Bones«, sagte Jona und versuchte, nicht ärgerlich zu klingen.

»Ein wahrer Asket.« Joschua trat einen Schritt auf ihn zu. »Versteht der Spaß?«

»Er lässt sich nicht gerne heimlich beobachten.«

»Das war keine Absicht, ehrlich.«

Sie erwiderte sein offenes Lächeln und erntete auf die Frage, ob es im Sommer in den oberen Stockwerken sehr stickig sei, eine Einladung auf seinen Privatplatz unter freiem Himmel.

Der ins Dach gebaute Austritt war groß genug für zwei Menschen. Jona saß an die Querstreben gelehnt und genoss die warme Frühlingsluft, während Joschua in seinem Element schien und von durchwachten Nächten und der Schlaflosigkeit der Stadt erzählte. Seit er den Joint rauchte, war er redselig und gab bereitwillig Auskunft über ihre neuen Nachbarn. Die Gutmütigkeit von Frau Beetz, die Genusssucht der Vermieterin, die in den Käfig gesperrte Seele Hanna Vers', Frau Küchener, die immer für eine Überraschung gut war und die zwei Gesichter des Weinhändlers – eine kluge Analyse reihte sich an die nächste. Als sie nach Torben Fischer fragte, sah er sie zum ersten Mal an.

»Torben hat die Mieter immer nur »die Käuze« genannt. Jeder ein Kauz hier in diesem Haus, das war sein Spruch. Dabei war er der Oberkauz; ich weiß nicht, wie viele Joints er mir weggeraucht hat. Und dann ging die Fragerei los. Was im Haus so läuft, wer wen mag und so. Er war ein bisschen unentspannt. Ich mochte ihn trotzdem.«

Er kicherte. »Was der für schräge Geschichten auf Lager hatte. Eine Frau mit fünfzig Wellensittichen in ihrer Zweizimmerwohnung. Fünfzig. Alles vollgekackt, und ständig flatterte ihm so ein Vieh bei der Begehung um die Ohren. Oder der Typ, der vor einer Besichtigung seines Hauses immer absichtlich ein benutztes Kondom so platzierte, dass es einer der Interessenten finden musste.«

Aus dem Innern der Wohnung ertönte das Klingeln eines Handys. Kurz darauf fand sich Jona allein auf dem Austritt. Vorsichtig beugte sie sich über das hüfthohe Geländer. Wenn man schwindelfrei war, konnte man in den Garten sehen, zu dem die Mieter keinen Zutritt hatten. Ob die Gespräche bis hinauf drangen?

Sie ging in die Hocke und versuchte, durch die Stahlstreben den Glasanbau des Hauses einzusehen. Unmöglich. Nur eine Ecke davon ragte in ihr Sichtfeld. Von oben sah der Garten gepflegt aus und lebendig mit seinen Obstbäumen, der tollen Magnolie und den Blumen, die aus dem Boden schossen. Auch das Hochbeet war schon bepflanzt. Es war nicht zu übersehen, dass Maren Keiler als Floristin arbeitete.

»Entschuldige. Handydiktatur«. Joschua stellte zwei Gläser Wasser und einen Teller mit Gebäck zwischen sie.

In seinem Vollbart glänzte noch ein Tropfen Wasser. Irgendetwas war anders an ihm. Er wirkte nüchtern. Vielleicht war ihm bewusst geworden, dass sie über einen Toten sprachen. Ihr nächster Gedanke ließ sie stocken.

»Du hast gewusst, dass er Makler war?«, fragte sie so ruhig wie möglich.

»Das ist ihm mal rausgerutscht, nach einem Joint. Ich habe es für mich behalten. Ein Makler in dieser Villa – könnte heikel werden.«

»Wieso das denn?«

»Denk mal an das Trolley-Problem.« Er schlang seine Arme um die Knie. »Nehmen wir an, eine Hausgemeinschaft beseitigt den Störenfried, der ihrer aller Leben mit seinem Handeln negativ verändern würde. Genauer: die Hausgemeinschaft beseitigt einen Makler, der sie des Wohnrechts in der Villa beraubt, indem er die Vermieterin rumkriegt, sie meistbietend zu versteigern und Eigentum daraus zu machen. Fünf Interessen gegen das eines einzelnen, da ist Handeln legitim. Neunundvierzig Prozent der Deutschen sehen das so.«

Jona fuhr sich durchs Haar. Warum provozierten Joschuas Worte sie so? »Beim Trolley-Problem geht es um Leben oder Tod. Genauer gesagt um eine Entscheidung, ob man den Tod eines Menschen in Kauf nehmen sollte, um mehrere andere Leben zu retten. Also was Existentielles.«

»Genau. Wohnen oder auf der Straße stehen, das ist existentiell. Niemand von uns hätte eine Chance auf eine akzeptable Bleibe bei diesem Wohnungsmarkt, außer vielleicht Hanna mit ihrem Job in der Bank.«

Noch während Jona fragte, wieso dann gerade sie die Verantwortung für die Tat übernähme, bereute sie ihren Vorstoß. Auf Joschuas Stirn trat eine Falte.

»Hey, das ist ein Gedankenspiel. Es geht um Thesen, nicht um Fakten.«

Thesen. Natürlich. Ihre angezogenen Beine schmerzten, und die Metallstreben drückten gegen ihren Rücken. Wenn Ulf sie sehen könnte. Kein zu auffälliges Interesse, keine Fragen, die als Ermittlung erkennbar waren, das hatte sie ihm versprechen müssen. Im Haus machte alles schnell die Runde, Joschua hatte es eben selbst gesagt. Neugierig sah er sie an.

»Ich könnte auch den Utilitarismus anführen. Oder noch besser: Notwehr. Die wird vom Gesetz und von der Moral als legitime Tötung betrachtet. Man schützt sein eigenes Leben.« Er rutschte in den Schneidersitz und zog den Saum seiner Hose nach unten, bis sie den Knöchel bedeckten. Eine Pause entstand. Stumm sahen sie zwei Tauben nach, die sich in der Luft jagten.

»Ich halte es eher mit den zehn Geboten.« Jona bog ihren Rücken durch, »Du sollst nicht töten.«

»Das ist langweilig.« Sein Lachen war entwaffnend. Sie fiel ein und versprach, beim nächsten Mal eine spannendere Philosophie mitzubringen. Und Pastis.

Zurück in der Mansarde, legte sie sich auf ihren Futon und schob sich mit dem Oberkörper Richtung Fenster, bis sie einen Streifen des Himmels sehen konnte. Kondensstreifen zerteilten sein makelloses Blau. Wie hatte sie sich beim ersten Sichten der Dachkammer auf diese Aussicht gefreut. Joschuas Worte kreisten in ihren Gedanken. Er hatte von den zwei Gesichtern des Weinhändlers geredet. Und damit versucht, Viktor in ein schlechtes Licht zu rücken? Er selbst besaß zwei Seiten – die Kindliche und die Ernsthafte, die die menschliche Psyche wie mit einem Skalpell sezierte. Natürlich konnte das auch pubertäre Attitüde sein, ein Potpourri aus Ethik und gut klingenden Zitaten. Aber sein Angebot, sie mit in die Vorlesung eines umstrittenen Dozenten zu nehmen, war ernst gemeint.

Sie verließ die Villa mit einem Gefühl, zu laut durch das Treppenhaus zu laufen.

Erst an einem Zebrastreifen wurde ihr bewusst, warum Joschuas Auslegung des Trolley-Problems nicht aufging. Es waren nicht fünf gegen einen. Nur mit der Vermieterin zusammen konnte der Makler etwas bewirken, das hatte Joschua selbst gesagt. Dann waren es fünf gegen zwei.

Ulf war noch nicht zu Hause, aber aus Jakobs Zimmer drang lauter Hip-Hop. Er reagierte erst, nachdem sie mehrmals fest gegen seine Zimmertür geschlagen hatte. Sofort erlosch die Musik. In seinen Jeans und dem weißen T-Shirt sah er aus wie die schmale Kopie seines Vaters. Nur das Lächeln fehlte.

»Kann ich dich was fragen?«

»Geht klar.«

Sie setzte sich auf die Kante der von Kleidungsstücken übersäten Couch und registrierte, wie der Junge die Arme über der Brust verschränkte.

»Also, rein hypothetisch. Wenn du wüsstest, dass du fünf Freunde retten kannst, indem du einen opferst – würdest du das machen?«

Jakobs Blick wanderte zu dem Stapel durcheinander liegender Noten, auf die sie sich beinah gesetzt hätte.

»Hast du Stress mit Papa?«

»Nein.« Wieder fiel ihr auf, wie sehr er seinem Vater ähnelte. Dieselbe blitzschnelle Kombinationsgabe. »Es ist eher ein Gedankenexperiment.«

»Hört sich aber anders an.«

Seine Stimme klang rau. Sie spürte den Impuls, den dünnen, hochgeschossenen Teenagerkörper in den Arm zu nehmen und verwarf diesen Gedanken sofort wieder.

»Sag's mir trotzdem.«

Wie festgenagelt stand Jakob vor seiner Musikanlage und sah an ihr vorbei. Sein Gesicht wechselte die Farbe. »Ich kenne keinen, den ich opfern würde.«

»Danke.« Sie erhob sich von der Couch und drehte sich an der Tür noch einmal um.

»Wieso dachtest du, ich hätte Stress mit Ulf?«

»Er hat mich angerufen. Wird spät heute Abend, soll ich dir ausrichten. Ich soll mir eine Pizza holen.«

Bevor sie etwas erwidern konnte, hatte er sich umgedreht und die Anlage aufgedreht. *See the grim in my heart* dröhnte es aus den Boxen.

Aber Jakob war alles andere als zornig. Seine eingezogenen Schultern verrieten, wie einsam er sich fühlte.

Sie hinterließ einen Zettel auf dem Küchentisch und schnappte sich ihren Mantel, bevor sie die Wohnung wieder verließ und Richtung Innenstadt fuhr.

***

Beim Anblick der Brücken atmete sie tief durch. Am Main wurde sie automatisch ruhiger. Unbeeindruckt von jeder Hektik zog der Fluss an den Ufern vorbei. Jona fuhr auf die südliche Mainseite und stellte ihre Vespa am Filmmuseum ab. Kurz darauf saß sie mit einem Espresso-to-Go in der Hand an der Promenade.

Die Sonne verlor an Kraft und legte einen blassen Schimmer aufs Wasser. Sanft schaukelten die Wellen gegen die Strömung.

Gedanken absichtslos treiben lassen, wie lange war das her? Den ganzen Tag war sie schon auf Achse. Nirgends ein Ort, an dem sie sich ausbreiten konnte, ohne gestört zu werden. Ihr Blick fiel auf zwei Nilgänse, die wie selbstverständlich zwischen den auf dem Grünstreifen Sitzenden stolzierten. Selbst in der Villa gab es keine Ruhe. Wann immer sie einen Fuß über die Schwelle setzte, gab es Begegnungen, die ihre Gedanken aufwühlten und Auseinandersetzungen mit Ulf nach sich zogen.

Vermutlich hatte er sie nicht selbst angerufen, weil er ihre Frage nach den Ermittlungen fürchtete.

Sie zündete sich eine Nelkenzigarette an und nahm einen tiefen Zug. Warum wehrte Ulf sich dagegen, mit ihr darüber zu reden? Sie besaß jetzt schon Insiderwissen.

Ein Partyboot zog über den Main. Laute Discobeats, tanzende Menschen auf Deck. Eine dieser Afterworkpartys, für die sie schon zu alt war.

Wie wohl das friedliche Ufer wirkte, wenn man zwischen wummernden Bässen stand? Aus einem Impuls heraus hob sie die Hand und sah eine Frau, die begeistert den Arm in ihre Richtung schwenkte.

Den Blickwinkel ändern, gehörte das nicht auch zur Polizeiarbeit?

Sie trank den kalt gewordenen Espresso und beobachtete ein in Zweisamkeit versunkenes Pärchen. War es Ulf überhaupt möglich zu ermitteln, wenn er zu viel Empathie für die Verdächtigen entwickelte? Schließlich riskierte er bei jedem ausgesprochenen Verdacht, einen Unschuldigen in Not zu bringen. Ihr Blick glitt über den Grünstreifen. Junge Menschen mit Bierflaschen saßen am Uferrand. Sobald die Sonne hinter den Hochhäusern versank, wurde es romantisch. Und kühl. Ein Blick auf die Uhr beendete ihren kleinen Ausflug.

Die Fahrt durch die Innenstadt verlief im Schritttempo, erst hinter dem Friedberger Markt nahm der Verkehr ab. Jona drosselte das Tempo und fuhr an den Seitenrand. Beim Anblick des Altbaus, in dem sie seit drei Wochen wohnte, stieg ein leises Unbehagen in ihr auf. Ulfs Mercedes stand schon in der Einfahrt.

Sie holte noch einmal tief Luft, bevor sie die Wohnungstür öffnete. Das Erste, was ihr ins Auge sprang, war ein Strauß gelber Rosen. Aus dem Wohnzimmer flackerte bläuliches Licht, es roch nach Pizza. Bei ihrem Eintritt ins Zimmer reckten Ulf und Jakob gleichzeitig die Köpfe. Die Füße auf dem Couchtisch, sahen sie eine Folge der Serie, in der jeden Tag eine andere Galaxie erobert wurde.

Eine Roboterstimme, metallisches Klicken, dann folgte das typische Geräusch, mit dem ein Raumschiff in die Atmosphäre sauste.

Fünf Minuten später saß sie zwischen den beiden und biss in ein Stück Pizza, das Jakob ihr mit einem Zwinkern überreichte. Seine Stimmung vom Nachmittag schien verflogen. Sie zwinkerte zurück. Dass die Mission in den Weltraum erst in fünfzig Minuten endete, kam ihr gelegen. Alles war besser als ein Zwiegespräch. Auch Ulf folgte dem Treiben im All, ohne es auf ein Gespräch anzulegen.

Erst als sie allein waren und den letzten Schluck Rotwein auf ihre Gläser verteilt hatten, brach er das Schweigen. Es ging um Hanna Vers, mit der er und Kovac noch einmal im Park gewesen waren. Am Nachmittag. Während sie selbst wenige Hundert Meter Luftlinie entfernt mit dem Studenten pseudo-philosophische Gespräche geführt hatte.

»Sie hat nicht einmal gezuckt, als wir am Tatort vorbeikamen. Das Gutachten steht noch aus. Der forensische Psychologe kann nicht mit Sicherheit sagen, ob das Geständnis falsch ist.«

»Und das heißt?«

Ulf leerte sein Glas. »Sag du es mir.«

»Ich bin keine Rechtspsychologin.«

»Aber du glaubst nicht an ihre Schuld. Warum genau?« Seine Augen glänzten. Vielleicht war es nicht die erste Flasche Wein am Abend. Jona setzte sich auf und suchte nach schlüssigen Worten, einer fundierten Aussage, die auch kriminalistischen Gesichtspunkten standhielt. Leise knisterte die Kerze vor dem Botticelli-Gemälde, von der die Venus mitleidig auf sie herabsah. Ulf von dem zu überzeugen, was er auch längst spürte, würde ohne Fakten nicht einfach werden.

»Es spricht einfach zu viel dagegen.« Sie leerte ihr Glas. »Sie hat zwar Täterwissen, wie du sagst, aber das überzeugt mich nicht. Die Nylonschnur in ihrer Tasche, der blaue Fleck, erdverschmierte Kleidung. Das sind so eindeutige, so … so plausible Fakten. Man könnte sich ja auch mal fragen, warum sie nicht instinktiv die verräterischen Indizien beseitigt hat, im Affekt. Gerade in einer Situation, in der man abgespalten ist, funktioniert der Verstand hervorragend. Wenn sie also dissoziiert war, wieso genau auf eine sich selbst schädigende Art?« Jona zwang sich, dem bohrenden Blick Ulfs standzuhalten. Wieso hatte sie den Eindruck, sie halte ein Plädoyer?

»Fakt ist doch: Sie besteht darauf, schuldig zu sein, obwohl sie sich nicht erinnert. Nur wegen Bildern im Kopf? Glaube ich nicht. Weißt du was – das können Ängste sein, verdammt. Hanna Vers ist ja richtig fixiert darauf, sich selbst zu überführen.« Sie griff nach dem leeren Weinglas und ließ es gleich darauf sinken. »Ellen Beetz hatte damals im Fahrradkeller Hanna Vers' Geständnis als eine fixe Idee bezeichnet. Wie setzt man einem traumatisch vorbelasteten Menschen eine fixe Idee in den Kopf?«

Sie suchte nach einer Regung in Ulfs Gesicht, die ausblieb. Er wirkte plötzlich nüchtern.

»Indem man ihn mit Ängsten füttert. Ihn einschüchtert, ihn in sein Zwangsgefängnis im Kopf einsperrt.«

»Zwangsgefängnis im Kopf«, wiederholte Steiner.

»Zwangsgedanken, die sich aufdrängen, alle anderen verdrängen und das normale Denken in einen Käfig sperren.«

Ihren Worten folgte eine Stille. Sie hatte keinen Schimmer, was Steiner dachte. Aber dass es in ihm arbeitete, verriet seine irritierte Miene.

Beim Verlassen der Küche strich er über ihre Schulter. Die gelben Rosen im Flur leuchteten auf eine schöne Art.

11

Der Taunus war das Mekka der Frankfurter. Am Wochenende erklärten die Städter das Gebiet zwischen der Hohen Mark und dem Feldberg zu ihrem Wohnzimmer. Familien, Wandergruppen, Paare und Singles kraxelten die Forstwege hinauf.

In Jonas Erinnerung stand der Taunus für Öde. Für Wanderschuhe, die an den Knöcheln rieben und den nicht enden wollenden Belehrungen ihres Vaters.

Ihre Jugend lag fünfundzwanzig Jahre zurück. Doch beim Anblick der Wanderkarte, die Ulf am Morgen in seinem Rucksack verstaut hatte, war sie für eine Weile verstummt.

Erst auf dem breiten Waldweg fiel die Spannung von ihr ab. Ein scheues Grün trieb aus, und die frische Luft, die in ihre Lungen floss, roch nach Frühling.

Ulf war schweigsam. Er sah erschöpft aus, auch wenn er nie zugeben würde, dass es am Wein lag. Jakob lief ein Stück hinter ihnen. Während der Autofahrt hatte er sie öfter verstohlen durch den Rückspiegel beobachtet. Seit sie den Waldweg eingeschlagen hatten, saßen Kopfhörer auf seinen Ohren. Als Ulf kurz hinter einem Gebüsch verschwand, schloss er plötzlich zu ihr auf.

»Wegen deiner Frage gestern – könnte der Eine auch man selbst sein?«

Überrascht blieb Jona stehen. In dem eben noch blassen Jungengesicht blühte ein rotes Mal auf der Stirn.

»Was …?«

»Einen opfern, um fünf zu retten«, sagte er schnell, »könnte man sich auch selbst opfern?«

»Dann wäre es ein anderes moralisches Dilemma, oder?«

Jakob zuckte mit den Schultern.

»Würdest du denn sowas machen?«

»Keine Ahnung.«

Aus dem Hintergrund raschelte es, und gleich darauf stand Ulf wieder bei ihnen.

»In einer Viertelstunde sind wir da.« Sein Blick wanderte von ihr zu Jakob. »Alles okay?«

»Klar, Mann.« Jakob schob die Kopfhörer über seine Ohren und hielt Abstand zu ihnen, bis das Schild des Gasthauses vor ihnen auftauchte.

Auch in der Gaststube wirkte er abwesend. Kaum war sein Teller geleert, verließ er nach einem Blick zu Ulf das Lokal. Jona sah ihm nach.

»Und was macht er draußen?«

»Das, was alle Vierzehnjährigen machen. Nachrichten versenden. Videos streamen. Schreiben, wie öde es mit den Eltern ist.«

»Aber was geht wirklich in ihm vor?«

»Ich frag mich das auch oft.« Ulf legte das Besteck beiseite. »Aber jetzt gerade frage ich mich, was in dir vorgeht.«

Ihre Worte wurden vom Lärm im Schankraum geschluckt. Es war ohnehin eine Ausflucht gewesen. Wie sollte sie offen reden, wenn sie die Hälfte verschweigen musste.

Eine Wandergruppe fiel ins Lokal ein, Stühle wurden gerückt, Stöcke knallten. Jona lehnte sich zurück und spürte, wie sich unter dem Tisch Steiners Wanderschuhe an ihre Sneakers schoben.

»Ich kann einfach nicht mehr abschalten.« Zögernd berichtete sie von ihrem Nachmittag in der Dachgaube, von den Thesen des Studenten und ihrer Sorge um Hanna Vers, die sie sich in dem Ausmaß selbst nicht erklären konnte. Sie log, ja Herrgott, jeder Mensch log, jeden Tag mehr als zwanzig oder auch fünfzig Mal, die Thesen gingen auseinander. Sie war auch nur ein Mensch, der Fehler machte, eine angesäuselte Therapeutin, die nach einem Sektempfang ausgeblendet hatte, dass tiefsinnige Gespräche einen suggestiblen Menschen aus der Bahn werfen konnten.

Endlose Sekunden verstrichen. Ihre Schuhe unter dem Tisch lagen noch immer aneinander.

»Und jetzt?«

Steiner legte den Kopf schief. Das, was sie in seinem Gesicht las, war nichts als pure Liebe. Ihr Blickwechsel dauerte nur wenige Sekunden, dann rückte er in eine aufrechte Position.

»Also schön. Wenn es dich interessiert: Wir ermitteln noch immer bei der Immobilienfirma Greif. Die Steuerfahndung hat wegen des Verdachts der Steuerhinterziehung eine komplette Offenlegung der Bücher erwirkt. Die behaupten, es existiere kein Interesse an der Villa und dem Gelände. Keine Unterlagen, kein Kaufangebot. Bisher fand sich nichts Gegenteiliges, ich bin mit den Kollegen in engem Kontakt. Konkret prüfen wir gerade, womit Torben Fischer die Agentur erpresst haben könnte.«

»Aber die ermorden doch niemanden!«

»Kommt darauf an, was auf dem Spiel steht.« Steiner beugte sich vor. »Ich habe nachgedacht. Vielleicht hattest du Recht mit deiner Vermutung, dass sein Ex-Kollege Krampner Hanna Vers einen kleinen Besuch abgestattet hat. Er könnte ihr einen Brief durch die Tür geschoben haben. Eine anonyme Warnung vor

Fischer. Oder eine Nachricht in seinem Namen. Frau Vers hat das so heftig bestritten, dass es schon wieder auffällig war.«

Die Frage nach dem Warum lag ihr auf der Zunge, doch die Antwort stand bereits in Steiners Gesicht geschrieben. In einer instabilen Person Ängste zu säen, war kein Hexenwerk. Sie hatte es gestern selbst gesagt, nur unter anderen Vorzeichen.

Angst konnte ein falsches Geständnis erzeugen. Aber Angst gab auch ein wunderbares Mordmotiv ab. Sie schluckte gegen die Enge in ihrer Kehle an.

»Und eine andere Spur habt ihr nicht?«

»Nur eine, die dir nicht gefallen wird. Soll ich uns Kaffee holen?«

Jona nickte. Die Liebenswürdigkeit in seiner Stimme war provozierend. In der Schlange, die sich vor der Selbstbedienungstheke gebildet hatte, überragte er die meisten um einen halben Kopf. Es lag nicht nur an seiner Größe, sondern an der Haltung. Einen Besen verschluckt, hatte Joschua es genannt. Aufrichtigkeit, dachte Jona, während sie sich für das wappnete, was er ihr gleich in aller Ruhe präsentieren würde.

»Also, deine Vermieterin. Maren Keiler.« Er schob ihr drei Päckchen mit Zucker und Dosenmilch über den Tisch. »Du wirst nicht umhinkommen, es seltsam zu finden, dass eine Gärtnerin sich mit einer älteren Dame anfreundet und danach ihr Anwesen erbt.«

»Von außen betrachtet, gebe ich dir Recht.« Sie riss zwei Tütchen auf und schüttete den Inhalt zusammen mit der Milch in ihren Kaffee. »Sie hat mit mir neulich darüber geredet, bei einem Wein.«

Sie quittierte Ulfs ungläubigen Blick mit einem Schulterzucken.

»Maren Keiler hat die Gestecke auf dem siebzigsten Geburtstag von Frau Wismar arrangiert und ihren Geschmack getroffen. Sie haben sich gut verstanden, Frau Keiler hat Frau Wismar mal mit in den Palmengarten genommen. Und so ist langsam eine Freundschaft entstanden.«

»Ganz uneigennützig, nehme ich an.«

Jona ignorierte den spöttischen Unterton und nippte an ihrem Kaffee, der nach Abwasch schmeckte. Gesüßter Abwasch mit Dosenmilch.

»Frau Wismar war so etwas wie ein Mutterersatz für sie. Sie hat geschwärmt von ihrem Lebenswillen, trotz der Krankheit, und von ihrer Aufmüpfigkeit.«

»Ah, daher.«

»Später hat sie die Pflege des Gartens übernommen, in der Villa, und sich dann immer mehr um deren Belange gekümmert …«

»… bis sie sie beerbt hat.«

»Ja, Herrgott. Aber immerhin hält sie ihr Versprechen und lässt die Mieter weiter für kleines Geld wohnen.«

»Es gibt da jemanden, der nicht so eine gute Meinung über Maren Keiler zu haben scheint. Ein anonymer Anrufer hat versucht, Einsicht in die Akte von Frau Wismar zu erhalten.«

»Torben Fischer«, entfuhr es Jona.

»Dahin gehen unsere Ermittlungen.« Seelenruhig trank Ulf seinen Kaffee. Nur ein kleines Lächeln in seinen Mundwinkeln ließ erkennen, dass sie einer Fährte auf der Spur waren.

***

Jeder Montagmorgen war der Inbegriff von Unerbittlichkeit. Ohne Vorwarnung setzte sich das Getriebe der Stadt in Bewegung und begrub die Ruhe des Wochenendes unter seiner Geschäftigkeit. Selbst wenn man Urlaub hatte.

Jona erwachte vom Lärm der Straße und tastete mit der Hand in der leeren Bettkuhle neben sich. Irritiert sah sie zum Wecker. Zehn Uhr. Steiner war längst im Präsidium. Ihre Glieder fühlten sich schwer an. Die dreißig Kisten Bücher, die hier im Keller ein neues Zuhause gefunden hatten, saßen ihr noch in den Knochen.

Sie öffnete das Fenster. Auf der Straße schob sich der Wagen der Müllabfuhr Hauseingang für Hauseingang voran.

Heute würde auch ihr eigener Sperrmüll in Bornheim abgeholt werden. Die letzte Tat in der Wohnung, die ihr über Jahre ein Zuhause gewesen war. Es war ein schneller Abschied gewesen, und der Moment, in dem sie die Tür für immer zugezogen hatte, unspektakulär. Nur die Gestalt in Cordjacke, die hinter dem Fenster stand und winkte, ging ihr nach. Ludwig aus dem Ersten blieb als einziger im eingerüsteten Haus wohnen. Sie solle ihn besuchen, rief er ihnen nach, als sie in den bis oben bepackten Bully ihrer Schwester stiegen, und sie hatte genickt und gewusst, dass sie es nicht tun würde.

Sie wohnte jetzt offiziell bei Ulf und, wann immer ihr danach war, in der Dachmansarde der Villa.

Im Nachthemd streifte sie durch die leere Wohnung und fühlte sich frei. Eine Woche Urlaub, einfach so, ohne zu verreisen, das war Luxus.

Während des Frühstücks auf dem Balkon notierte sie sich Stichpunkte für ihr Gespräch mit dem Staatsanwalt. Sie würde lügen müssen. *Improvisieren* schrieb sie auf den Zettel und kreiste das Wort ein, bevor sie sich anzog und die Wohnung verließ.

***

Von außen wirkte der Plattenbau der Staatsanwaltschaft unnahbar. *Die Würde des Menschen ist unantastbar*, stand in großen Steinlettern an der Fassade, als versichere man den Besuchern noch einmal dieses Grundgesetz, bevor sie sich in die Obhut der Obrigkeit begaben.

Jona schob die Glastür auf und ignorierte das leichte Prickeln auf ihrer Kopfhaut. An der Pforte verhaspelte sie sich, doch mit dem ersten Lächeln des Staatsanwaltes, der sie im Büro empfing, legte sich ihre Unruhe. Hanna war ihre Freundin und Nachbarin, die sie besuchte, um ihr Beistand in dieser schweren Zeit anzubieten. Es gab keinen Grund, Zweifel an ihren Absichten zu hegen.

Als sie wenige Minuten später aus dem Foyer trat, lag der Besuchsschein sicher verwahrt in ihrer Tasche.

Sie lief in die Grünanlagen und nahm auf einer Bank am Wasser Platz. Zwei Enten zogen über den Teich.

Nicht jeder Besuch wirke sich positiv aus, hatte der Staatsanwalt gesagt. Jetzt noch war ihr unheimlich, dass er genau in dem Moment ihre Befürchtung ausgesprochen hatte, in dem sie sich unsicher geworden war. Aber deswegen dem Gefängnis fernbleiben?

Wie hielten es Menschen aus, weggesperrt vom Leben zu sein, oft jahrelang, und immer nur Beton um sich. Weggesperrt von solchen Oasen wie dieser Grünanlage.

Sie stand auf und warf ein paar Kekskrümel aus ihrer Jackentasche in Richtung Enten. Und jetzt? Sie konnte nicht den ganzen Tag herumlaufen und Gedanken hin- und herschieben.

Steiner ermittelte. Vielleicht war er jetzt gerade in diesem Pflegestift, in dem die Vorbesitzerin ihre letzten Jahre verbracht hatte. Ungereimtheiten ans Licht befördern. Maren eines Betruges überführen. Wozu? Sie hatte doch ein Alibi für die Mordnacht. Und die alte Dame sehr gemocht. Sowas konnte man über drei Jahre hinweg nicht vortäuschen. Jonas Blick blieb auf den Enten liegen, die nach den Kekskrümeln schnappten. Wer sollte es besser beurteilen können als die Senioren, mit denen Frau Wismar auf einer Station gelebt hatte?

Sie griff zum Handy.

Die Stimme, die sich nach endlosen Freizeichen meldete, bat um etwas Geduld. Eine Geduld, die sich in Minuten messen ließ. Und eine, die sich lohnte.

Am frühen Nachmittag würde sie sich an der Seite einer Verwaltungskraft das Stift ansehen können. Jona bedankte sich überschwänglich am Telefon, und im Geiste bei ihrer Mutter, die für ihre kleine Notlüge hatte herhalten müssen.

In den nächsten Stunden konnte sie an nichts anderes denken. Sie spazierte durch die Anlagen, stöberte im Buchladen an der Staufenmauer nach Besonderheiten und kaufte Sushi, das sie im Gehen aß. Den Rest der Zeit verbrachte sie in einem Café und versuchte, sich auf die Tageszeitung zu konzentrieren.

Als sie eine Viertelstunde vor dem verabredeten Termin ihre Vespa auf dem Parkplatz abstellte, überkam sie Ruhe. Die Sonnenrollos an der Fassade des Pflegestifts sahen nach Urlaub aus. Auf der Terrasse genossen Senioren Eis und Kaffee und plauderten mit denen, die sie besuchten. Einen Moment betrachtete Jona das friedliche Szenario, dann trat sie durch den Haupteingang ins sonnendurchflutete Foyer.

Der junge Mann hinter der Pforte war in seine Unterlagen vertieft. Sie sah ihm eine Weile zu, bis von hinten eine Krücke gegen die Kunststoffbrüstung schlug.

»Sonst wird das nichts.« Die Krückenträgerin lächelte nicht. Dafür der junge Mann, der seine Unterlagen beiseitelegte und in aller Ruhe nach ihren Wünschen fragte.

Wenig später saß Jona im Büro der Pflegeleitung und blickte in ein dynamisches, leuchtend blaues Augenpaar.

»Tut mir leid. Weder auf Station noch im betreuten Wohnen ist etwas frei, aber wir haben eine Warteliste.«

»Noch können meine Eltern sich allein versorgen. Aber wer weiß.« Jona setzte eine besorgte Miene auf, während sie an ihren Vater dachte, der vermutlich gerade dabei war, die Beete im Schrebergarten umzugraben und Erde glatt zu harken. Mutter wollte früh säen, schon allein der Nachbarn wegen, die jedes Jahr die Blumenpracht bewunderten.

»Für Notfälle finden wir eine Lösung.« Zwei Merkblätter wanderten in die Broschüre, die auf dem Tisch vor ihnen lag. »Gehen Sie das gemeinsam mit Ihren Eltern durch. Bald.« Ein Lächeln wischte ihren forschen Ton fort. »Natürlich nur, wenn Ihnen das Stift zusagt. Ich zeige es Ihnen.«

Die Frau von der Pflegeleitung begann ihren Bericht über die Geschichte des Stifts bereits auf dem Gang, der sie zu dem Trakt mit den Pflegestationen führte.

Jona erhaschte einen Blick auf die hüfthohen Terrakottakübel, aus denen gelber Schmetterlingsflieder wuchs. Ob Maren Keiler den eingesetzt hatte? Bei ihrem Gespräch war kein Wort über ihre Arbeit in der Gärtnerei gefallen. »Wo kriegt man denn solche Blumen her?«, fragte sie, doch die Leiterin war ihr bereits einen Schritt voraus und stand schon bei den Fahrstühlen.

Station fünf schien die Vorzeigestation zu sein. Blanke Böden, frische Luft, über dem großen Esstisch im Gemeinschaftsbereich ein Mobile. Die beiden Frauen, die Tee tranken, sahen nur kurz auf, als die Pflegeleitung ihnen ein Hallo zurief. Niemand wunderte sich, dass sie mit einer Besucherin durch den Gang streifte und nach kurzem Klopfen in ein Zimmer trat. Im Lehnstuhl döste ein Greis, die Hände über ein Buch in seinem Schoß gefaltet. Auch hier war alles hell und blank, und es roch nur schwach nach etwas, was Jona bei sich den Geruch der Vergänglichkeit nannte.

»Das ist ein Zweipersonenzimmer, es gibt auch Einzel.«

Während sie leise die Tür schloss, stieß Jona gegen den Griff eines Rollstuhls, der neben dem Zimmer parkte.

»Ist denn Besuch erwünscht?«

»So oft wie möglich. Normalerweise ist hier mehr los.«

»Unten ist gerade Singkreis«, kam es aus dem Schwesternzimmer, »die meisten mögen das.«

Als sie die Station verließen, ertönte ein »Wiedersehen« aus dem Gemeinschaftsraum.

»Typisch Frau Baer«, sagte die Leiterin und sah verstohlen auf die Uhr.

»Kennen Sie jeden aus dem Heim?«

»Kennen ist zu viel gesagt.« Ihre Augen huschten zur Anzeige der Fahrstühle. Beide saßen im Erdgeschoss fest. Es war warm, ein Streifen Sonne lag quer über dem Linoleumboden und zeichnete den Staub auf den Fenstern nach. Auf Station schien alles verstummt. Stillstand, dachte Jona und erkannte plötzlich die Müdigkeit hinter dem Lächeln, das die Leiterin ihr bei dem Vorschlag zuwarf, sich den Bereich des betreuten Wohnens anzuschauen.

Während sie durch den hellen Gang liefen, gab sie kleine Begebenheiten aus dem Leben der Bewohner zum Besten. Jona las im Vorbeigehen die Namen auf den Türschildern. Ein Leben lang schleppte man seinen Namen mit sich und wurde ihn selbst im Tod nicht los. Für immer in Stein gemeißelt. Die Pflegerin war vor einem Van-Gogh-Kunstdruck an der Wand stehengeblieben.

»Für eine Begehung müsste ich einen Bewohner erst um Erlaubnis fragen. Vielleicht beim nächsten Termin – mit den Eltern?«

Das Blau ihrer Augen blitzte noch einmal auf.

Sie trennten sich vor dem Büro. Wo die Toiletten seien, fragte Jona beim Abschied und folgte der Beschreibung aufmerksam, als sei ihr der in der Nähe der Aufzüge gelegene Hygienebereich nicht aufgefallen. Auf dem Weg durchs Foyers fühlte sie sich beobachtet. Doch als sie sich vor den Toiletten umwandte, entdeckte sie niemanden, der in ihre Richtung sah.

So selbstverständlich wie möglich lief sie an den Fahrstühlen vorbei und verschwand im Treppenhaus.

Drei Monate war Frau Wismar tot. Keine lange Zeit. Wenn sie Glück hatte, erinnerte sich einer der Bewohner an die alte Dame und Maren Keiler. Vielleicht sogar die Pflegerin. Der Aufstieg in den vierten Stock kam ihr endlos vor. Am Eingang der Station hielt sie kurz inne.

Eine blaue Vier prangte von der Milchglastür, die Jona langsam aufzog. Der Linoleumboden war hier dunkelblau, und die Türen zu den meisten Zimmern geöffnet. Ein Mann in Jogginganzug schlurfte über den Flur. Jona blieb stehen und vernahm aus dem hinteren Gemeinschaftsbereich die dumpfen Geräusche eines zu laut gestellten Fernsehers. Geschirr klapperte. Sie musste sich anmelden, bevor jemand sie entdeckte. Aber etwas hielt sie am Platz. Privatsphäre. Schien es hier nicht zu geben, und dennoch strömte ihr eine Atmosphäre entgegen, die intim war. Nur sie störte das Vertrauen. Ein Fremdkörper inmitten von Senioren, die auf Hilfe angewiesen waren, auf Respekt.

»Zu wem möchten Sie denn?«

Eine Pflegerin trat aus dem Schwesternzimmer. Sie war zwei Köpfe kleiner als der Mann im Jogginganzug, den sie an der Hand aus dem Zimmer führte.

»Ich bin eine Freundin von Maren Keiler.« Jona forschte nach einer Regung im Gesicht der Mittfünfzigerin, doch eine Reaktion blieb aus. »Maren hat im Nachlass von Frau Wismar ein Kästchen mit Briefen und Fotos gefunden. Sie meint, es wäre nicht von ihr. Wissen Sie, ob Frau Wismar mit jemandem hier besonders befreundet war?«

»Eher nicht. Sie war schon sehr krank, als sie auf Station kam.« Der Pieper in der Brusttasche ihres Kittels ging an. »Kleinen Moment.« Sie zog ein Mobiltelefon aus ihrer Tasche und verschwand im Zimmer. Jona sah sich um. Irgendwo ging eine Toilettenspülung. Der Fernseher dröhnte noch immer. Wieso hatte sie gedacht, sie könne einfach hereinspazieren und die Senioren in ein Gespräch verwickeln? Sie würde noch nicht einmal gegen die aufgedrehte Flimmerkiste ankommen. Schokolade hatte sie mitgebracht; als könne man sich die Freundlichkeit alter Menschen mit Süßigkeiten erkaufen.

Die Pflegerin erschien im Türrahmen und musterte ihre grüne Tasche.

»Haben Sie das Kästchen dabei?«

In ihrer Stimme schwang ein neuer Ton mit. Vielleicht hatte sich rumgesprochen, dass die Kripo am Tod der alten Dame interessiert war.

Jona setzte zu einer Erklärung an und winkte ab.

»Maren soll selbst mal nachfragen. Oder kann sie mal anrufen? Sie ist gerade sehr eingespannt.«

»So Sachen wusste eigentlich nur Frau Beetz, die sie auch gepflegt hat, aber die arbeitet nicht mehr hier.«

»Ellen Beetz?«

»Sie kennen Ellen?«

»Nur dem Namen nach.« Sie schluckte. Suchte unter dem überraschten Blick der Pflegerin nach einer Erklärung. Aber ihr Kopf war leergefegt. Das Lächeln, mit dem sie sich verabschiedete, brannte noch in ihrem Gesicht, als sie sich vor den Aufzügen wiederfand und auf beide Knöpfe gleichzeitig schlug. Ellen Beetz und Maren Keiler kannten sich also aus dem Stift. Das war seltsam. Und sie selbst eine Dilettantin. Platzte mit dem Namen heraus. Wo blieb der Aufzug? Wenn diese Pflegerin ihr jetzt nachkam. Vivienne hatte auf dem Namensschild oberhalb der Brusttasche gestanden. Vivienne. Den Namen musste sie sich merken. Ein kleiner Gong kündigte die Ankunft des Fahrstuhls an. Das dauerte, bis sich endlich die Türen auseinanderschoben und Einlass gewährten. Sie sprang hinein und drückte auf das kreisrunde E, Erdgeschoss, endlich, raus aus diesem Stift, bevor sich ihr jemand vom Personal in den Weg stellte und nachfragte.

Jona verließ den Aufzug und durchquerte zügig das Foyer.

Ohne einen Blick für die Caféterrasse startete sie die Zündung ihrer Vespa und verließ im Schritttempo das Gelände. Den geplanten Recherchekaffee konnte sie sich schenken.

Auf dem Parkplatz des Polizeipräsidiums angekommen, zögerte sie plötzlich. Sobald Steiner wusste, dass Ellen Beetz Frau Wismar jahrelang gepflegt hatte, würde er Rückschlüsse ziehen. Über eine Verbindung zwischen Maren Keiler und Frau Beetz, über eine mögliche gemeinsame Verstrickung der beiden in die ganze Geschichte. Dann gab es kein Zurück mehr. Aber führte überhaupt noch ein Weg zu dem, was sie sich von der Villa erträumt hatte? Bevor sie ins Abwägen geraten konnte, griff sie zum Handy. Gleich nach dem zweiten Klingelzeichen vernahm sie Ulfs vertraute Stimme in der Leitung. So knapp wie möglich schilderte sie ihm den Besuch und versuchte, die einsetzende Stille zu interpretieren. Auf der Adickesallee in ihrem Rücken lieferten sich zwei Motorradfahrer ein Wettrennen. Vollidioten, fluchte sie und starrte auf den Glasbau. Hunderte von Büros erstreckten sich hinter den Fenstern des Präsidiums. Fenster an Fenster, Tür an Tür. Sie stockte. Tür an Tür. Wie Ellen Beetz und Maren Keiler. Was war es, dass diese beiden so unterschiedlichen Frauen einte? Freundschaft? Unwahrscheinlich. Irgendein Abhängigkeitsverhältnis oder …

»Ulf! Kannst du irgendwie überprüfen lassen, ob eine der beiden Frauen ihren Namen geändert hat? Wenn sie sich nicht aus dem Stift kannten, sondern von früher, dann …«

»Bleib mal in der Leitung, Jona.«

Den Hörer am Ohr, beobachtete sie zwei Polizistinnen vor einem Einsatzwagen. Sie rauchten und zeigten sich einander etwas auf ihren Mobiltelefonen. Beide waren über einen Hörschlauch mit dem Funkgerät verbunden.

Für sie war es ganz natürlich, dass sie jederzeit von ihrer Welt in eine kriminelle switchen mussten. Auch Ulf wurde nicht selten von einem Anruf aus seiner privaten Welt gerissen. Wie geschützt sie dagegen in ihrer Praxis arbeitete.

»… Jona?« Ulf räusperte sich. »Du hattest recht. Tatsächlich waren die beiden als Kinder sieben Jahre unter der gleichen Adresse gemeldet. Laut Einwohnermeldeamt im Ostend.«

»Also sind sie Schwestern!«

»Oder Halb-Schwestern«, ergänzte Ulf. In der Leitung raschelte es, bevor sie ihn sagen hörte, er sei gleich bei ihr.

Fünf Minuten später standen sie sich auf dem Parkplatz gegenüber. In einem Sekundenbild sah sie die Szenerie von außen. Ein Paar mittleren Alters an einer Vespa. Begrüßungskuss, eine kurze Umarmung. Ulf löste sich als erster und holte einen Motorradhelm aus seinem Wagen.

»Erbschleicherei ist kein Straftatbestand«, sagte er, »aber es wirft ein interessantes Licht auf die Schwestern.«

»Und was bedeutet das konkret?«

»Dass an der ganzen Sache etwas faul ist.« Er schwang sich hinter ihr auf den Sitz der Vespa und stülpte sich den Helm über den Kopf.

12

Die Magnolie stand in voller Blüte. Ein rosafarbenes Feuerwerk. Ellen sah vom Wintergarten aus auf das Blütenmeer. Maren hatte versprochen, aus dem Grundstück ein kleines Paradies zu machen, und sie hatte Wort gehalten. Vor ihr lag der Garten Eden, der Ort der Seligen. Nur sie war verdammt. Verdammt zu ewiger Furcht, ihr Betrug würde ans Tageslicht gelangen. Wieso konnte Vivienne sich nicht erinnern? Man brachte doch nicht jeden Tag einen Brief nach Griechenland zum Postkasten.

Und dann die Sache mit dem Artikel an der Wand. Sie lehnte ihren Kopf gegen die Tür des Wintergartens und spürte das kühle Metall an ihren Schläfen. In Gedanken sah sie sich dem neugierigen Blick Viviennes ausgesetzt, als sie rot angelaufen war. Beim Abschied hatte sie den in Glas gerahmten Artikel so hastig von der Wand genommen, dass der Nagel aus dem Verputz gesprungen war.

Jetzt klemmte er hinter einer Großpackung Katzenstreu in der Vorratskammer. Eine Stunde war er durch die Wohnung gewandert. Sockenfach, Ofenblende, Sofarückseite und immer wieder der Lattenrost ihres Bettes. Nichts war ihr sicher genug erschienen. Es gab kein perfektes Versteck. Ihr Blick schweifte von den Osterglocken auf dem Rasen zum Hochbeet, das vor Blumen überquoll. Veilchen, Narzissen und Primeln, eine wahre Farbenpracht und der Stolz Marens. Sie hätte ihr wenigstens die Hälfte des Hochbeets für die Rote Beete und den Kohl lassen können. Groß genug war es.

Ein Feuerzeug klickte. Ellen fuhr herum und sah, wie sich die Zigarette an der kleinen Stichflamme entzündete.

»Na, so träumerisch.« Lächelnd blies Maren den Rauch in den Wintergarten. In der schwarzen Pumphose und dem enganliegenden Top sah sie wie eine Künstlerin aus.

»Was hältst du davon, wenn wir uns einen Gartentisch leisten? Zwischen den Obstbäumen ist Platz. Dann können wir sonntags mal gemeinsam brunchen.« Barfuß lief Maren in den Garten und ließ ihr keine andere Wahl, als ihr in Hauspantoffeln hinterher zu stolpern.

Jetzt spannte sie theatralisch ihre Arme zwischen den beiden Apfelbäumen im hinteren Teil des Gartens und rief aus, dass die Sonne an diesem Platz am längsten bliebe. Den Tisch und das Geschäft, in dem es den zu kaufen gab, hatte sie bestimmt schon im Sinn. Maren war eine Macherin.

Sie hätte den Artikel beseitigt. Weggeworfen. So, wie sie ihre Vergangenheit abgestreift hatte und den Tod von Torben Fischer hinter sich ließ. Ellen bückte sich und richtete eine Narzisse auf, die unter ihren Schuh geraten war.

»Was ist denn mit dir?« Plötzlich hockte Maren vor ihr und pflückte die abgeknickte Blume vorsichtig vom Stängel. Der Nikotingeruch, den sie mit jedem Atemzug verströmte, besaß eine süßliche Note.

»Warst du heute zufällig bei Joschua?«

Maren ließ sich auf den Rasen fallen. »Er ist gerade etwas klamm. Ich habe seine Miete gesenkt, minimal. « Sie drückte ihre Zigarette auf dem Rasen aus und warf den Filterrest in den Komposthaufen. »Und du, was machst du eigentlich den ganzen Tag?«

Ellen betrachtete das feine, gebräunte Gesicht mit dem Nasenring und den großen Pupillen.

»Ich habe im Haus zu tun.« Mühsam erhob sie sich. Bevor sie im Wintergarten verschwand, wandte sie sich um. Maren saß noch immer auf der Wiese und sah ihr nach.

Die Küche blitzte von ihrem Wohnungsputz. Sogar Bellas Napf war blankgeleckt. Nichts weiter zu tun. Wie gelähmt stand sie an der Schwelle, bis ihr Blick auf die angelehnte Tür zur Vorratskammer fiel. Neben dem Katzenstreu standen zwei Packungen Nudeln besonders eng beieinander. Ob das auffiel? Sie vergrößerte den Abstand zwischen ihnen, erspähte eine Ecke des eingerahmten Artikels und schob sie wieder zusammen. Es war stickig hier, eng. Im Hinausgehen schnappte sie sich zwei Biskuits und verschlang eines davon im Stehen, bevor sie Teewasser aufsetzte und auf den Küchenstuhl sackte.

Was sie eigentlich den ganzen Tag machte! Das war dreist. Die Frage hätte sie zurückgeben können. Wo um Himmels Willen fuhr Maren gutgelaunt hin, und woher kehrte sie ebenso gut gelaunt zurück?

Sie hatten nie im Detail durchgesprochen, was dem Einzug in die Villa folgen würde. Ihre Aufgabe war die Instandhaltung des Gebäudes. Aber außer Hausputz und kleineren Reparaturen stand nichts an. Eine Villa, die ein Geheimnis barg, ließ sich nicht pflegen. Wie sollte man da etwas aufbereiten oder blank polieren?

Sie öffnete das Küchenfenster und hörte, wie eine Schelle vom Baugerüst gegenüber klirrend auf den Asphalt der Straße knallte. Der ewige Baulärm zermürbte.

Einer geregelten Arbeit nachgehen. Für Menschen da sein, die sie brauchten. Wie lange war das her.

Denk mal an dich und genieß die Ruhe, hatte Maren beim Einzug vor neun Monaten gesagt. Und jetzt die Frage, was sie den ganzen Tag eigentlich mache. Sie hielt ihr Leben zusammen. Als ob das nicht schon schwer genug wäre.

Die Türklingel riss sie aus ihren Gedanken. Denk mal an dich. Genau das tat sie jetzt. Reglos blieb sie auf dem Küchenstuhl sitzen und lauschte, ob Marens Tür wieder ins Schloss fiel. Aber im Treppenhaus blieb es still. War das ein Machtkampf? Auf Zehenspitzen schlich sie durch den Flur und fuhr beim erneuten Schrillen der Klingel zusammen. Sie hielt die Luft an, bereit, den ganzen Vormittag Marens Hartnäckigkeit zu trotzen, als sie eindeutig das Räuspern einer männlichen Stimme vernahm.

»Verzeihung«, sagte der Student überrascht, als sie die Tür aufriss. »Haben Sie eine Sekunde?«

Er nahm ein Netz mit Lebensmitteln von seinen Schultern. Frau Kücherer hätte ihn dringend um einen Einkauf gebeten, und als er die gekauften Lebensmittel in ihrem Kühlschrank verstauen wollte, wäre dort kein Platz gewesen.

»Alles voll mit Joghurts und Fertiggerichten. Ich habe es wieder mitgenommen, aber vielleicht sollte man doch mal mit ihr zum Arzt gehen oder einen Pflegedienst einschalten.«

Ellens Blick glitt über die feine Stoffhose des Studenten und sein Hemd, in das ein Monogramm eingestickt war.

»Verwechselt sie auch Worte oder behauptet Dinge, die nicht sein können?«

»Sie ist vergesslich. Ich denke, sie wird einfach alt.«

Er trat einen Schritt zurück und murmelte etwas von einer Vorlesung. Kurz darauf schob er sein Fahrrad durch den Vorgarten und warf das Eisentor krachend hinter sich zu. Das Netz mit den Lebensmitteln hatte er vor ihrer Türschwelle liegen lassen.

Eine Viertelstunde später stieg Ellen die Stufen in den ersten Stock hinauf. Auf dem Sitz des Treppenliftes lagen alte Zeitungen, die Tür zur Wohnung war nur angelehnt. Sie klopfte und trat zögernd in den Flur. Es roch muffig. Wie immer standen die Zimmertüren offen, der Gehstock lehnte an der mit Nippes übersäten Kommode. Die alte Dame war im Wohnzimmer, mit abgeknicktem Oberkörper hing sie im Rollstuhl und schlief. Schlief? Ellen starrte auf den eingefallenen Brustkorb unter der Bluse, der sich weder hob noch senkte. Die faltige Hand, die sie berührte, war warm. Vorsichtig beugte sie sich zu der im Rollstuhl Liegenden hinab und spürte den leichten Luftzug des Atems an ihrem Ohr. Die alte Dame schlief so tief, als hätte man ihr einen Cocktail verabreicht.

In der Küche stand ein Glas Orangensaft auf dem Tisch. Eine Papierserviette war zu Boden gefallen, daneben lagen Kuchenkrümel. Und eine weiße, kleine Pille am Fuße des Tischbeins.

Ihr ›Medizinschränkchen‹ nannte die alte Dame die Schublade im Küchenschrank, in der sie Hustenbonbons, Heftpflaster, Mullbinden, eine Wärmflasche und ein Gingko-Präparat aufbewahrte, das Äußerste, was sie an Medikamenten akzeptierte. Die Schublade ließ sich vollständig aufziehen. Von Medikamenten keine Spur.

Ellen öffnete die unteren Schranktüren und suchte zwischen Geschirr und Schalen nach verräterischen Packungen, doch außer zwei vergilbten Tütchen Zucker und einer weiteren Flasche Portwein fand sich nichts. Und an den oberen Teil reichte Margo Kücherer nicht heran, selbst wenn sie aus ihrem Rollstuhl aufstand und sich auf Zehenspitzen stellte. Sie selbst kam gerade so bis zum Knauf. Der Stuhl, den sie an den Schrank heranzog, knarrte unter ihrem Gewicht. Doch ihre Hände griffen ins Leere, als sie die Tiefen des Regals erkundeten. Nur ganz oben auf dem Schrank stand eine antike Porzellanschüssel. Ellen reckte sich. Hoffentlich hielt der Stuhl ihrem Gewicht stand. Ihr Arm zitterte, als sie sich am Rahmen abstützte, um mit der freien Hand die Schüssel einhändig herunterzuholen.

Als sie endlich wieder festen Boden unter den Füßen spürte, atmete sie auf. Der Anblick, der sich ihr beim Anheben des Porzellandeckels bot, versetzte ihr einen Schlag in die Magengrube. Sie starrte auf die angebrochene Packung Tabletten. Psychopharmaka! Sie nahm die Packung heraus und besah sich den Blister. Dreiviertel davon war leer. Bei einer leichten Demenz, der Frau Kücherer möglicherweise unterlag, verschlimmerte ein hoch dosiertes Benzodiazepin die Symptome oft. Hatte sie die Tochter der verstorbenen Frau Wismar im Delir gesehen? Aus dem Wohnzimmer drang ein undefinierbares Geräusch. Ellen warf die Packung in die Porzellanschüssel zurück und balancierte das schwere Stück auf den Küchenschrank.

Nur den Bruchteil einer Sekunde war sie vor der alten Dame im Flur.

Sie holte zu einer Erklärung aus, doch Frau Kücherer rollte bereits zur Wohnungstür und drückte sie mit Schwung zu.

»Wollen Sie einen Kaffee oder einen Portwein?«

»Ein Glas Wasser«, hörte Ellen sich mit trockenem Mund sagen und schob den Stuhl an seinen Platz zurück, während die alte Dame am Waschbecken ein Glas mit Leitungswasser füllte.

Ihr Puls schlug noch immer heftig. Sie trank das Glas in einem Zug aus und nickte zu dem, was Frau Kücherer über ihren Enkel erzählte, während die kleine Tablette in ihrer geschlossenen Faust klebte. Jeder im Haus kannte die Geschichte seiner unrühmlichen Vaterschaft, jeder wartete still, bis es vorüber war. Heute fragte Ellen nach. Die Alte strahlte.

Es war nicht schwer, die Pille unauffällig auf den Tisch fallen zu lassen, um sie dann vor den Augen Frau Kücherers in die Hand zu nehmen.

»Tabletten. Sind Sie krank?«

»Ach was. Das muss eine von den Vitamintabletten sein.«

»Die Ihnen der Student bringt?« Das leere Glas, das Ellen umfasste, vibrierte unter ihren Fingern. Joschua der Dealer. Erst Marens Marihuanakonsum, und jetzt Psychopharmaka für Frau Kücherer. Sie sah, wie die alte Dame lächelte.

»Die Vermieterin bringt sie mir. Gut für die grauen Zellen, sagt sie.«

Gut für die grauen Zellen.

Der Satz hämmerte in ihrem Kopf. Fassungslos stand Ellen in ihrer Küche. Maren verabreichte der alten Kücherer Benzodiazepine. Im Pflegeheim hatte sie täglich mit solchen Tabletten zu tun gehabt. Ihr wurde übel. Sie briet sich eine extragroße Portion Würstchen mit Kraut. Verschlang das Essen, ohne auf den Teller zu sehen. Wieso machte Maren das? Welcher Fluch lag denn seit Torbens Tod auf der Villa?

Fluch. Das Wort sprach sie in Marens Gegenwart besser nicht aus. Marens Gegenwart. Ihr Lachen, wenn ihr etwas missfiel. Und ihr anderes Lachen. Das, was sie früher geteilt hatten. Die Erinnerungen drängten in ihr Bewusstsein, eine nach der anderen.

Mit bleischweren Gliedern ging sie ins Wohnzimmer und legte sich Bella auf den Schoß. Saß den Mittag über auf der Plüschcouch und ließ Zeit verstreichen. Zweimal klingelte das Telefon, vermutlich Frau Kubitsch, die sich über ihr Ausbleiben wunderte.

Erst die Türklingel brachte sie dazu, den warmen Katzenkörper von ihrem Bauch zu schieben und zur Tür zu schlurfen.

Als erstes sah sie ein lilafarbenes T-Shirt mit einem Peace-Zeichen auf der Brust.

Die Therapeutin hielt ihre gipsverschmierten Finger in die Höhe.

»Sorry für die Störung. Ich schaffe das nicht allein. Joschua hat gesagt, Sie können alles.«

»Alles außer nein sagen.« Ellen bemühte sich um ein Lächeln.

An der Schwelle zur Dachmansarde blieb sie stehen und starrte auf die olivgrüne Tapete mit den Ornamenten. Dieses Gold an der Wand, Torbens Grabesstimme, sein Schwur, bei der nächsten Frau alles besser zu machen. Sie wischte die Erinnerung weg. Was hatte die Therapeutin gesagt?

»… einen Holzrahmen zum Aufspannen. An die Wand.«

»Und mein Job?«

»Löcher für die Dübel bohren, bevor ich Schweizer Käse aus der Wand mache.«

»Damit?« Ellen deutete auf das schmale Plastikköfferchen, in dem ein Akkuschrauber lag.

Kurze Zeit später erschien sie mit einem Schlagbohrer in der Dachmansarde. Ein Bettlaken spannte über dem Holzrahmen, den die Therapeutin während ihrer Abwesenheit zusammengenagelt haben musste. Gegenüber auf dem Boden standen eine Schale mit Chips und zwei Gläser Pastis.

»Ein kleines Dankeschön für Ihre Mühe.«

Die Nachmittagssonne legte einen Streifen Licht auf den roten Teppich, den Jona Hagen nach einem Blick auf den Schlagbohrer umklappte.

Sie arbeiteten schweigend. Ellen genoss die selbstverständliche Art, mit der die Therapeutin ihr die Dübel anreichte und den Moment, wenn der Kalkstein dem Widerstand des Bohrers nachgab. Immer wieder glitten ihre Augen zu dem Streifen Licht, der ins Zimmer fiel. Flüssiges Gold, würde Maren sagen und sich wie eine Künstlerin fühlen.

Später saßen sie nebeneinander auf dem Futon und betrachteten die Leinwand, die den Großteil der Wand bedeckte.

»Und was wollen Sie malen?«

»Ich lass mich vom Ort inspirieren. Mal sehen, was passiert. Jetzt, wo ich weiß ...« die Therapeutin strich sich durch ihr kurzes Haar, »... wie der Vormieter gestorben ist.« Eine Pause entstand. »Wie war er so als Mensch?«

»Ich mochte ihn.«

Ihren Worten folgte Stille. Nur ein einzelner Vogel zwitscherte vor dem Fenster. Immer den gleichen, schrillen Ton.

»Autist.«

Ellen fiel in das Lachen der Therapeutin ein. In ihrem Beisein schien alles leichter. Selbst der Anisschnaps ging runter wie Öl, er brannte so angenehm und hielt sie in Balance trotz dieses aufgetürmten Futons, der bei der kleinsten Bewegung schaukelte. Plötzlich verspürte sie Lust, einen Klecks auf die unberührte Leinwand zu malen.

Ein Maunzen drang durch die Tür der Mansarde. Als Ellen sie öffnete, schnurrte Bella nur kurz um ihre Beine, bevor sie zu Jona Hagen stolzierte.

»Hey. Wie ist die denn hier hochgekommen?«

»Wir haben eine Katzenklappe. Aber Bella hat auch ihre eigenen Wege.«

»Wir alle.« Jona Hagen streichelte das Katzenköpfchen. Wieso legte sich Bella ihr einfach zu Füßen und schnurrte?

»Das war früher mein Traum: eine Katze, eine Stadtvilla, genügend Raum für mich allein und den Menschen, den ich liebe.«

»Und jetzt?«

»Ein Freund, ein Sohn, der nicht von mir ist, und eine Dachkammer in einer Villa als Rückzugsort.« Die Therapeutin zuckte mit den Schultern. »Nicht das, was ich wollte, trotzdem schön. Aber Sie haben es geschafft, sich Ihren Traum zu erfüllen. Oder?«

Ellen schluckte. Lüge und Misstrauen und Marens Alleingang. Was für ein Lebenstraum! Der ungewohnte Alkohol zeigte Wirkung. Sie sah auf die Uhr. Zwei Stunden waren zu einem Augenblick verschmolzen, und Bella machte keine Anstalten, sich vom Fleck zu rühren.

»Ich muss leider gehen«, sagte sie gepresst.

In der Küche empfing sie der Essensgeruch vom Mittag und Leere. Der Anisgeschmack lag noch auf ihrer Zunge. Sie sank auf den Stuhl. Wie konnte man von einem Moment auf den nächsten nüchtern werden?

Gib nicht zu viel Persönliches gegenüber den Mietern preis, Maren hatte ihr das vor dem Einzug eingeschärft. Zumindest, bis die Erbsache geregelt war. Aber Jona Hagen hatte das Zeug dazu, die Villa zu heilen. Ein Mensch, auf den Bella so reagierte, konnte nicht schlecht sein.

Über ihr dröhnte wie immer der Fernseher der alten Kücherer. Benzodiazepine als Vitamintabletten getarnt. Wieder stand ihr die Porzellanschüssel mit den Psychopharmaka deutlich vor Augen. Wieso, um Himmels Willen, verabreichte Maren der Alten heimlich Benzodiazepine?

Bis zum Morgengrauen wälzte sie sich im Bett, dann gab sie es auf, kleidete sich an und lief eine Runde durch das schlafende Viertel, in dem die Trauerweiden ihre Köpfe hängen ließen und E-Roller am Gehsteigrand blinkten.

Als sie mit einer Tüte Brötchen von der Tankstelle heimkehrte, war es noch dunkel in der Villa.

Sie beschloss, sich den Tag über abzuschotten. Die Müllabfuhr ließ die Tonne auf dem Gehweg stehen. Ihr Briefkasten wurde mit Werbung verstopft. Vor dem Gartentor hatte ein Mann in Jeans und Sakko neugierig die Klingelschilder

inspiziert, bevor er etwas in die Briefkästen geworfen hatte, vermutlich die Interessenbekundung einer Immobilienfirma, von denen sie in den neun Monaten schon einige entsorgt hatte.

Heute war es ihr egal.

Selbst das Gespräch, das sich am Treppenaufgang der Villa zwischen Jona Hagen und dem Weinhändler entspann, interessierte sie nicht. Die beiden hatten gestern gemeinsam Musik gehört. Marens Kommentar dazu per SMS war eindeutig. Sie hatte nicht reagiert. Viktor Boehm konnte so laut Mahler hören, wie und mit wem er wollte.

Sie musste nachdenken.

Am späten Nachmittag verließ sie das Haus. Der Bagger im Vorgarten gegenüber hatte seit dem Vortag die Grube, die er aushob, beachtlich vertieft. Wie eine Wunde klaffte der aufgebrochene Boden im Erdreich. Zerstört, dachte Ellen, und dem Becken des Zierteichs ausgeliefert, das am nächsten Tag implantiert werden sollte. Neben der Grube bildete die aufgehäufte Erde einen kleinen Hügel. Ellen sah auf den Spaten, dessen Blatt im Erdhügel steckte. Ihn herausziehen und das Loch wieder zuschaufeln! Sie konnte den Holzstiel des Spatens in ihren Händen spüren, sah sich über die Absperrung treten und zupacken. Schaufel um Schaufel. Wie bei einem Begräbnis. Der Zierteich wurde begraben. Ein Bauarbeiter trat aus dem Schatten des Baggers und setzte eine Wasserflasche an, ohne sie aus den Augen zu lassen.

Hatte er ihre Gedanken gelesen? Langsam wurde sie verrückt.

Sie löste sich vom Anblick der Grube und setzte ihren Weg zum Einkaufsmarkt fort. Heute lag was in der Luft. Was Verrücktes. Sie brauchte einen Plan, um sich wieder zurechtzurücken.

Als sich die Türen zum Supermarkt öffneten, atmete sie auf. Sie schob ihren Wagen durch den Gang, umkurvte eine Kundin, die die Kaffeesorten studierte, als hinge ihr Leben davon ab und zog hier und dort etwas aus dem Regal. Vom Angebotsposten aus der Süßwarenabteilung packte sie reichlich in ihren Wagen. Alles wie immer. War es nicht Maren, die gesagt hatte, man solle sich an Dinge halten, die sich nie änderten. Also jetzt noch Katzenfutter. Es gab nichts Realeres als die kleinen Dosen, die sie nur in die Hand nehmen musste, um Bella vom Sofa zu bewegen. Aus den Augenwinkeln registrierte sie etwas Gelbes.

Vitamintabletten zum Auflösen. Neben den gelben Röhrchen standen Schachteln mit Aufbaupräparaten und Nahrungsergänzungsmitteln, ein ganzes Regal voll. Sie blieb im Gang stehen, starrte auf das Gelb, dann auf die bunten Packungen der Heilmittelchen, bis ihr Blick auf dem Gingko-Präparat liegenblieb. Es war das gleiche, das bei Frau Kücherer im Medizinschrank lag. Ein Griff ins Regal bestätigte, was sie bereits wusste. Gingko war durchblutungsfördernd und brachte Steigerung der Konzentrations- und Merkfähigkeit. Ein klassisches Mittel gegen Gedächtnisstörungen, das sie oft in den Schränken der Pflegestiftbewohner gefunden hatte. Eine Wechselwirkung mit einem Benzodiazepin konnte den Blutzuckerspiegel senken und Schwäche auslösen, Verwirrung.

Sorgte Maren bewusst dafür, dass die alte Kücherer zunehmend verwirrt wurde?

»Kann ich mal?«

Eine Mutter mit zwei Kindern griff an ihr vorbei ins Regal.

Ellen schob ihren Wagen weiter und reihte sich in die Schlange vor der Kasse ein. Sie musste raus aus dem Laden, aber es war zu spät, die Gedanken waren nicht mehr zu stoppen, sie überschlugen sich in ihrem Kopf. Viviennes Brief … die Erinnerung der alten Kücherer … Plätzchen im November … für Astrid … ihr Besuch … seit wann war Frau Kücherer so dement? November! Da wollte Maren Gartenarbeit aufteilen … sie das Gemüse, Maren die Pflanzen … die Gartenarbeit im strömenden Regen … sie auf dem Friedhof, abgesetzt, allein gelassen, während Maren umgrub, wie eine Wahnsinnige … wie im November … das Hochbeet! Viel zu früh bepflanzt, 2.000 Liter Erde … schaufelte der Bagger … hob die Grube aus … 2.000 Liter Erde … das Hochbeet … ein perfektes Grab.

»Legen Sie bitte die Ware auf das Band.« Die Verkäuferin sah sie durchdringend an und dann an ihr vorbei zur Warteschlange, die sich in ihrem Rücken gebildet hatte.

***

2.000 Liter Erde. Ihre Hände ruhten auf der verwitterten Holzumrandung des Hochbeetes, das sich als schwarzes Rechteck aus der Dunkelheit erhob. Seit das Licht im ersten Stock erloschen war und die Villa in vollkommener Dunkelheit lag, hatte sich Ruhe über sie gelegt. Eine heilige Ruhe. Das Zittern am Abend war vorüber, die Selbstvorwürfe, die Übelkeit, die ihr der leere Magen beschert hatte. Wie sollte sie etwas essen, wenn ein solcher Verdacht an ihr nagte?

Der Mond schimmerte durch das Wolkenband und warf nur für Sekunden blasse Streifen über den Rasen. Ellen umklammerte den Griff des Spatens. Ein letztes Mal kroch ihr Blick die Rückenfassade der Villa empor, dann lockerte sie behutsam die Erde um die Blumen und hob sie mitsamt der Wurzel aus dem Beet. Als ein Quadratmeter Fläche frei lag, begann sie ihr Werk.

Nach kurzer Zeit war sie schweißüberströmt und der Rücken schmerzte. Sie hielt ihr Gesicht in den kühlen Wind. In der Ferne ging ein Licht in einem Wohnhaus an.

Einen Meter tief war sie gekommen, und noch immer fanden sich keine Anzeichen. Sie musste ins Beet hineinsteigen, kämpfte mit seiner Umrandung. Das Holz riss ihre Handkante auf. Wenn jetzt jemand der umliegenden Häuser zufällig in den Garten sah, gab es keine Ausrede. Sie wilderte. Bei jedem Stich, den die Schaufel ins Erdreich tat, förderte sie Steinchen und Wurzelfäden zutage. Erde, Kiesel und einen Fetzen, der die Farbe der Erde angenommen hatte. Ellen rieb ihn zwischen den Fingern und zwang sich, ihn an die Nase zu führen. Ihr wurde übel. Sie ging in die Hocke, buddelte mit bloßen Händen weiter, bis ihre Finger gegen etwas Festes stießen. Instinktiv schnellte ihre Hand zurück. Erst mit der Schaufel wagte sie sich erneut an die Stelle, die ihr Widerstand geboten hatte. Als sich die Schaufelspitze in die Erde schob, knirschte es. Im schwachen Licht des Mondes war nichts zu erkennen. Sie beugte sich mit ihrer Taschenlampe über das tiefe Loch im Hochbeet und unterdrückte einen Schrei.

Wie sie über die Holzumrandung kam, woher sie die Kraft nahm, den Erdhügel, der sich auf dem Rasen türmte, ins Hochbeet zurückzuschaufeln, wusste sie nicht. Sie setzte die Pflanzen ins Beet, drückte die Erde an, fegte die lose Resterde auf dem Rasen mit einem Handbesen zusammen und starrte entkräftet auf das wiederhergestellte Hochbeet. Die halb verweste Leiche auf dem Grund des Beetes musste Astrid sein. Und ihre Mörderin schlief zwanzig Meter Luftlinie entfernt seelenruhig, als sei nichts geschehen.

Ellen wandte ihren Kopf zur Seite. In Marens Wohnzimmer war es dunkel. Der Wind, der durch das geklaffte Fenster zog, bewegte die Gardine. Und der Schatten dahinter ... Mit steifen Knien trat sie näher an die Hauswand, ohne die Silhouette hinter dem Fenster aus den Augen zu lassen. Die kühle Nachtluft strich ihr über den Nacken, trocknete ihren Schweiß.

Unendlich langsam schob sich die Gardine beiseite und gab den Anblick auf Marens Gestalt frei. Sie stand im Nachthemd. Stand wie weggesperrt hinter der Fensterscheibe, ihr Gesicht bleich wie der Mond, der sein totes Licht auf den Rasen warf. Maren hatte alles gesehen, es lag in ihrem Blick, der sich in ihrem festkrallte, ein schmerzerfüllter Blick, der um Verständnis bettelte, um Kontakt. Eine Ewigkeit verging, und noch eine, und keine von ihnen rührte sich, bis Bella plötzlich um ihre Beine schnurrte und sie aus der Starre erlöste. Wie in Zeitlupe wandte sie sich von dem kreideweißen Gesicht ihrer Schwester ab und verschwand durch den Wintergarten in ihre Wohnung.

Sie wusch ihre Hände, schlug sich kaltes Wasser ins Gesicht, traktierte ihre Fingernägel mit der Wurzelbürste, bis sie rot waren und schmerzten.

Ihr Handy klingelte. Die Türklingel zerriss die nächtliche Stille. Doch Ellen stellte sich taub.

Erst im Bett spürte sie, wie der Schock ihren Körper hinaufkroch, ihn schüttelte.

Wie von fern vernahm sie das leise, rhythmische Klopfen an ihrem Fensterladen. Maren ließ nicht locker. Aber das ging sie nichts mehr an. Den Blick starr gegen die Zimmerdecke gerichtet, wünschte sie sich eine schwere, schwarze Decke, die sie und ihren Lebenstraum für immer begrub. Im Wohnzimmer schlug ihre Pendeluhr eins.

13

Es war ein Uhr in der Frühe, ein kränklicher Mond hing am Himmel und legte blasse Strahlen über den Hinterhof. Vor einer halben Stunde hatte Ulf vergeblich versucht, sie ins Bett zu locken. Jetzt schlief er, genau wie Jakob, der noch lange Musik über Kopfhörer gehört hatte. Auch in den Fenstern gegenüber waren beinahe alle Lichter erloschen. Nur sie war wach, sie und eine Frau im Haus gegenüber, die schon mehrmals länger zu ihr herübergesehen hatte. Vermutlich verdaute sie den neuen Anblick auf Steiners Balkon. Flackernde Teelichter auf der Brüstung und eine hochgewachsene Frau, die rauchte.

Jona zog die Decke über die Schultern. Ein Uhr morgens. Und ihre Gedanken drehten eine Schleife nach der nächsten. Etwas war faul an dieser Villa. Maren hatte gelogen, ihre Freundschaft zu Frau Wismar konnte kaum zufällig sein, wenn ihre Schwester für die Pflege der alten Dame zuständig gewesen war. Ellen, die Verschwiegene. Sie zündete sich eine neue Zigarette an und spürte, wie ihr Magen reagierte. Beim Dübeln und dem anschließenden Pastis waren sie sich nähergekommen. Sie mochte Ellen, sogar ihre hausbackene Art, hinter der sich viel Unsicherheit verbarg. Eine ehrliche Haut, die gute Seele des Hauses – was für eine Fehleinschätzung! Fester als nötig drückte sie die angerauchte Zigarette im Aschenbecher aus und trank einen Schluck Kräutertee.

Gesetzt den Fall, alle Mieter wussten von der Erbschleicherei, hatte Ulf beim Abendessen plötzlich im Beisein von Jakob gesagt und den Gedanken mit Blick auf seinen Sohn nicht fortgesetzt. Aber das war auch nicht nötig gewesen.

Ihr ging das Trolley-Problem nicht aus dem Kopf. Ein Makler als Störenfried, der von der Hausgemeinschaft beseitigt wird, weil er sie um die Wohnungen bringen will, so hatte Joschua es ausgedrückt. Wusste er um die beiden Schwestern und deren Erbschleicherei, und mit ihm auch die anderen Mieter? Dann konnten es Schweigemieten sein, und die Schwestern … der Gedanke eines Mordauftrages war zu absurd, um ihn zu Ende zu führen. Ein Windstoß blies mehrere Teelichter aus. Fröstelnd erstickte sie die restlichen Flämmchen und zog sich ins Wohnzimmer zurück.

Ihr Taschenkalender quoll über vor losen Zetteln. Mit Rotstift war die aktuelle Woche als Urlaub markiert. Urlaub. Von wegen. Montag war sie bei der Staatsanwaltschaft gewesen, und am Nachmittag hatte ihr der Besuch im Pflegestift die Augen geöffnet.

Dienstags mit Ute das Gespräch über den anstehenden Gefängnisbesuch. Was durfte sie Hanna Vers fragen, ohne suggestiv zu werden oder der schüchternen Mieterin zu schaden. Zwei Stunden hatten sie sich im brasilianischen Café die Köpfe heiß diskutiert.

Am Nachmittag hatte Ellen Beetz ihr innerhalb von Minuten perfekte Löcher gebohrt und später verraten, dass sie Torben Fischer gemocht hatte.

Und dann die abendliche Begegnung mit dem Weinhändler. Jona lehnte sich ins weiche Leder der Couch zurück und schloss die Augen. Wie vorhersehbar Menschen waren. Keine fünf Minuten, nachdem sie ihre kleine Musikanlage aufgedreht hatte, stand er in der offenen Tür.

»Mahler beim Malen.« Sein Gesicht hatte sich in Lachfältchen gelegt. Das Apothekerschränkchen im Jugendstil, das sie wenige Stunden zuvor aus einem Sperrmüllmeer gefischt hatte, gefiel ihm ebenso wie die Tatsache, dass sie dessen verblasstes Blumenmotiv mit Pinsel und Farbe auffrischte. Eine Künstlerin und Musikliebhaberin, hatte er gesagt und nur kurz gezögert, bevor er ihre Einladung zum Wein annahm. Noch jetzt musste sie lächeln, wenn sie an seine Ausführungen über Mahlers Melancholie und dessen verletztes Herz dachte. Es war kaum zu überhören, dass er über sich selbst sprach. Nach einer Stunde hatte er darauf bestanden, ihr seine Lieblingsplatte vorzuspielen. Die Zweite Symphonie von Mahler, die Auferstehungssymphonie. Eine alte Schallplatte, die er in seiner Wohnung, in die sie gewechselt waren, auf ein Monstrum von Plattenspieler gelegt hatte.

Es war nicht bei einer Mahler-Platte geblieben und auch nicht bei einem Glas Wein.

Unter ihren Blicken und Nachfragen war er aufgeblüht. Hatte von der Weinmesse des vergangenen Monats erzählt, seinen Neuentdeckungen und dem Fachjournal, das demnächst einen Artikel von ihm abdrucken würde. Erst ihre Frage nach Hanna Vers hatte seinen Redefluss gestoppt. Eine ängstliche Frau, die er nicht einschätzen konnte und die ihm leidtat. Wenig später hatte er auffallend oft gegähnt.

Im Flur ging eine Tür, und kurz darauf die Toilettenspülung. Jakob sah irritiert zu ihr herein. Alles okay, sagte sie leise und sah seine dünne, hochaufgeschossene Gestalt in Schlafanzug verschwinden.

Sie sollte auch schlafen gehen.

Morgen Mittag war der ersehnte Termin in der Preungesheimer Haftanstalt. Beim Gedanken an die dreißig Minuten wurde ihr mulmig. Ihr Magen rebellierte auch schon wieder. Wie sollte sie in der Villa Fuß fassen, wenn sie dort jedes gesprochene Wort auf die Goldwaage legte und in allem etwas Verdächtiges fand? Aber war Viktors plötzliche Verstocktheit nicht seltsam? Vielleicht hatte ihr geplanter Gefängnisbesuch im Haus die Runde gemacht. Das Gerede in Gang bringen, Viktors Worte. Warum musste sie ihren Haftbesuch auch Maren gegenüber erwähnen.

Sie trat ins Schlafzimmer und kroch so leise wie möglich unter die Bettdecke. Erst als sie Ulfs regelmäßige Atemzüge neben sich hörte, entspannte sie sich.

Es dauerte nicht lange, bis der schwere Arm des Schlafes sich um ihre Schultern legte.

Sie erwachte am frühen Morgen vom Geräusch der Kaffeemaschine mit einem dumpfen Pochen an der Schläfe. Die beiden saßen schon beim Frühstück. Wortlos reichte Ulf ihr eine Tasse, während Jakob sein ausgehöhltes Brötchen mit Schokoladencreme füllte. Er hatte sich an ihren morgendlichen Anblick in Männernachthemd und kurzen Shorts gewöhnt. Als er aufblickte, lag ein Grinsen in seinem Gesicht.

»Hast du heute Nacht geboxt?«

»Schwergewichtsklasse. Und als Siegerin den Ring verlassen.«

Wenigstens lachte er mal. Sie sah zu Ulf und fing ein Lächeln auf. Zehn Minuten später saß sie allein am Tisch und pickte die letzten Krümel des Croissant von ihrem Teller.

Sie brauchte Ruhe. Muße, mit einem Krimi ins Bett zurückzukehren. Abstand zu den Ungereimtheiten in der Villa, die sich verdichteten. Noch während sie sich vornahm, in Ulfs Bücherregal zu stöbern, schlüpfte sie in Jeans und Bluse und schnürte ihre Sneakers. Frische Luft würde ihr guttun, redete sie sich ein und wusste bereits beim Verlassen des Hauses, wohin ihr Spaziergang sie führen würde.

***

Vor dem Gartentor parkte der bordeauxrote Lieferwagen. Jona trat in den Vorgarten.

Die geschlossenen Fensterläden im Erdgeschoss links wirkten abweisend. Merkwürdig. Ellen Beetz war Frühaufsteherin und immer mit etwas im oder am Haus beschäftigt. Dafür wehte aus Maren Keilers geöffneter Wohnungstür schon der Geruch frischen Kaffees.

Sie blieb in der Diele stehen und vernahm die raue Stimme der Vermieterin. Vergeblich bemühte sie sich, eine zweite Stimme aus dem Gespräch zu filtern, als plötzlich Maren Keiler mit einem schnurlosen Telefon am Ohr in den Flur trat und sich bei ihrem Anblick ein Lächeln abrang.

»Guten Morgen! Alles in Ordnung?«

»Ich will nicht stören.« Jona wies auf den Hörer.

»Kein Problem.« Frau Keiler wandte sich ab und versprach, später anzurufen, bevor sie das Telefon auf die Station legte. »Kommen Sie rein.«

Zurück auf Raumstation, dachte Jona und setzte sich auf einen der goldenen Barhocker, die vor den Küchentresen standen, während sie nach einem möglichen Ansinnen suchte. Das Klingeln eines Handys rettete sie aus ihrer Phantasielosigkeit.

»Ganz kleinen Moment.«

Jona blieb allein in der Küche zurück. Hatte die Vermieterin die Tür hinter sich geschlossen? Sie schlüpfte in den Flur. Tatsächlich. Nur leise Gesprächsfetzen drangen aus dem Wohnzimmer. Ihr Blick glitt zum schnurlosen Telefon auf dem Sideboard und blieb darauf liegen, bis eine Idee in ihr Gestalt annahm. Sie zog ihr Handy aus der Umhängetasche. Nahm den Hörer von der Station und drückte nach einem raschen Blick zur verschlossenen Tür auf Wahlwiederholung. Eine Frankfurter Nummer erschien auf dem Display. Das Handy zücken und ein Foto schießen, war eine Bewegung. Bevor das Telefon die Verbindung herstellen konnte, lag das Mobilteil wieder in der Schale und ihr eigenes Handy in ihrer grünen Umhängetasche.

Maren Keiler ließ nicht lange auf sich warten. Ihr Lächeln sah gequält aus. Vielleicht hatte sie auch nur schlecht geschlafen. Jona musterte das gebräunte Gesicht mit den Schatten unter den Augen.

»Ganz schön turbulent bei Ihnen.«

»Nicht immer.« Mit Schwung drückte sie das Fenster auf und entzündete eine Zigarette. »Und, gefällt es Ihnen bei uns?«

»Es ist großartig. Demnächst kommt neuer Putz an die Wände. Seit ich weiß, dass mein Vormieter verstorben ist …«

»Tut mir leid«, warf Maren Keiler ein, ohne ihrem Blick auszuweichen. »Plötzlich klingelten Sie bei mir und fragten nach der Mansarde, und ich wusste wirklich nicht, wie ich Ihnen das mit dem Mord erklären sollte. Gut, dass der Student das nachgeholt hat.«

Ihr Bedauern wirkte aufrichtig. Oder hatte sie selbst ihren Instinkt für kriminelle Energien verloren. Wie am ersten Tag ihrer Begegnung sah sie sich einer unverhohlenen Musterung ausgesetzt.

»Und Ihre Bitte?«

»Ich wollte fragen, ob ich mein Fahrrad im Keller unterstellen könnte.«

»Ein Rad?« Das Lachen fiel etwas zu laut aus. »Das hätte ich nicht von Ihnen gedacht.«

Ohne es zu wollen, fiel Jona in das Lachen ein. Sie rutschte vom Hocker. Vielleicht besaß Jakob noch ein Ersatzrad. Oder sie besorgte sich am Samstag eines auf dem Flohmarkt.

»Jederzeit.« Maren Keiler schob ihren Arm aus dem Fenster und streifte die Zigarettenasche am Mauerwerk ab. »Der Keller ist immer offen, schieben Sie es einfach rein.«

»Cool, danke.« Jona spürte im Hinausgehen einen bohrenden Blick in ihrem Rücken.

In der Mansarde roch es nach Farbe. Sie legte das ruhige Adagietto Mahlers vom Vorabend auf und versuchte, einen klaren Gedanken zu fassen.

Da war eine Unruhe in der Gestik der Vermieterin gewesen, als sie mit dem klingelnden Handy ins Wohnzimmer verschwand. Sie öffnete die Galerie in ihrem Handy und besah sich die achtstellige Telefonnummer, die sie abfotografiert hatte. Ein Tastendruck konnte das Geheimnis lüften. In ihren Fingern kribbelte es. Wieso verflucht hatte sie sich nie damit beschäftigt, wie man die eigene Rufnummer im Handy unterdrückte?

Sie brauchte eine Telefonzelle, von der aus sie anonym anrufen konnte. Sie brauchte eine Dusche. Und später ein Fahrrad, das sie im Keller abstellen konnte.

Kurze Zeit später verließ sie die Villa und lief stadteinwärts die Eschersheimer Landstraße hinunter. Zu ihrer Überraschung stieß sie an der nächsten Kreuzung auf eine der schlanken Telefonsäulen. Sie wählte die Nummer und presste den Hörer ans Ohr. Ewig tutete das Freizeichen durch die Leitung, und dann plötzlich meldete sich eine Männerstimme. Der Verkehrslärm übertönte die Hälfte der Worte, aber eines hatte klar und deutlich Widerhall in ihr gefunden. Ein Wort, so kurz, so griffig, dass es sich von selbst einprägte. Sie knallte den Hörer auf die Gabel. Wenn Ulf das vor ihrem Besuch in der Haftanstalt erfuhr, würde er alles daransetzen, sie davon abzuhalten.

Die U-Bahn, die sich aus der Ferne ankündigte, animierte sie zu einem kleinen Sprint. Atemlos ließ sie sich auf einen Sitz fallen und versuchte, sich auf dem kleinen Display ihres Smartphones durch die Homepage der Immobilienfirma zu scrollen. Aber der Empfang im Untergrund war schlecht, und ihre Geduld kochte auf Sparflamme.

In der Wohnung vernahm sie Gitarrenklänge aus Jakobs Zimmer. Was verflucht machte der Junge um diese Uhrzeit hier? Unschlüssig blieb sie im Flur stehen, bis er den Kopf durch die Tür steckte. *Don't get lost,* las sie in grau abgesetzt auf dem schwarzen T-Shirt, das sie noch nie an ihm gesehen hatte. Schweigend sahen sie sich an.

»Ich schreibe ein Lied«, sagte er schließlich.

Eine Pause entstand.

»Ist eher nicht für meine Ohren, oder?«

»Eher nicht.« Ein schiefes Lächeln saß in seinem Gesicht, bevor er die Tür ins Schloss zog. Jetzt erst fiel ihr das blanke Türblatt auf. Vor einer Woche noch hatte Mick Jagger dort mit verzücktem Gesichtsausdruck in die Saiten seiner Gitarre gegriffen. Das Poster war verschwunden, genau wie der kindliche Ausdruck in Jakobs Gesicht.

Auf dem Esstisch stand noch ihr benutztes Frühstücksgeschirr vom Morgen. Sie zog ihren Laptop aus dem Regal, das Ulf für sie freigeräumt hatte, und setzte sich an seinen Platz. Eine Weile blieb sie vor dem hochgeklappten Monitor sitzen. Der Junge war außergewöhnlich. Unbeirrt ging er seinen Weg. Seine Mutter war verstorben, sein Vater oft zu unmöglichen Zeiten im Dienst, und jetzt trat auch noch sie in sein Leben und bewegte sich wie selbstverständlich in seinen privaten Räumen. Und er? Gestand sich seine Gefühle für ein Mädchen ein und schrieb ihr ein Lied. Die Gitarrenklänge, die wieder zaghaft aus seinem Zimmer kamen, berührten sie. Mehr noch. Es war, als griffen die Klänge mit ihrer einfachen Schönheit nach ihr und schlossen sie wie selbstverständlich in seine Welt ein.

Sie lehnte sich im Stuhl zurück und ließ die Stimmung auf sich wirken. Als sie sich kurz darauf ins Netz einloggte, war jede Aufregung von ihr gewichen. Ruhig glitten ihre Finger über die Tastatur, bis die gesuchte Homepage auf dem Bildschirm erschien.

Greif-Immobilien prangte es zitronengelb auf graphitgrauem Hintergrund. Es stimmte also; Maren war im Gespräch mit der Firma Greif. Volltreffer, würde Ulf sagen, um sie gleich darauf hinzuweisen, dass sie die Persönlichkeitsrechte ihrer Vermieterin missachtet hatte. Aber Ulf war auf dem Präsidium, und sie einer Ungereimtheit auf der Spur. Ihr Cursor fuhr über die Leiste, bis er auf dem Link zu den Ansprechpartnern liegenblieb und durch einen Doppelklick die Seite mit den Portraits öffnete. Ein Dutzend Frauen und Männer lächelten sie an. Ihr Blick blieb an dem Namen hängen, den sie so oft aus Ulfs Mund gehört hatte. Das breite Gesicht mit den Geheimratsecken und der gegelten Haartolle über der Stirn wirkte selbstbewusst. Sein Blick, die ganze Ausstrahlung hatte etwas Zupackendes. Im Hintergrund rankte sich bunter Wein eine weiße Backsteinmauer hinab. Sie klickte das Portrait an und sah auf die Kontaktdaten. Schon der erste Blick sagte ihr, dass die Telefonnummern identisch waren. Zwei Sekunden später bestätigte ihr das Foto auf ihrem Handy den Verdacht.

Lange betrachtete Jona das Gesicht des etwa Vierzigjährigen, der trotz seines kernigen Lächelns und dem seriösen Anzug um die Augen etwas verquollen wirkte.

Moritz Krampner. Jetzt wurde die Sache wirklich kriminell.

Sie kopierte sein Portrait, druckte es aus und schob das zusammengefaltete Foto in die Gesäßtasche ihrer Jeans.

In drei Stunden musste sie in Preungesheim sein. Hanna Vers schien ihr zu vertrauen, sonst würde sie sich ihrem Besuch verweigern. Aber ein unbedachtes Wort von dem, was sie bereits in Erfahrung gebracht hatte, konnte ihr Misstrauen wecken. Sie hatte schon mehrmals Patienten mit einer Posttraumatischen Belastungsstörung in der Praxis gehabt. Immer waren es scheue Menschen gewesen, die leicht zu verunsichern waren und bei Irritationen die Schuld bei sich suchten. Noch einmal rief sie sich ins Gedächtnis, was sie über die Spätfolgen einer PTBS wusste und sich gestern zusätzlich angelesen hatte. Dann ging sie duschen.

Unter den heißen Strahlen der Brause entspannte sie sich allmählich.

***

Das Frauengefängnis lag am Seitenarm eines Wohngebietes. Jona parkte ihre Vespa am Fuße der schnurgeraden Straße und lief die wenigen Meter zu Fuß. Es war verrückt. Kindergeschrei drang von den Wohnblöcken linkerhand, von den Gefängnismauern gegenüber ging eine bleierne Stille aus. Dazwischen die Straße. Sie wandte ihren Blick nach rechts. Meterhohe Betonwände mit einem Stacheldrahtkranz darauf. Selbst sie kam sich wie eine Ameise vor, als sie an der Mauer entlang auf die gläserne Außenpforte zulief. Sie war zu früh.

Fühlte sich neugierigen Blicken von einem Balkon gegenüber ausgesetzt und überprüfte zum dritten Mal ihren Besuchsschein.

Eine halbe Stunde vor dem Termin reichte Jona ihn der Beamtin, zusammen mit dem Personalausweis. Warum starrte sie denn so lange auf ihr Lichtbild?

Jona zwang sich zu einem Lächeln. Die Gitter und der viele, massive Beton bedrückten sie. Dazu die Kameras, die jeden Schritt und die kleinste Regung aufzeichneten, und die Durchsuchung an der Pforte. Sie verstaute ihre Tasche in einem Schließfach und gab den Schlüssel ab. Im letzten Moment hatte sie das ausgedruckte Foto Krampners in ihr Portemonnaie geschoben. Überwacht wurde überall, und garantiert auch im Besuchsraum. Wie naiv sie gewesen war.

Als sie endlich in den kahlen Besuchsraum geführt wurde, konnte sie ihr Erstaunen nur schwer verbergen. Die Inhaftierte wirkte nicht nur ausgeglichen. Sie hatte sich auch vorteilhaft geschminkt.

»Hanna!« Lächelnd nahm sie ihr gegenüber am Tisch Platz.

Hanna schob sich eine Haarsträhne aus dem Gesicht und wartete. Wieso sagte sie nichts? Von der Fahrigkeit, die damals beim Sektempfang jede ihrer Gesten und Worte begleitet hatte, war nichts zu bemerken. Nahm sie Tabletten?

»Wie geht es dir, Hanna?«

Eine Pause entstand. Sicherheit, fuhr es Jona durch den Kopf, starrer Alltag und ein Regelsystem. Das Gefängnisleben mit seiner festen Tagesstruktur konnte einer ängstlichen Persönlichkeit Sicherheit vermitteln.

»Die Mieter aus dem Haus vermissen dich.« Jona versuchte, die Gitter vor dem Fenster zu ignorieren. Schon jetzt spürte sie eine Beklemmung bei dem Gedanken, nicht jederzeit den

Raum verlassen zu können. »Ich soll dich von Joschua grüßen.«

Hannas Mundwinkel zuckten.

»Hat er Sie geschickt?«

»Wir waren beim Du.« Unmerklich hatte Jona ihre Stimme gesenkt. War das schon verdächtig? Die Gegenwart der Wärterin an der Tür machte sie nervös. Aber sie hatte nur dreißig Minuten. Einen Moment fasste sie die ruhige, gefestigt wirkende Erscheinung vor ihr in den Blick. »Ich bin wegen unserem Gespräch hier. Als du mich auf einen Tee eingeladen hast, nach dem Sektempfang.«

Hanna Vers zuckte mit den Schultern. War sie denn gar nicht froh, dass sich jemand um sie bemühte?

»Ich hatte ein bisschen viel Sekt intus, da redet man manchmal unbedachtes Zeug. Es war der erste Tag in der Villa, ich war aufgeregt, euch alle kennenzulernen. Und du schienst etwas … etwas durcheinander.« Jona fuhr sich durchs Haar. Sie redete schon wieder unbedachtes Zeug. Hanna Vers sah sie ratlos an.

»Hör mal. Als ich damals sagte, du solltest auf deine innere Stimme hören, meinte ich nicht, dass du dir von deiner Angst etwas diktieren lassen sollst. Ich kannte dich kaum.«

»Das Gespräch hat mir gutgetan.«

»Das ist schön. Trotzdem.« Jona besann sich und lehnte sich im Stuhl zurück. Sie musste Ruhe ausstrahlen, wenn sie wollte, dass die scheue Mieterin ins Nachdenken kam.

»Etwas gestehen, weil man durcheinander ist, ist eine Sache. Aber wenn man sich nicht erinnert …«, sie sah, wie Hanna die Stirn runzelte und fügte an, dass sie mit Ellen Beetz gesprochen habe. Und dass niemand aus der Villa ihr so eine Tat zutraue.

»Wir alle fragen uns, warum du dein Geständnis nicht widerrufst.« Im Besuchsraum war es so still, als säßen sie auf dem Mond. Nur die Neonlampe über ihnen sirrte unbeteiligt.

Die Inhaftierte legte ihre Unterarme auf den Tisch und senkte den Kopf. Als sie wieder aufsah, lag Trauer in ihrem Blick.

»Die Bilder in meinem Kopf, und diese Nylonrolle, das spricht doch dafür, dass ich es war. Außerdem …«, sie stockte einen Moment, »… fühle ich mich schuldig.«

»Sich schuldig fühlen heißt noch nicht, schuldig zu sein.« Jona schluckte die nächsten Worte hinunter. In den Ohren der Aufseherin konnte die Erwähnung von Autosuggestion vielleicht als Manipulation gewertet werden. Und Hanna würden psychologische Erklärungen nicht erreichen. Wie sollte man sich auch in dem Dschungel der Erinnerungen zurechtfinden, wenn man sich selbst nicht vertrauen konnte. *Don't get lost.* Plötzlich kam ihr der Spruch auf Jakobs T-Shirt tröstlich vor.

»Er hat sich in meine Wahrnehmung geschoben, absichtlich«, sagte Hanna unvermittelt. »Jeden Abend. Seine Schritte auf dem Dachboden. Das laute Gerede. Und er hat geklingelt. Mehrmals. Stand direkt vor meiner Tür. Das hat mich verrückt gemacht.«

An der Tür in ihrem Rücken raschelte es, das anschließende Räuspern klang ermahnend.

»Und wenn er dich attraktiv fand und auf sich aufmerksam machen wollte, um dich kennenzulernen?«

Das Neonlicht warf sein kaltes Licht in den Raum. Eine Kälte, die auch von Hanna Vers ausging. Jetzt verschränkte sie die Arme über der Brust. Die Überzeugung ihrer Schuld stand wie ein Schutzwall um sie. Wollte sie schuldig sein? Kurz blitzte der Gedanke auf, dass sie die Wahrheit sagte, dann fiel ihr das Foto in dem Schließfach der JVA ein.

»Am Montag, der Tag, an dem Torben Fischer … starb … hat da jemand bei dir geklingelt? Gegen Mittag. Oder sich sonst wie bei dir gemeldet?«

»Nein.«

»Daran kannst du dich erinnern?«

Jona sah die überschminkte Blässe und die starren Gesichtszüge der Frau, deren Schicksal sie seit Tagen beschäftigte, und die jetzt unruhig wurde und einen raschen Blick zur Eisentür warf.

»Ich will dir doch nur helfen.«

»Das hat Frau Keiler auch gesagt. Wie oft sie bei mir oben war nach diesem Montag. Immer wieder betonte sie, dass sie mir helfen wolle. Und dass ich nicht schuldig bin. Nicht schuldig. Mich trifft keine Schuld, hat sie gesagt. Und dass ich doch nichts dafür kann. Mit jedem Mal habe ich mich schuldiger gefühlt.«

Jona sah auf die Gitterstäbe in Hannas Rücken. Vom inneren ins äußere Gefängnis. Inneres Zwangsgefängnis, jemanden mit Ängsten füttern, ihn in seinen Kopf einsperren … sie hatte mit Ulf darüber gesprochen.

»Dass du nichts dafür kannst«, wiederholte Jona und sah in das verschlossene Gesicht Hannas, »wofür?«

»Ich versteh nicht.«

Wie von selbst schnellte Jonas Oberkörper nach vorn.

»Hanna, kann es sein, dass Maren Keiler dir die Schuld nicht ausreden, sondern einreden wollte?«

»Bitte Abstand halten«, polterte es in Jonas Rücken, und eine Hand legte sich auf ihre Schulter. Bevor sie sich entschuldigen konnte, war Hanna mit dem Stuhl nach hinten gerückt und stand auf.

»Danke für deinen Besuch«, sagte sie, »ich möchte jetzt gehen.«

Dass es gelogen war, sah Jona an der Haltung, mit der sie ihre Arme um den Oberkörper schlang. Als hielte sie sich selbst im Zaum, zerrissen zwischen dem Wunsch, mehr zu erfahren und dem, sich taub zu stellen. Nur mit Mühe rang sie sich ein Lächeln ab, während sie darauf wartete, zum Einschluss abgeholt zu werden.

Vor den Toren der Haftanstalt atmete Jona tief durch, bevor sie die Straße hinunterlief. Was war falschgelaufen? Alles. Schon beim ersten Anblick der in sich ruhenden Inhaftierten hätte sie es wissen können. Zwei Wochen Gefängnis hatten ihre Spuren hinterlassen. Vielleicht passte der Umstand, für etwas zu sühnen, auch in ihr Leben. Oder es befriedigte den geheimen Wunsch in ihr, sich endlich gerächt zu haben. Hypothesen, würde Steiner sagen. Sie musste unbedingt mit ihm reden.

An dem Tankstellenkiosk trank sie einen Espresso und vertilgte eine halbe Tafel Schokolade. Das Leben auf der angrenzenden Straße wirkte so heiter, als seien die Betonmauern mit dem Stacheldraht nicht vorhanden. Als läge um das massive, große Gefängnisgelände eine unsichtbare Glocke.

Sie stieg auf ihre Vespa und verließ das Viertel.

Während der Heimfahrt sah sie in einer Momentaufnahme die scheue Mieterin beim Sektempfang. Ihre zittrigen Hände, als sie ihr die Pralinen überreichte, und der hoffnungsvolle Blick. War sie deswegen so sicher gewesen, ihr helfen zu können?

Sie gab Gas und raste ins Nordend.

Weder Ulf noch Jakob waren zu Hause. Sie schenkte sich einen Pastis ein und ließ sich auf die Ledercouch fallen. Die SMS an

Ulf fiel knapp aus. Eine Viertelstunde später stand er in der Wohnungstür und sah sie besorgt an.

»Ist was passiert?«

»Hanna Vers hat mich abblitzen lassen.«

Er legte seinen Rucksack am Türrahmen ab, roch an dem leeren Glas und nahm ihren Vespaschlüssel, der auf dem Tisch lag, an sich.

»Erzähl mir das doch gleich in Ruhe. Ich muss an die frische Luft.«

Jona ließ sich von der Couch ziehen und erwiderte seine Umarmung nur halbherzig. Hatte er eben ein Lächeln unterdrückt?

Schweigend folgte sie ihm durchs Treppenhaus und protestierte, als er sich auf ihren Roller schwang

»Kannst du überhaupt fahren?«

Statt einer Antwort reichte er ihr den Helm. Es schien ihm egal, was sie wollte oder nicht.

Schon nach der zweiten Biegung gab sie ihren Widerstand auf. Ulf fuhr bedächtig. Weich lag ihr Körper an seinem Rücken, während ihre Blicke nach links und rechts schweiften. Als er auf der Maybach-Brücke das Tempo beschleunigte, schloss sie die Augen und schickte ihre quälenden Gedanken über den Haftbesuch zum Teufel.

Sie parkten in einer Parallelstraße zur Nidda und legten die letzten Meter zu Fuß zurück. Malerisch führte der Weg zwischen dem schmalen Fluss und den Gärten hindurch. Jona erspähte hinter den Drahtzäunen Gärten, in denen es gerade zu blühen begann. Während der erste Flieder seinen Duft verströmte, sank ihre Laune. Es war nicht zu übersehen, dass Ulf sich wohlfühlte. Seine Schritte federten. Hin und wieder warf er ihr aufmunternde Blicke zu, die sie ignorierte. Merkte er nicht, dass es ihr nicht gut ging? Sie blieb stehen.

»Du kannst nichts dafür, hat Maren Keiler zu Hanna gesagt. Das bedeutet doch, sie redet ihr durch die Blume ein, dass sie es getan hat.«

Ulf zog sie zur Seite. Der Luftzug eines vorbeirasenden Radfahrers streifte ihre Wange. »Magst du von vorne erzählen?«

»Ja, mag ich«, hörte sie sich gereizt sagen und unterdrückte den Fluch. Der Radfahrer war bereits ein orangener Punkt, der sich in der Ferne verlor.

»Hanna Vers hat mich rausgeworfen, aber sie wollte nicht wirklich, dass ich gehe.«

Sie begann von ihrer Begegnung mit der inhaftierten Mieterin zu erzählen. Auf der Brücke zum anderen Ufer blieb Ulf plötzlich stehen.

»Aus welchem Grund sollte Frau Keiler ihrer Mieterin einen Mord einreden? Sie selbst ist doch durch ihr Alibi entlastet.«

»Um jemanden zu decken?«

»Aber wen?«, erwiderte Steiner. »Ihre Schwester hat auch ein Alibi.«

Sie folgte seinem Blick, der auf einen am Flusssaum schwimmenden Nutria gerichtet war.

»Ich habe mich nochmal in die Fachliteratur eingelesen. Wenn ihre Posttraumatische Belastungsstörung komplexer Art ist, dann ist sie prädestiniert für Situationen, in denen sie ausgenutzt oder missbraucht wird. Erinnerungslücken sind da keine Seltenheit. Verlust der Impulskontrolle und Aggressivität waren auch aufgeführt. Jeder weiß, dass solche Menschen das Gefühl haben, neben sich zu stehen.«

»Derealisations- und Depersonalisationserleben«, warf Steiner ein.

»Du sagst es. Schlechtes Selbstwertgefühl, ausgeprägte Schuldgefühle.«

Sie verstummte. Hypothesen, keine Beweise. Ulf wusste all das. Es führte nur zu nichts.

Als sie das Nidda-Ufer verließen, legte er den Arm um sie. Ihre Vespa glänzte im Licht der Nachmittagssonne, die ihren Kampf mit der Wolkendecke gewonnen hatte. Doch Steiner lief an ihrem Roller vorbei und schob ein Gartentor auf, das zu einem geweißelten Familienhäuschen führte. Behaglich setzte er sich auf die Bank davor.

»Was wird das jetzt?«

Statt einer Antwort zog er eine Flasche Sekt aus dem Rucksack. »Alkoholfrei. Möchtest du trotzdem?« Sein Lächeln sah glücklich aus. Mit Blick auf die zugezogenen Gardinen, die sich jederzeit zur Seite schieben konnten, folgte sie ihm auf die Bank. Unter den sonnenwarmen Holzstreben wuchs wilder Brennnessel und Gras.

Jona konnte nicht anders, als die Magnolie zu bewundern, unter der ein rosa Blütenmeer schwamm. Sie war noch prächtiger als die im Garten der Villa. Das Knallen des Korkens riss sie aus ihrer Betrachtung.

»Gibt es etwas zu feiern?«

»Dreh dich mal um. Das ist unser neues Zuhause. Wenn du möchtest.« Der Sekt schäumte über den Rand des Glases, das er ihr reichte. »Also, wenn dich die Natur herum und die Flussidylle nicht stören.«

Das Klirren der Gläser kam ihr unwirklich vor. Auch der lauwarme, alkoholfreie Sekt, an dem sie nippte.

Sie erhob sich und betrachtete das Haus mit den rostroten Fensterläden, das aussah, als wäre es direkt von Ostfriesland nach Frankfurt strafversetzt worden.

»Es gehört der Mutter von Kovac, meinem Kollegen. Sie wird in ein Heim ziehen und möchte es vermieten. An nette Menschen.« Er stand auf und schwang seinen Rucksack über die Schulter. »Wir sind nette Menschen. Außerdem habe ich Kovac mal das Leben gerettet, damals auf Streife. Das hat sie nicht vergessen.«

Er überreichte ihr den Schlüssel. »Es hat zwei Etagen. Oberhalb gibt es ein großes Zimmer und ein eigenes Bad.« Wortlos schloss Jona die Tür auf und betrat ein helles, warm eingerichtetes Haus, von dessen Diele links eine Wendeltreppe nach oben führte. Doch die sah sie nur aus den Augenwinkeln. Im Fokus ihres Blickes lag der riesige Wohnraum, der durch eine Glastürfront Ausblick ins Grüne gab. Sie durchquerte ihn, vorbei an einer schlichten Holzeinrichtung, und trat durch eine der Flügeltüren ins Freie. Der verwilderte Garten bestand aus einer Blumenwiese und zwei Obstbäumen. Seitlich des Holzzauns rostete ein kleiner Fahrradschuppen vor sich hin.

Eine Weile stand sie sprachlos im Garten und sah, wie der Wind die Blüten über den Rasen wehte. Ulf um den Hals fallen – ein Bild wie aus einer kitschigen Werbung. Er stand hinter ihr und freute sich; sie wusste es, ohne sich umdrehen zu müssen.

Nach der Besichtigung der oberen Räume setzten sie sich wieder auf die Bank vor dem Haus. Das Haus war so, wie ein Haus sein musste. Großzügig und hell und durchdrungen von einer Geschichte.

»Gut, dass diese Greif-Geier nicht ihre Finger im Spiel haben.«

»Du bist zu verbohrt«, erwiderte Ulf und sah auf die Uhr. »Jakob müsste gleich heimkommen.«

»Ich weiß einfach mehr als du, daran liegt es.« Sie sah in Ulfs perplexe Miene. »Es gab noch eine Ouvertüre vor dem Knastbesuch. Ein Stück für zwei Personen. In den Hauptrollen Maren Keiler und Moritz Krampner.«

Sie fuhr sich durchs Haar. »Die beiden planen was miteinander«, begann sie und erzählte ihm die Geschichte von der morgendlichen Begegnung mit der Vermieterin bis zu ihrer Internetrecherche am Esstisch.

Ulf hatte sie nicht ein einziges Mal unterbrochen, um nachzufragen. Auch jetzt sah er stumm zu dem Magnolienbaum hinüber, aus dem es wieder Blüten regnete.

»Du weißt, dass ich dieses Wissen nicht offiziell nutzen darf.«

»Aber du könntest mich instruieren.« Ihre Kopfhaut kribbelte. »Wenn du willst, mache ich ein Beratungsgespräch mit Moritz Krampner aus, unter falschem Namen. Wegen einer Immobilie, die ich suche.«

»Hör mir mal zu.« Sie spürte einen festen Griff um ihre Hand. »Es gibt neue Indizien. Genau die drei Kollegen von *Greif*, die Krampner das Alibi gegeben haben, werden gerade durchleuchtet. Bei der Durchsuchung der Agentur ist eine Datei aufgetaucht. Unter dem Namen ›Hausbesuche‹. In der sind alleinlebende, alte Hausbesitzer oder alte Paare ohne familiäre Anbindung aufgeführt. Bei manchen steht der Vermerk ›kinderlos oder Kinder im Ausland‹ dahinter.« Er lockerte den Griff um ihre Hand. »Wenn das stimmt, was meine Kollegen vermuten, setzen diese Makler Menschen gezielt unter Druck. Oder sorgen dafür, dass sie isoliert werden, um billig an das Anwesen zu kommen, das sie dann selbst kaufen. Noch ist es nicht offiziell. Gerade haben wir jemanden gefunden, der den Lockvogel für uns spielt, um zu sehen, wie weit sie gehen.«

Ulfs Augen waren schmal geworden. »Du mischt dich da jetzt bitte nicht ein.«

»Hausbesuche«, murmelte sie. »Bei uns war Krampner ja auch in der Villa. Und dann starb jemand.«

»Das sind geheime Daten. Wir reden hier von einer polizeilichen Ermittlung.«

»Ja, Herrgott. Ich habe es verstanden.«

Sie sprang auf und stieß mit dem Knöchel die am Fuß der Bank stehende Flasche um.

Lautlos ergoss sich der Sekt ins Gras. Wie gelähmt sah sie auf die schäumende Flüssigkeit, die in den Halmen versickerte. Hatte sie es wieder geschafft. Jona, das Enfant terrible, die Chaotin.

»Es ist nur Sekt«, Steiner stellte die Flasche wieder auf, »lauwarm und ohne Alkohol.«

Ihre Blicke begegneten sich. Wie konnte man Gedanken lesen. Wie konnte man ein Entfant terrible lieben. Steiner konnte. Legte ihr ein Traumhaus zu Füßen, während sie fluchte und laut wurde.

»Ich sehe mir nochmal die Galerie an.«

Der Schlüssel hing an der offenen Tür. Bevor sie über die Schwelle trat, hörte sie ein Räuspern in ihrem Rücken.

»Abgesehen von der Illegalität war dein Telefontracking eine astreine Nummer.«

Sie drehte sich um. Steiner kippte seelenruhig den restlichen Sekt ins Gras und verstaute die Flasche in seinem Rucksack.

»Hast du eben ›astrein‹ gesagt?«

»Nimmst du mich auf deinen Rundgang mit?«

Gemeinsam betraten sie das Haus und schlossen die Tür hinter sich.

14

Seit Maren auf der Welt war, wollte sie etwas. Und jetzt wollte sie Vergebung. Ellen sah zur Baustelle schräg gegenüber. Auf dem Baugerüst reichten sich Arbeiter Dämmplatten von einer Plattform zur nächsten. Ein paar Meter unter ihnen, im Vorgarten, lag die Schale des Zierteichs noch immer umgedreht auf dem ausgehobenen Erdhügel.

Das Loch war tief genug für den Teich. Oder für ein Massengrab. Sie schüttelte sich und versuchte, das Bild abzustreifen, und mit ihm die Erinnerung an die letzten zwei Tage. Aber gegenüber klopfte und hämmerte es, ein zermürbender Dauerlärm, dem sie nicht entfliehen konnte.

Im Wohnzimmer, das auf den Garten hinausging, konnte sie nicht mehr sitzen, im Wintergarten mit Blick auf das Hochbeet schon gar nicht. Und hier in der Küche? Wie ein unsichtbares Gift waberte das, was Maren als ihr Geständnis bezeichnet hatte, durch den Raum. Es hing in jedem Winkel, klebte unlösbar an allem, was Maren berührt oder mit ihren Worten gestreift hatte. Ein schleichendes Gift. Sie roch es. Spürte, wie es in sie eindrang. Wie es ihr Denken vernebelte, die Atmung beschwerte, wie es begann, ihr Herz zu umschließen und zusammenzupressen. Auf dem Stuhl gegenüber hatte Maren gestern gesessen. Maren, die Reuige. Plötzlich kleinlaut. Mit weichem Blick und Fingern, die nervös an ihrem Zigarettenetui spielten.

Ihr Atem, ihre Kleidung, alles roch nach durchwachter Nacht. Das Wort Unfall stand unerwidert im Raum, wie eine Ertrinkende griff Maren über den Tisch und beteuerte, dass sie das nicht gewollt hätte, Astrids Tod. Sie habe Traute bewundert, für ihre Kühnheit, mit der sie ihr Alter und den fortschreitenden Krebs akzeptierte. Für ihren Pragmatismus, für ihren Humor. Eine Freundschaft, sagte sie, die alte Wunden in ihr geheilt habe. All die Ausflüge ins Grüne, die anteilnehmenden Blicke, das echte Interesse an ihr und ihrer Geschichte, die sie bei den eigenen Eltern nie gespürt habe. »Sie hat die aufgestaute Liebe bekommen, die ich mit Mama nie teilen konnte.« Das Feuerzeug flammte nun doch auf. Maren entschuldigte sich. Gierig sog sie an der Zigarette, als sammle sie Kraft für die nächsten Worte. »Und dann stand sie einfach in meiner Wohnung. Ihre Tochter. Astrid Wismar.«

Ellen schnappte nach Luft. Wieso gebot sie den Worten nicht Einhalt? Doch Maren hatte sich über den Tisch gebeugt und sah ihr in die Augen.

»Stand da und fragte, was ich in der Wohnung zu suchen habe. Sie, die sich seit Jahren keinen Deut darum kümmerte, wie es ihrer Mutter geht. Die nur heimkam, um abzusahnen, weil sie irgendwie Wind davon bekommen hat, dass es mit Traute zu Ende ging.«

Irgendwie! Ellen schob den Gedanken eines zweiten Briefes beiseite.

Ohne Rücksicht auf Verluste, fuhr Maren fort, hätte sie sich kurz vor dem Tod ihrer Mutter nochmal in deren Leben geschoben. »Ohne Rücksicht auf Verluste. Wie alle. Mein Vater auch. Du weißt das.« Ellen nickte betäubt. Dass sie ihren eigenen Vater nie kennengelernt hatte, erschien ihr nach dem Drama damals als eine glückliche Fügung. Über die Zeit, in der sie sich aus den Augen verloren hatten, hatte ihre Schwester immer geschwiegen. Neun Jahre. Eine Fremde saß vor ihr. Eine, deren Kämpfe sie nicht kannte. Nur kleine Episoden hatte sie mitgeteilt, in Telefonaten oder später in Handynachrichten. Maren lehnte sich im Stuhl zurück. Sie sah erschöpft aus und traurig. Eine Weile rauchte sie schweigend in Richtung des Fensters, das sie gekippt hatte. Vielleicht holten Erinnerungen sie ein. »Sie hat mir ins Gesicht gelacht, als ich sagte, Traute ist eine Freundin von mir«, begann sie mit einer veränderten Stimme, »gelacht und den Aschenbecher von meinem Tisch genommen. Hier wird nicht geraucht, sagte sie.«

Eine unheilvolle Stille folgte.

»Und dann kam die Wut, eine unheimliche, große Wut, und ich riss ihr den Steinaschenbecher aus der Hand. Wir haben gekämpft, sie ist zu Boden gestürzt.« Maren hob ihren Blick. »Ich wollte das nicht. Aber da war keine Zeit für Reue. Da war das Blut und der blutige Aschenbecher in meiner Hand. Und der große, fremde Körper auf meinen Kacheln. Sie lag einfach da, atmete nicht mehr. Tot. Von einer Sekunde auf die andere tot.«

Du bist eine Mörderin, hatte sie gedacht, und die im Küchenstuhl kauernde Gestalt ihrer Schwester in einem anderen Licht gesehen. Von wegen Lebenskünstlerin, mutiger als sie selbst, kompromissloser und mit der nötigen Portion Trotz und Egoismus ausgestattet.

Ellen sah auf den leeren Küchenstuhl gegenüber.

Im Flur stockte sie. Auf dem Boden lag ein weinrotes Kuvert. Jemand aus dem Haus musste es durch den Spalt zwischen Tür und Schwelle geschoben haben. Als sie es aufnahm, drang ein feiner Geruch nach Rauch in ihre Nase. Maren!

Seit dem gestrigen Geständnis waren sie sich nicht mehr begegnet. Maren würde nicht lockerlassen, bis sie ihr glaubte, dass es eine Art Unfall war.

Mit zitternden Fingern öffnete sie den Umschlag und entfaltete den eng beschriebenen Bogen Papier. Schon allein die Ansprache hatte etwas Beschwörendes.

Ellen, bitte lies diesen Brief bis zum Ende!

Gestern bei unserem Gespräch hast du gesagt, du weißt. Aber du weißt nichts von dem, was ich in den neun Jahren erlebt habe. In Thailand und später in Berlin.

Maren hatte in Thailand gelebt? Sie lief in die Küche zurück und sackte auf einen Stuhl. Deswegen hatte sich damals unter ihrer Handynummer plötzlich ein Unbekannter gemeldet.

Mein Vater hat mich entweder als Vorzeigetochter für seine wechselnden Frauen benutzt oder ignoriert. Als ich das Abi verbockt habe, schlug er mich grün und blau. Danach war ich weg. Jobbte in Kneipen und Bars. Hab mal hier und mal da gewohnt und bin dann bei Toni hängengeblieben, der mich mit nach Thailand nahm. Von dem habe ich mich in Bangkok getrennt und bin einfach dageblieben. Illegal. Eine Aussteigerin.

Der nächste Satz war durchgestrichen. Vergeblich versuchte Ellen, die Worte unter dem Kugelschreibergekritzel zu entziffern.

Wie Astrid Wismar. Ich weiß. Nur ohne eine Mutter in der Rückhand, die mich jederzeit mit Kusshand aufgenommen hätte. Ich verdiente ein bisschen Geld, reiste weiter, wenn jemand zu viel nachfragte. Und hielt es wie Mama mit Alkohol und Zigaretten. Später kamen andere Drogen dazu. Ich war so richtig unten. Lebte ein Jahr lang von der Hand in den Mund. Einmal habe ich sogar unserer Mutter geschrieben. Keine Reaktion! Das zum Thema ›ein Zuhause‹.

Ellen ließ den Brief sinken. Ihre Mutter hatte nie Post aus Thailand erwähnt, so wie sie sich auch nie nach Maren erkundigt hatte. Sie rechnete nach; zu der Zeit war ihre eigene, größte Sorge gewesen, zu dick für Rainer zu sein, mit dem sie damals zusammen war. Warum hatte Maren sie nicht um Hilfe gebeten? Sie wendete das Papier.

Ich musste ein paar Touristen beklauen, um wieder nach Deutschland zu kommen, und hier gab es erstmal jede Menge Stress mit den Behörden. Okay, ich verlor manchmal die Skrupel, aber ich bin nicht emotionslos geworden. Ich musste mich nur durchschlagen, verstehst du? Und in Berlin habe ich dann wieder Fuß gefasst.

Wieder waren zwei Zeilen durchgestrichen. Nur die Worte *seltsame Typen* waren zu erahnen und ein Ausrufezeichen.

Tagsüber holte ich mein Abi nach, nachts arbeitete ich in Bars und Kneipen. Ich wollte studieren, einen guten Job. Dann bin ich bei Romano im Cafè gelandet. Meine Rettung, dachte ich. Ein Café mit Kunst. Die ganze Berliner Kulturszene verkehrte da. Und ich mittendrin. Mit Romano zusammen. Fünf Jahre waren wir ein Paar, haben den Laden geschmissen. Er wollte mich beteiligen. Und plötzlich gab es das Wort Scheidung nicht mehr. Er ist zu seiner Frau zurück. Fünf Jahre Liebe und Arbeit, und nichts war davon geblieben. Ich stand wieder auf der Straße. Hast du schon mal auf der Straße gestanden? Ellen, jetzt ehrlich. Du hattest immer ein Zuhause. Bei Mama, auf der Arbeit im Pflegeheim, im Platenviertel. Aber ich war allein, wieder einmal. Ausgenutzt und auf die Straße gestellt wie Sperrmüll. Deswegen habe ich auch Torben Fischer so gut verstanden. Als er mir erzählte, seine Frau sei weg und er ohne Heimat. Da gab ich ihm die Dachmansarde. Du siehst, ich bin nicht gefühllos. Und dann? Wieder eine Enttäuschung, einer, der uns alles wegnehmen wollte.

Dafür, dass er so endete, kann ich nichts. Für Astrids Tod bin ich verantwortlich. Aber ich wollte das nicht, ich wollte das wirklich nicht. Auch wenn ich sie verachte – es war ein Unfall. Bitte glaub mir das. Ein Unfall.

Deine Schwester Maren

Der Brief glitt aus ihren Händen und fiel zu Boden. Sie starrte auf das gefaltete, dicht beschriebene Papier, wie ein Fremdkörper lag es zwischen den Stuhlbeinen. Egal, was darauf stand, Maren war ein Mensch, der für Geld und für Liebe über Leichen ging.

Über Leichen gehen, durchfuhr es Ellen. Eine Redewendung. Über Leichen gehen. Sie konnte nichts dagegen tun. Die Worte schoben sich zwischen ihre Gedanken. Drängten sich auf. Nur nicht laut aussprechen, das über Leichen gehen. Sie riss den Stuhl beim Aufspringen um. Raus, nur raus hier!

In der Diele hielt sie die Luft an. Sie lebten Tür an Tür. Im Sommer wollte Maren mit ihr im Garten essen. Ein paar Meter entfernt von dem Hochbeet, in dem ... wieder drängte sich die Redewendung auf und hinterließ das Wort ›Leichen‹ auf ihrer Zunge, pelzig und schwarz.

Frau Kubitsch öffnete auch nach mehrmaligem Klingeln nicht. Alles verschwor sich gegen sie. Das Platenviertel war heute abweisend, schenkte ihr kein einziges, gutes Gefühl, kein Wohlsein, führte ihr keinen alten Bekannten zu, nicht eine schöne Erinnerung. Als hätte sie den Zugangscode zu ihrer ehemaligen Heimat verloren.

Mit zittrigen Fingern zog sie den Haustürschlüssel aus ihrer Handtasche und verschaffte sich Zugang. Das war ihre Welt, jedenfalls der Rest davon. Sie sammelte Atem, bevor sie den Aufstieg in den zweiten Stock begann.

Erst nach lautem Klopfen regte sich etwas hinter der Tür und eine Stimme krächzte mehr, als dass sie fragte, wer da sei.

»Ich«, rief Ellen laut und, nachdem es still blieb, »Ellen, Ellen Beetz.«

Langsam öffnete sich die Tür. Frau Kubitsch sah ihr eine Weile ins Gesicht, bevor sich ein Lächeln darin ausbreitete. Ihr eingedrücktes Haar verriet, dass sie geschlafen hatte. Ellen schob sich in die Wohnung und streichelte die Schulter der ehemaligen Nachbarin. Wenn sie in nicht allzu weiter Ferne in ihren letzten Schlaf sank, verschwand auch die letzte Zeugin ihres früheren Lebens und mit ihr der offizielle Grund, an diesen Ort zurückzukehren.

»Ich war zufällig in der Gegend«. Sie schluckte, als sie das Rezept auf der Küchenanrichte sah. Antidementiva. Also jetzt auch Frau Kubitsch. Vermutlich lag das Rezept für den Pflegedienst dort. »Darf ich?«

Sie setzte Kaffeewasser auf und stellte vier Zitronentörtchen auf den Küchentisch, während die alte Dame ihr vom Sitz ihres Rollators aus freundlich zusah.

Kaum führte sie die erste Gabel zum Mund, verschlang Ellen selbst eines von ihnen. Sie war unterzuckert. Vielleicht war sie nicht am Ende, sondern einfach nur unterzuckert.

Auf dem Nachhauseweg rief sie sich die Geschichten in Erinnerung, die die Putzfrau und der Hausmeister Frau Kubitsch regelmäßig erzählten. Ein Hundebesitzer, der seinen Pitbull das Geschäft im Blumenbeet verrichten ließ, der Ehebruch einer Nachbarin, der aufgeflogen war, Jugendliche, die nachts auf den Straßen Alkohol tranken und herumschrien. Probleme normaler Menschen. Ihr Blick glitt über den Wohnblock mit den Holzbalkonen.

Hinter jedem Fenster fand Leben statt, das Alltagsleben in der Siedlung, nicht immer schön, aber ohne kriminelle Machenschaften oder – Leichen.

Die Zitronentörtchen lagen schwer in ihrem Magen. Erschöpft erreichte sie die Villa.

Zum ersten Mal fiel ihr auf, wie kaltherzig sie aussah, wie schroff. Sie blieb vor dem Treppenaufgang stehen und blickte die Fassade empor, an der der Putz abblätterte. Wie hatte sie nur denken können, die Villa wäre eine Verbindung mit ihr eingegangen? Die Villa wusste alles. Jedes gesprochene Wort, jede Gefühlsregung. Konnte es sein, dass die Geheimnisse der Mieter in den Mauern gespeichert waren? Sie stockte. Und der Mord!

Im Dachgeschoss ging das Fenster auf, die Therapeutin lehnte sich hinaus. Sie trug ein orangenes T-Shirt mit einer gelben, auf die Brust gestickten Sonne, und sie winkte.

»Ich komme mal runter.«

Zwei Minuten später standen sie gemeinsam im Keller und betrachteten ein altes Herrenrad mit plattem Reifen.

Ob sie ihr mit Flickzeug aushelfen könne, hatte Jona Hagen in der Diele gefragt, und nun spähte sie zu der angelehnten Eisentür, hinter der sich die Werkstatt verbarg. Ellen fing ihren fragenden Blick auf.

»Gehen Sie ruhig rein.«

Beim Öffnen der Eisentür strömte ihnen kühle Luft entgegen. Das Neonlicht flackerte, bevor es ansprang und das unverputzte Gewölbe ausleuchtete.

»Ein Wahnsinnsraum.« Jona Hagen sah sich um. »Wem gehört denn die Werkstatt«?

»Allen, die sie benutzen möchten.«

»Wow.«

Eine Stille entstand. Leise drang das Sirren der Stromzähler aus dem Vorraum.

»Bei Rädern bin ich eine Niete.« Jona Hagen zog einen Schraubenzieher von der Wand. »Den?« Sie hatte eine Art zu lächeln, die war schön. Auch ihr gemeinsamer Pastis in der Dachkammer neulich. In ihrer Gegenwart schien alles einfach. So einfach wie das Reparieren eines kaputten Schlauches.

»Drehen Sie mal das Rad auf den Kopf«, hörte sie sich sagen, während sie eine Gartenschürze von der Wand nahm.

Die nächsten Minuten wich der Druck von ihr und die Erschöpfung, die sie eben noch begleitet hatte. Gemeinsam arbeiten, das ging gut mit der Therapeutin, die ihr das Werkzeug anreichte und die Schüssel mit Wasser aus ihrer Wohnung trug. Nebenbei streichelte sie Bella, erzählte aus ihrer Praxis und beteuerte, wie glücklich sie über die Mansarde sei.

»Frau Keiler wird doch hoffentlich nicht schwach.«

Ellen ließ den Schlauch sinken. »Bei was?«

»Naja, wenn man die Wurfsendungen im Briefkasten sieht. Diese Aasgeier wollen doch alles kaufen. Neulich stand einer im Anzug vor dem Gartentor und schoss ein Foto. Ich dachte, er hätte vielleicht auf Frau Keiler gewartet.«

»Keine Sorge.« Der Kleber, den Ellen auf der undichten Stelle des Schlauches verstrich, blieb an ihren feuchten Fingern kleben. »Maren liebt die Villa.«

Ihre Beteuerung blieb unerwidert. Schweigend zogen sie den Reifen auf die Felge.

Beim Umdrehen des Fahrrads erst richtete die Therapeutin das Wort an sie. Sie lud zu einem Eisbecher ein, ein kleines Dankeschön, das sie bitte nicht abschlagen dürfe.

Als sie den Keller verließ, um ihre Geldbörse zu holen, sank Ellen erschöpft auf die Töpferbank. Von wegen Liebe. Maren wollte die Villa besitzen. Wollte alles besitzen, alles kriegen, von dem sie glaubte, es stand ihr zu. *Das verstehst du nicht.* Dazu ihre maßregelnde Miene. Aber es war anders. Sie wollte nicht mehr verstehen. Sie wollte mit Menschen wie Jona Hagen ein Eis essen gehen ohne Furcht, etwas zu verraten. Sie hatte keine Kraft mehr zu lügen.

Die dumpfen Schläge auf der Treppe kündigten bereits ihre Rückkehr an. Immer zwei Stufen auf einmal sprang sie die Kellertreppe hinunter. In ihrem Haar steckte eine Sonnenbrille.

»Ich bringe Ihr Rad auch gleich hoch«, sagte sie und schwang ihre Tasche über die Schulter. Das Grün der Tasche erinnerte an Wiesen, hell und frisch. Ellens Blick blieb auf den Glitzersteinen liegen, die in den Stoff eingenäht waren. Sie kannte diese Tasche. Diese Pailletten im Grün. Sie hatten im Sonnenlicht gefunkelt – auf dem Rücksitz eines Wagens, vor dem Stift – auf dem Rücksitz des grünen Mercedes. Ihr Magen sackte ab. Der Mercedes des ermittelnden Polizisten. Sie hatte gefürchtet, es sei sein Auto, das auf dem Parkplatz des Stifts stand. Und jetzt hing genau diese Tasche um die Schultern der Therapeutin.

»Frau Beetz?«

Ellen schreckte auf und verfing sich im Anblick der gelben Sonne, die von Jona Hagens T-Shirt prangte. Sonne. Pailletten. Sonnenbrille im Haar und Schlaghose.

»Wo Ihr Fahrrad steht.«

»Hinten im Garten. Ich hole es selbst.« Sie kämpfte sich die steile Treppe hinauf. Der Hinterausgang in den Garten führte am Hochbeet vorbei. Narzissen und Primeln, und darunter die sterblichen Überreste eines Menschen. Während sie wieder den Schaufelgriff in ihren klammen Händen spürte und den Widerstand, als die Spitze gegen Astrids Schädel stieß, hastete sie zu ihrem Rad. Maren war weder im Garten, noch stand die Tür des Wintergartens offen. Umso besser.

Die Straße war uneben. Ellen presste ihre Hände um die Lenkergriffe. Seit Wochen hatte sie nicht mehr auf dem Fahrrad gesessen, und jetzt musste sie Jona Hagen hinterherrasen, die keine Verkehrsregeln zu kennen schien. Bei jedem Tritt ächzten die Pedale, bei jedem Ächzen verdichteten sich Ahnungen, die sie sich kaum vorzustellen wagte. Zwei Tage war Torben unter der Erde gewesen, da tauchte sie wie aus dem Nichts auf und fragte nach der frei gewordenen Dachkammer. Trank mit dem Studenten Tee, hörte mit Viktor Boehm klassische Musik und wollte Hanna Vers im Gefängnis besuchen. Sie war Therapeutin, kannte sich mit Menschen aus. Konnte das alles Zufall sein? Jetzt bog sie halsbrecherisch um die Ecke. Die grüne Umhängetasche schaukelte bei jeder Bodenunebenheit, doch Jona Hagen dachte nicht daran, das Tempo zu drosseln. Erst am Holzhausenpark bremste sie ab. In letzter Sekunde kam Ellen hinter ihr zum Stehen.

»Tut mir leid, ich muss umdrehen«, entfuhr es Ellen brüsk. »Ich habe eine Verabredung vergessen.« Den enttäuschten Gesichtsausdruck vor Augen, radelte sie in die entgegengesetzte Richtung davon und fuhr erst zwei Querstraßen weiter an die Seite. Eine vergessene Verabredung! Die gleiche Ausrede, die Maren benutzt hatte, um sie am Friedhof abzusetzen und von ihrer Graberei im Garten fernzuhalten. Wenn die Therapeutin nach dem Eis wieder in die Villa zurückkehren würde, musste sie so tun, als sei sie nicht zu Hause. Oder sich spontan Besuch einladen. Heike kam erst gegen Nachmittag aus dem Büro. Und wenn die Therapeutin nicht zur Villa zurückfuhr? Noch während sie abwog, ob es nicht zu riskant sei, wendete sie mit dem

Rad und fuhr im Schritttempo in Richtung der Eisdiele, von der sie gesprochen hatte.

Der Schleichweg durch den Holzhausenpark kam ihr unwirklich vor. Die Luft war getränkt von Blütenduft, auf dem Spielplatz tollten Kinder, die aufschießende Fontäne im Wassergraben um das Holzhausenschlösschen sprühte kühle Partikel in ihr Gesicht.

Ab der Eschersheimer Landstraße schob sie ihr Rad. Schon von weitem entdeckte sie die hochaufgeschossene Gestalt mit dem bunten T-Shirt, die auf einem Mäuerchen gegenüber der Eisdiele saß. Jona Hagen trank einen Espresso. Eine endlose Zeit verging, bis sie die leere Tasse zur Eisdiele zurückbrachte und auf ihr Herrenrad stieg.

Aufgeregt löste sich Ellen aus dem Schutz der Hauseinfahrt und folgte ihr in einigem Abstand. Sie wurde von einem E-Roller abgedrängt, wich einer aufgerissenen Wagentür aus und zählte vor jeder Biegung bis fünf, bevor sie es wagte, der Therapeutin nachzufahren. Und dann plötzlich war sie verschwunden.

Atemlos blieb Ellen an der Straßenkreuzung stehen und ließ ihren Blick über die Hauseingänge wandern. Jedes Haus der Straße nach Klingelschildern abzusuchen, war zu auffällig. Ein metallischer Schlag lenkte ihre Aufmerksamkeit auf einen Hauseingang. Ein Altbau auf der linken Seite, nur zehn Meter von ihr entfernt. Unwillkürlich presste sie ihre Hände um den Lenker. Mit starrem Blick lief sie auf die Einfahrt zu und sondierte den asphaltierten Innenhof hinter den Eisenstäben des Tores. Das alte Herrenrad stand unverschlossen zwischen anderen Rädern. Zwei Schritte, und sie stand vor der Klingelleiste, die sie überflog, bis ihr Blick an einem selbstgeschriebenen Schild hängenblieb. Zwei Namen standen darauf, durch einen Schrägstrich voneinander getrennt. Zwei Namen, auf die sie trotz ihres Verdachtes fassungslos starrte.

Also war der Kommissar ihnen auf den Fersen, und seine Freundin observierte die Villa samt Mieter. Also war ihre Freundlichkeit Kalkulation, ihr Interesse kriminalistische Recherche. Also hatten Herr Steiner und Frau Hagen Theater gespielt, als sie sich in ihrem Garten begegnet waren und ignoriert hatten.

Noch einmal blickte Ellen auf das Klingelschild, das ihre Hoffnung auf Normalität zunichtemachte, dann stieg sie auf ihr Fahrrad und radelte so schnell wie möglich davon.

Zu Hause angekommen, legte sie sich mit einer Schachtel Pralinen ins Bett. Bella sprang auf ihren Bauch und schnurrte behaglich wie zum Beweis, dass wenigstens auf sie Verlass war. Sie krallte ihre Hand ins Fell. Katzen waren so intuitiv. Wieso spürte Bella nicht, dass das friedliche Leben in dieser Villa endgültig vorbei war? Mit den Tränen kam eine Müdigkeit, die sie in einen tiefen Schlaf zog.

***

Sie erwachte um kurz nach vier Uhr nachmittags. Während die letzten Traumfetzen in ihrer Erinnerung verblassten, hörte sie es im Treppenhaus poltern. Auch im Vorgarten ging etwas vor sich. Sie schob die eingerollte Katze zur Seite und stieg aus dem Bett. Vor dem Gartentor stand der bordeauxrote Lieferwagen, in den der Student gerade etwas einräumte. Etwas Schweres, der Verrenkung nach zu urteilen, mit der sein Oberkörper im Wageninneren verschwand. Holzkisten. Vermutlich Weine. Und große Säcke, die nach Blumenerde aussahen, und die er über der Schulter trug.

Seit wann schloss Herr Boehm den Weinladen schon am frühen Nachmittag?

Eine Tasse Tee in der Hand, beobachtete sie das Hin- und Her, bis Joschua sich auf der obersten Stufe des Treppenaufgangs niederließ, um eine Zigarette zu rauchen. Ellen öffnete das Fenster und beugte sich hinaus. Es war das erste Mal, dass sie ihn mit aus der Hose gerutschtem Hemd und roten Wangen sah.

»Das sah schwer aus. Haben Sie Gold geschürft?«

Der Student lachte. »Weine. Säckeweise Erde. Und in den Holzkisten müssten dem Gewicht nach Goldbarren gewesen sein, das stimmt.«

»Sie sind sehr hilfsbereit.«

»Eine Hand wäscht die andere!« Er zog eine Augenbraue nach oben. »Zigarette?«

»Warum eigentlich nicht.«

Unter seinen erstaunten Blicken nahm sie kurz darauf neben ihm Platz und ließ sich eine seiner Selbstgedrehten geben. Maren hielt es keine halbe Stunde ohne einen solchen Glimmstängel aus. Immerzu musste sie etwas von sich geben, etwas ausstoßen, und wenn es nur Zigarettenqualm war. Sie nahm einen Zug. Schon beim ersten Einatmen reizte der Rauch ihre Kehle.

Eine Hand wusch die andere; das war neu, eine Komplizenschaft zwischen Herrn Boehm und dem Studenten.

»Haben Sie eigentlich mal was von Hanna gehört?«, fragte er.

»Das wollte ich gerade Sie fragen.«

»Wieso mich?«

»Sie war doch öfter bei Ihnen zu Besuch. Frau Kücherer hat sie sogar ausgelassen lachen hören.«

Über ihnen wurde ein Fenster geschlossen. Zweites Geschoss rechts? Der Lieferwagen stand noch immer vor dem Gartentor. Jemand verfolgte einen Plan. Wenn sie nur wüsste, welchen.

»Frau Beetz?«

»Ich heiße Ellen.«

»Okay.« Joschua rieb sich die Handballen. Jetzt erst fiel ihr der feine Schweißgeruch auf, der den Duft seines Aftershaves überlagerte.

»Also Ellen«, er räusperte sich, »wollen wir Hanna mal zusammen besuchen, in Untersuchungshaft? Ich habe gehört, das geht.«

Eine gemeinsame Zigarette, das Angebot sich zu duzen und der richtige Moment; war es so einfach dazuzugehören? Sie rückte ein Stück zur Seite und stützte ihre Hände auf den warmen Stein. »Und dann? Was sollen wir ihr sagen?«

Die Antwort kam erst nach einer Weile, und sie fiel zu zaghaft für einen jungen Mann aus. Mut schöpfen! War das sein Ernst, dass sie als Nachbarn der verzweifelten, sie schluckte, der verrückten Hanna Vers mit aufmunternden Worten helfen konnten? Nein, vermutlich nicht. Vermutlich wollte er in Erfahrung bringen, was sie darüber dachte.

Eine Hand wäscht die andere. Von Anfang an hatte Jona Hagen einen vertraulichen Kontakt mit dem Studenten gehabt. Er war es, der ihr von dem Mordgeständnis von Frau Vers erzählt hatte, in der Werkstatt, und kurz darauf hatten sie unter fadenscheinigem Vorwand gemeinsam den Keller verlassen. Jona Hagen und Kommissar Steiner in einer Wohnung. Und sie unter Beobachtung. Mit einer Leiche im Garten und Maren als Schwester, die sich in Sicherheit wähnte und irgendetwas plante. Etwas plante! Zog Maren in Betracht, die Villa zu verkaufen, oder hatte die Therapeutin das nur ins Spiel gebracht, um sie zu irritieren? Ihr war schlecht. Eine Stufe unter ihr verglühte der Zigarettenstummel, den sie auf den Stein gelegt hatte. Der Student sah sie von der Seite an. Sie mochte ihn, hatte ihn vom ersten Moment an gemocht. Aber jetzt gab es zwei Seiten, und sie waren möglicherweise nicht auf der gleichen.

»Herr Zingler.«

»Joschua.«

»Joschua. Um die Wahrheit zu sagen, ich habe Angst, etwas falsch zu machen.«

»Das verstehe ich. Keine Ahnung, was ich sagen würde. Hanna ist speziell. Ein falsches Wort, und sie ist verunsichert.« Er strich über seinen Bart. »Und was machen wir jetzt?«

»Ich denke darüber nach.« Ellen erhob sich. Das Wir war falsch. Sie gehörte keinem Wir an, nicht mehr. Umständlich klaubte sie die Zigarettenreste von den Stufen des Treppenaufgangs, bevor sie in ihre Wohnung verschwand.

In der Küche räkelte sich Bella maunzend auf dem Esstisch. Ellen verscheuchte sie mit einer Handbewegung und legte eine Portion eingefrorenes Gulasch zum Auftauen in die Mikrowelle.

Halb fünf. Sie würde essen und dann nach oben gehen. Viktor Boehm und sein Klassikfimmel. Seit einer Woche schallten die Symphonien beinahe jeden Abend durch das Treppenhaus. Jetzt ließ er den Studenten für sich arbeiten. Als gehöre ihm die Villa. Lass ihn doch, hatte Maren gesagt. Wieso war sie zu allen außer ihr so nachsichtig?

Der Schwung, mit dem sie die Mikrowelle zum Stoppen brachte und die Tür aufspringen ließ, vertrieb Bella endgültig aus der Küche.

Eine halbe Stunde später stand sie vor der Tür, dessen Glaseinsatz mit schwarzer Folie abgedeckt war, und klingelte. Doch in der Wohnung blieb es still. Sie lauschte nach Musik, nach Schritten und hörte unvermutet Frau Kücherer aus der Wohnung in ihrem Rücken kichern. Hatte sie schon wieder Besuch? Wahrscheinlich von Maren. Maren mit einem Schwung neuer Benzodiazepine, um ihr die letzten Erinnerungen aus den Hirnwindungen zu spülen. Unwirsch drückte sie auf den Klingelknopf, diesmal länger. Erst als sie sich zum Gehen wandte, kam ihr die Idee, dass er es war, der Frau Kücherer Gesellschaft leistete.

Sie klingelte an der Tür gegenüber und starrte nur wenige Sekunden später auf die gelbe, aufs T-Shirt gestickte Sonne der Therapeutin.

»Kommen Sie rein. Frau Kücherer wird sich freuen, wenn mal was los ist in ihrer Küche.«

»Danke.« Ellen trat einen Schritt zurück und suchte nach einer Geste, einer Erklärung, irgendwas, was die Therapeutin nicht als verdächtiges Verhalten deuten konnte, als in ihrem Rücken eine Tür aufgezogen wurde und Viktor Boehm in Jeans und Unterhemd erschien.

»Was passiert?«

»Ich wollte kurz mit Ihnen reden«, stotterte Ellen, »aber wenn es nicht passt …«

Knarrend gab die weiße Ledercouch unter ihrem Gewicht nach. Herr Boehm war im Bad verschwunden, um sich etwas überzuziehen. Was machte sie hier? Was Jona Hagen bei Frau Kücherer trieb, war klar. Spionage. Suggestive Fragen. Ermittlungen. Alles war möglich. Sogar, dass Frau Kücherer gerade bei klarem Verstand war und die Geschichte von Astrid Wismars Besuch aufwärmte.

Dement hatte Maren sie genannt. Aber das war gelogen. Ihr Daumennagel grub sich in das brüchige Leder der Couch und zog einen Kratzer hinein. Erschrocken sah sie auf den Riss, der sich deutlich von den älteren Gebrauchsspuren abhob und rückte ein Stück nach rechts, um ihn zu verdecken.

»Kaffee?«, rief es aus dem Flur. Gleich darauf ertönte das Röhren einer Mahlmaschine, und der Weinhändler erschien mit zwei dampfenden Tassen in der Hand.

Die Frage, ob er den Laden geschlossen hatte, stand unerwidert im Raum. Ellen trank den Kaffee in kleinen, hastigen Schlucken. Seelenruhig saß Viktor Boehm am gläsernen Couchtisch und sah ihr dabei zu, wie ihre Blicke über die Einrichtung wanderten. Als schlicht hatte Maren seine Einrichtung bezeichnet. Es war untertrieben. Noch nie hatte sie eine Wohnung ohne einen einzigen Dekorationsgegenstand gesehen. Nur der riesige Flachbildfernseher fiel aus dem Rahmen. Er war bestimmt zwei Meter lang.

»Ich beschäftige eine Aushilfe«, sagte er schließlich und schlug die Beine übereinander. »Joschua arbeitet gelegentlich auch für mich.«

»Nachbarschaftshilfe. Davon hat er mir gerade erzählt.«

Sie wartete vergeblich auf eine Reaktion. Der ungewohnt starke Kaffee und die Zigarette von eben machten sie zittrig. Musste sie noch deutlicher werden, um etwas zu erfahren?

»Was macht denn unsere Künstlerin bei Frau Kücherer?«, fragte Viktor Boehm.

»Wenn Sie es nicht wissen.« Es war ihr herausgerutscht, genau wie der Hinweis, dass sie sich gut zu verstehen schienen.

»Oho. Der Haustratsch.« Zum ersten Mal huschte ein Lächeln über sein Gesicht und erinnerte an den Mann, den sie seit neun Monaten zu kennen glaubte; zurückgezogen und hilfsbereit. Ihm gefiel die Idee, mit der Therapeutin in Verbindung gebracht zu werden, die er eine Künstlerin nannte. Vielleicht machte er sich Hoffnungen. Vergeblich. Jona Hagen und

Kommissar Steiner. Die Worte brannten auf ihren Lippen. Sie einfach aussprechen und dann in seinem Gesicht lesen, das wieder ernst geworden war.

»Frau Beetz, Sie wollten mit mir reden.«

»Über die Hausgemeinschaft. Wir müssen jetzt zusammenhalten. Bis der Mord an Torben Fischer aufgeklärt ist, sind wir ja auch sowas wie Verdächtige.«

»Ich verstehe nicht, worauf Sie hinauswollen.«

Sie legte ein Lächeln auf, das sich fremd anfühlte. Bluffen, jeder im Haus schien es zu tun.

»Ich habe von Ihren Plänen gehört. Sie wissen schon, der Haustratsch.«

Die Stille im Wohnzimmer war unnatürlich. Als hätte jemand den Ton abgedreht. Es war Viktor, der als erster die Sitzposition wechselte. Er setzte sich aufrecht und streckte die Schultern nach hinten.

»Würden Sie mir das bitte genauer erklären?«

»Ich denke, das ist nicht nötig.« Kühl strömte es durch ihre Handgelenke. Auch die Luft schien gepolstert. Schwerelos hob sie ihren Körper in die Höhe, hob ihn von der Couch und federte bei jedem Schritt ihre Bewegungen ab. Erst im Türrahmen wandte sie sich noch einmal um und fühlte beim Anblick des erstarrten Weinhändlers eine diffuse Genugtuung. »Ich weiß mehr, als Sie denken.«

Hinter ihr fiel die Tür ins Schloss. Sie hätte ihm die ganze Wahrheit sagen können. Dass sie ab jetzt aufpasste, sich nicht mit Ausreden abspeisen ließ. Es war auch ihre Villa. Selbst wenn sie Heimweh nach dem Platenviertel hatte. Irgendwas war im Gange, und sie würde die Wahrheit ans Tageslicht bringen. Auch wenn noch niemand in der Villa für die Wahrheit empfänglich war. Nicht einmal Jona Hagen, der sie Einblicke gewährt hätte. Nicht einmal die. Aber das war nicht mehr wichtig. Wichtig war, dass auch sie ab jetzt einen Plan verfolgte.

***

Ein Himmel aus Blei. Ellen sah im Nachthemd zu, wie dunkle Wolken sich über die milchigen Schichten schoben. Der Wind trieb sie vorwärts. Auch die Baumkronen im Vorgarten bäumten sich unter seiner Kraft auf. Sie öffnete das Fenster und fröstelte unter den Böen, die warm waren, warm und unwirklich, als hätte sie drei Monate verschlafen und wäre im Sommer erwacht. Dabei war sie jede Stunde aus dem Schlaf aufgefahren, schweißgebadet und verkrampft. Seit dem Morgengrauen lag sie und kämpfte sich durch ihren eigenen Albtraum. Ihre Schwester war eine Mörderin, die Frau, zu der sie Zuneigung gefasst hatte, eine Verräterin, und ihr Verdacht, dass Viktor Boehm etwas im Schilde führte, hatte voll ins Schwarze getroffen. Warum sonst war er nicht entrüstet über ihre Unterstellung gewesen, sondern irritiert. In der Nacht hatte sie alle möglichen Szenarien durchgespielt. Maren war ständig unterwegs, ohne ihr davon zu erzählen. Seit dem Geständnis hatten sie nicht mehr miteinander geredet. Und dann die Frage der Therapeutin, ob sie nicht den Verkauf der Villa plane. Wusste sie etwas oder war das auch geblufft?

Der Wind floh durch die Bäume und zerrte am Baugerüst. Irgendwo schlug ein Fensterladen gegen die Fassade.

Sie schloss das Fenster. Sechsuhrfünfzehn. Im Stift brühten sie jetzt gerade Kaffee für die Stationen auf. Das war vorbei. Sie lebte in einer neuen Zeitrechnung.

Das Unheil war zu ihr gekommen. Aber sie floh nicht mehr. Im Bad nahm sie eine angebrochene Schachtel Vitamintabletten aus dem Schrank und legte sie auf den Küchentisch. Die alte Dame stand zeitig auf. Gegen neun würde sie Frau Kücherer einen Besuch abstatten und, wenn sie sie ins Wohnzimmer gerollt hatte, die Benzodiazepine in der Porzellanschüssel gegen wirkliche Vitamine austauschen. Maren sollte ruhig wissen, dass sie ab jetzt mitmischte.

Unter der Dusche legte sie sich Worte für den Immobilienmakler zurecht.

Sie zog ihr bestes Outfit aus ihrem Schrank und sah sich prüfend im Spiegel an. Der Blazer saß etwas zu eng, aber er wirkte über der weißen Hose seriös. Hauptsache, man erkannte sie später nicht an der Kleidung, falls doch ein Makler in der Villa auftauchen sollte. Sollte sie Daten hinterlassen müssen, würde sie in ihre Telefonnummer zwei Zahlendreher einbauen, und den Namen ›Schneider‹ gab es wie Sand am Meer.

Punkt zehn Uhr stand sie vor der Agentur Greif. Im Schaufenster hingen Flachbildschirme, die wechselnde Haus- und Wohnungsangebote offerierten. Die Villa war nicht aufgeführt, aber das hieß nichts. Sie spürte, wie der Mut sie verließ und wiederholte im Geiste ihre Anfrage nach einem Objekt im Dornbusch, einer schönen Stadtvilla, dann drückte sie die Glastür der Immobilienagentur auf und trat in den hell erleuchteten Raum. Bevor sie auf einen der Chromschreibtische zusteuern konnte, an dem möglicherweise der Mann saß, den Jona Hagen gesehen hatte, erhob sich lächelnd eine Frau vom Fensterplatz aus und wies einladend auf den Stuhl vor sich.

15

Am Bornheimer Uhrtürmchen war Wochenmarkt. Die bunten Stoffdächer der Obst- und Gemüsestände flatterten im Wind. Immerhin hatte es aufgehört zu regnen. Bei jedem Schritt spritzten die Absätze ihrer Schuhe Pfützenwasser gegen den Hosensaum.

Jona verstaute die Einkäufe im Topcase ihrer Vespa. Um elf traf sie Ulf im brasilianischen Café auf der Eckenheimer. Außerordentliche Dienstbesprechung am Morgen, und sie allein mit dem Wochenendeinkauf. Waren das ab jetzt die klassischen Rollen? Ob Jakob schon erwacht war, stand in den Sternen. Er schlief lange, aß Unmengen von Süßigkeiten, und jedes Mal, wenn er sein Zimmer verließ, schien er wieder ein Stück gewachsen zu sein. Seit gestern trug er eine Undercut-Frisur und strich sich alle zwei Sekunden eine Haarsträhne aus dem Gesicht. Es war nie vorauszusehen, ob man den sensiblen Pubertierenden oder eine verstockte Diva antraf. Das Smartphone war sein ständiger Begleiter, und aus seinem Zimmer dröhnten Lovesongs. Weder Ulf noch sie hatten das Mädchen bisher zu Gesicht bekommen.

Familienleben, und jeder ging seiner Wege. Andererseits. Der Morgen gehörte ihr. Sie ließ ihre Vespa am Uhrtürmchen stehen und bummelte die belebte Bergerstraße hinunter. Sollte Jakob sich ruhig ausschweigen. Ihre kleine, morgendliche Spritztour würde sie auch für sich behalten. Albern. Aber sie hatte es getan. Es war beruhigend. Nur zwanzig Minuten brauchte sie mit der Vespa von dem Häuschen an der Nidda bis ins Herz Bornheims. Auf den schmalen Straßen durch die Gärten sogar nur fünfzehn. Beim Gedanken an das geweißelte, kleine Haus mit dem wilden Garten kam sie ins Träumen. Sie blieb stehen und wurde nach vorn gestoßen. Die junge Frau, die gegen ihren Rucksack geprallt war, lief kommentarlos weiter. Knöpfe im Ohr. Warum hing sie nur so an der Bergerstraße? Die Gehsteige waren schmal, die Cafés überfüllt, gerade samstags, und zwischen den kleinen Geschäften siedelten sich immer mehr Supermarktketten und Billiggeschäfte an. Und Immobilienagenturen wie die von Greif.

Wieder drosselte sie ihre Schritte. Die Agentur lag in der Nähe, wenige Meter hinter der nächsten Straßenkreuzung. Was hinderte sie daran, im Vorbeigehen durch die Scheibe zu spähen, um nachzusehen, wie Moritz Krampner auf sie wirkte.

Sie kaufte sich ein Eis, schlenderte an kleinen Läden vorbei und spürte das vertraute Pricken auf der Kopfhaut, als sie sich der Agentur näherte.

Ein Windstoß fegte kleinere Zweige von einem Baum. Am Himmel grollte es.

Im Schaufenster hingen Flachbildschirme mit Wohnungsangeboten. *Greif* leuchtete es in Neonbuchstaben poppig und edel aus dem Innern der Agentur. Auch die Chromschreibtische auf dem Parkett wirkten seriös und modern zugleich. Jona leckte das geschmolzene Eis von den Fingern und scannte den Raum. Drei Kunden saßen darin. Ein junges Pärchen hinten rechts, über eine Broschüre gebeugt, die ihnen eine Frau mit kurzem

Haar im Wetlook erläuterte. Die andere Kundin am Fensterplatz sah älter und zu spießig für das Interieur aus. Bevor Jona den Hinterkopf erkannte, wusste sie, wer da so verkrampft der Maklerin zuhörte. Ihr Puls schoss in die Höhe. Das war tatsächlich Ellen Beetz! Sie ließ ihre Eistüte auf den Gehsteig fallen und trat näher an die Scheibe. Ihre Rechnung war aufgegangen!

In ihrem Rücken wummerte Deutschrapp aus einem Auto. Die Welt hinter dem Schaufenster schien davon unberührt. Jetzt trat Bewegung ins Büro. Von einem der hinteren Schreibtische stand ein Mann auf. Geheimratsecken, hochgebürstete Haartolle. Das war Krampner, zwei Schreibtische von Ellen Beetz entfernt und direkt in ihrem Sichtfeld. Die beiden taten so, als kannten sie sich nicht. Wenn das stimmte, bedeutete das Ärger zwischen den Schwestern. Und Misstrauen.

Krampner steuerte direkt auf die Tür zu. Bevor sie weitergehen konnte, öffnete er sie mit Schwung und trat einen Schritt hinaus.

»Kann ich Ihnen weiterhelfen?«

Helle Stimme, freundliches Lächeln. Ein möglicher Krimineller in Hemd und Sakko. Sein ausgedrucktes Foto steckte noch in ihrem Portemonnaie.

»Sie könnten mit Ihrem Büro verschwinden und Platz für ein Bistro oder eine kleine Buchhandlung machen.«

Jona verzog das Gesicht und drehte sich auf dem Absatz um. Ihre eiligen Schritte trugen sie die Straße hinauf und am Eisgeschäft vorbei, dessen Terrasse sich gerade leerte. Wenn bloß Ellen Beetz den Vorfall nicht bemerkt hatte. Warum hatte sie nicht einfach »Nein, danke« sagen und weitergehen können? Das breite Gesicht Krampners war erstarrt bei ihren Worten. Der verletzte Ausdruck darin ging ihr nach. Und die Art, wie er zusammengezuckt war.

Am Uhrtürmchen angekommen, spürte sie feine Tropfen auf ihrer Haut. Schon wieder Regen. Ein echter Apriltag. Sie schwang sich auf ihren Roller und erreichte in letzter Minute das brasilianische Café, bevor die Wolken sich öffneten und eine Sturzflut auf den Asphalt der Straße niederprasselte.
Vor der Theke war ein Tisch frei. Steiner würde frühestens in einer halben Stunde hier auftauchen, und wenn sie ihn richtig einschätzte, einen Ortswechsel vorschlagen. Zu bunt, zu laut. Aber der perfekte Ort, um ihre Gedanken zu sortieren.

Als ein Cafezinho vor ihr stand, hatte sie die ersten zwei Seiten ihrer Kladde schon mit Stichpunkten und Eindrücken gefüllt.

Die fluchtartige Umkehr von Ellen Beetz auf dem Weg zur Eisdiele, Gesprächsfetzen zwischen ihr und Joschua, die Frage nach Hanna Vers. Und dann ihr erneuter Gesprächsabbruch, diesmal beim Studenten. Als hätte sie Angst, etwas preiszugeben. Ellen Beetz: Angst vor dem eigenen Mitteilungsbedürfnis, notierte sie und fixierte das Zitat von Joschua, das deutlich durch ihr geöffnetes Mansardenfenster gedrungen war: *Eine Hand wäscht die andere.*

Eine Mietergemeinschaft, die füreinander einstand. *Nehmen wir an, eine Hausgemeinschaft beseitigt den Störenfried.* Mit diesen Worten erläuterte er ihr vor wenigen Wochen auf der Dachgaube das Trolley-Problem. Sie konnte sich noch gut an die pseudophilosophische Diskussion unter freiem Himmel erinnern. Und jetzt die Sache mit der Hand, die die andere wusch. Reinwusch? Sie zog ihren Bauch ein und rückte mit dem Stuhl an den Tisch, um die Bedienung vorbeizulassen. Hinter dem Tresen bereitete eine Brasilianerin in aller Ruhe einen dieser kleinen, dickflüssigen Cafezinho nach dem anderen zu. Im oberen Raum war es ruhiger. Aber die Polstersessel waren für ihre langen Beine zu klein.

Sie betrachtete die bunten Tassen im Regal, fing das Lächeln der Thekenfrau auf.

Vielleicht lag der Schlüssel bei Joschua Zingler. Ein junger Mann, mittellos, mit ethischen Fragen im Kopf und einem Sinn für Provokation. Einer, der Grenzen auslotete und nicht davor Halt machte, nach den Maximen seiner Philosophie zu handeln. Oder eher ein liebenswerter Denker, der sich davor drückte, einem geregelten Job nachzugehen.

Wie wäre es mit einem Menschen jenseits der Klischees und mit widersprüchlichen Eigenschaften, hörte sie Ute im Geiste fragen und legte den Stift aus der Hand. Ute musste ihr helfen, Aussagen wertfrei zu beurteilen und nicht als Beweis oder Widerlegung eigener Vermutungen zu nehmen.

»Montag gemeinsame Mittagspause? Ist wichtig«, schrieb sie.

Die Antwort auf ihre SMS, die wenige Sekunden später auf dem Handydisplay erschien, bestand aus einem hochgereckten Daumen. Steiner hatte inzwischen auch geschrieben. Wie schaffte er es, in allen Lebenslagen pünktlich zu sein?

Blieben ihr noch zwanzig Minuten, um all das zu notieren, was sich am gestrigen Tag ereignet hatte. In ihrem Rücken wurde die Tür aufgerissen, lachende Gäste drängten sich ins Café. Sie brachten frische Luft und den Geruch nassen Asphalts mit.

Frau Kücherer, schrieb Jona mit neuem Schwung und versuchte, aus dem Redestrom der Mieterin im Rollstuhl wichtige Informationen zu filtern. Es war rührend gewesen, ihr zuzuhören, auch wenn sie sich öfter in Details und Abschweifungen verlor und manche Dinge durcheinanderbrachte. Einmal hatte sie Hanna Vers Astrid genannt und von ihrem Besuch geredet, der nicht stattfand. Wie denn, wenn sie in Untersuchungshaft saß. Jona sah die blauen, abwesenden Augen vor sich, die nach Erinnerungen forschten. Sie hatte nicht nachgefragt und solange gewartet, bis Frau Kücherer von selbst auf den Studenten zu sprechen kam. Ihr Lieblingsthema. Ein Charmeur und ein aufrechter junger Mann. Ihr Kichern und der Glanz in ihren Augen verrieten ihre Zuneigung. Natürlich gefiel ihr, dass er beim Einkauf half und einen Portwein nicht abschlug, dazu seine dandyhafte Kleidung. War das eine der Rollen, die Joschua kultivierte? Drogen, Philosophie, Gutmensch. Hatte er keine Eltern, die ihn unterstützten?

Sie strich den letzten Satz und beschloss, in der Mansarde für alle Mieter ein Täterprofil zu erstellen. Ihre überdimensionale Leinwand in der Dachkammer war die perfekte Fläche, um die Beziehungen der Mieter untereinander aufzuzeichnen. Dass sie die Arbeit einer Profilerin machte, hatte ihr Ulf vor ein paar Tagen bei einem Spaziergang bescheinigt und dabei nicht besonders glücklich ausgesehen. Aber um Glück ging es in dieser Sache nicht. Wie von selbst floss der Name Maren Keilers auf das weiße Papier der Kladde. Hatte die Vermieterin ihrem Glück nachgeholfen? Über sie hatte Frau Kücherer kein Wort verloren. Ebenso wenig über Ellen Beetz. Vielleicht waren die Gedanken der alten Dame einfach auf Männer fixiert. Belustigt blickte sie auf. Jetzt erst merkte sie, wie laut es um sie war. Jeden Augenblick konnte Ulf zur Tür hereinkommen.

Am Nachmittag wollten sie in das Haus nahe der Nidda fahren, zusammen mit Jakob. Er würde sich im ersten Stock ausbreiten. Und sie ihr Atelier bekommen. In die Galerie ließ sich durch den Einbau einer Fensterfront genug Licht schleusen, für Wärme würde ein Holzöfchen sorgen und den Traum von einer unabhängigen Mansarde begraben.

Ihre Mansarde. Selbst ohne ihr neues Domizil war es ein fragwürdiger Rückzugsort geworden, wo ihr die Mieter mit jeder weiteren Ermittlung suspekter wurden. Für einen schmerzlichen Moment erinnerte sie sich an das Glücksgefühl, das beim ersten Anblick der Dachkammer entflammt war.

Neuanfang, dachte sie damals, eine Träumerklause, fern von Familie und Verpflichtung.

Es muss doch mehr als Alles geben. Wieder kam ihr der Spruch ihres Vaters in den Sinn. Was er wohl dazu sagen würde, dass sie sesshaft wurde, mit Partner, Kind und einem Haus an der Nidda. Und ihre Schwester erst. Sagen würde sie nichts, nur lächeln und ihren Wurde-ja-auch-Zeit-Blick aufsetzen.

Gedankenverloren setzte Jona die leere Tasse an den Mund und ließ sie wieder sinken.

Der Name ›Maren Keiler‹ stand blank auf dem Papier. Sie schrieb den des Weinhändlers darunter und notierte in wenigen Worten das, was Frau Kücherer über ihren Nachbarn mit Zurückhaltung und ein wenig mitleidig erzählt hatte.

Eigenbrödler, Frau mit dem besten Freund durchgebrannt, Musikliebhaber und Fels in der Brandung, wenn Not am Mann war. Not am Mann, was für ein unpassender Begriff für die alte Dame im Rollstuhl, die sich einen Schokoladensplitter nach dem anderen in den Mund geschoben hatte.

Eine Hand auf ihrer Schulter ließ sie herumfahren. Ulf schob von hinten sein regennasses Gesicht gegen ihre Wange.

»Fels in der Brandung – schreibst du über mich?«

Sie schloss die Kladde, während er sich auf den Stuhl seitlich des Tresens schob und seine verschmierte Brille abzog.

»Genau so habe ich mir das Café vorgestellt.«

»Ortswechsel?«

»Kaffee. Stark, schwarz. Und ein Frühstück.«

»Frühstück?« Lächelnd lehnte sich die Brasilianerin über die Theke und zog ihren Bestellblock heraus.

Eine Viertelstunde später stand das Frühstück auf dem kleinen Tisch.

Sie aßen schweigend, während um sie gelacht und geredet, mit dem Besteck geklirrt und Kaffee gemahlen wurde. Und dann hielt Jona es nicht mehr aus. »Ich habe Ellen Beetz in der Agentur der Greifs gesehen, als ich beim Einkaufen zufällig vorbeigelaufen bin. Und dann kam mir der Gedanke, dass sie vielleicht überprüfen wollte, ob die Villa dort gelistet ist. Zum Verkauf.«

»Warum sollte sie das tun?«, fragte Ulf zwischen zwei Bissen.

»Gestern im Treppenhaus habe ich sie gefragt, ob sie was von einem Verkauf der Villa weiß. Vielleicht dachte sie, ich spiele auf etwas an.« Sie schluckte die nächste Bemerkung hinunter. Sie redete zu schnell. Jetzt nur nicht den Blick senken. »Krampner war auch im Büro. Sie kennen sich nicht. Oder sie sind sehr gute Schauspieler.«

Die Art, wie Ulf seine Kaffeetasse absetzte, besaß etwas Alarmierendes. »Lass mich raten. Du bist in die Agentur gegangen, hast dich zu Krampner an den Schreibtisch gesetzt und …«

»Falsch«. Sie griff nach seiner Hand. »Nur von außen beobachtet und dann wieder gegangen. Es war Zufall.«

Einen gefährlichen Moment lang verhakten sich ihre Blicke, während eine Frau hinter ihr schrill lachte. War es jetzt so weit – explodierte Ulf zum ersten Mal? Seine Hand löste sich sachte aus ihrer. Zu sachte.

»Ich will nicht, dass die denken, du hast was mit der Sache zu tun. Das ist alles.«

»Schon kapiert.« Jona drehte sich zu der Jugendlichen um, die erneut vor Lachen aufschrie. Sie war es, die gleich explodierte. Ulf übertrieb. Oder er besaß noch andere Informationen über den Kreis der verdächtigen Immobilienmakler, dem Moritz Krampner vielleicht angehörte.

»Das könnte Zündstoff zwischen den Schwestern geben«, resümierte Steiner. »Wenn Maren Keiler hinter dem Rücken von Ellen Beetz ein Geschäft mit der Villa macht.«

»Sag ich doch.«

Jona zog die Augenbrauen hoch. Kein Wort von ihm, dass ihre Spionageaktion mit dem Telefon ihn erst zu der Erkenntnis mit den Schwestern hatte bringen können.

Sie wandte sich zum Schaufenster. Schlieren liefen die Scheibe hinab, aber es regnete nicht mehr. Sie musste raus hier. Es war zu laut. Zu bunt.

»Was ist eigentlich aus deiner Ermittlung im Stift geworden?«

»Im Sande verlaufen.« Ulf tunkte das letzte Käsebällchen ins Gelee und schob es, als es erneut von der Gabel rutschte, an den Tellerrand. In knappen Worten erklärte er, dass der Anrufer, der versucht hatte, beim Notar anonyme Erkundigungen einzuziehen, auch das Stift von einem Münzsprecher aus kontaktiert habe. Da kämen sie nicht weiter. »Gut möglich, dass es Torben Fischer war.«

»Kein Beweis und ein toter Verdächtiger.«

»Du sagst es.« Wenn ihre respektlose Bemerkung ihn geärgert hatte, ließ er es sich nicht anmerken. Das Zwinkern seines Augenlides konnte auch der Müdigkeit geschuldet sein. »Dass Torben Fischer alles geschreddert hat, lässt auf brisantes Material schließen. Eine Erbschleicherei reicht höchstens für eine kleine Erpressung. Es muss um mehr gehen.«

»Und deine Hypothese?« Sie bemühte sich, der Frage keine ironische Note zu geben und das Stühlerücken hinter ihr zu ignorieren.

»Vielleicht hat Moritz Krampner Angst gehabt, Fischer könnte was über das kriminelle Nest in Erfahrung gebracht haben und es ausheben wollen. In seiner Wut, dass Frau Keiler nun doch mit den Greifs kooperiert.«

»Und am Nachmittag vor dem Mord wollte er ihn nochmal umstimmen, auf die friedliche Art.«

Jona fuhr sich aufgeregt durchs Haar. Das ergab Sinn. »Und sein Alibi ... wird fadenscheinig, wenn die, die es bezeugen, selbst in den Fall verwickelt sind.«

»Am Montag weiß ich mehr.« Ulf stellte die Teller ineinander. »Es gibt auch Neuigkeiten von Hanna Vers. Aber die erzähle ich dir draußen.«

Der Regen hatte die Eckenheimer Landstraße leergefegt. Trotz der kühleren Luft geriet sie ins Schwitzen. Ulf lief schnell. Er hatte es sich in den Kopf gesetzt, zu Fuß an die Nidda zu laufen. Jona betrachtete ihn von der Seite. Sein Wortwechsel mit Jakob am Telefon war schärfer gewesen als sonst und endete damit, dass der Junge versprach, in einer Stunde mit dem Fahrrad zum Haus zu kommen. Also jetzt doch Familienwochenende, aber anders als geplant.

»Hanna Vers hat Maren Keiler auf ihre Besuchsliste gesetzt«, sagte Ulf plötzlich, »und Maren Keilers Besuchsantrag ist bewilligt worden. Der Besuchstermin ist am Montag.«

Jona blieb stehen. »Woher weißt du das?«

»Ich bin ermittelnder Kommissar. Ein bisschen was bringe ich auch in Erfahrung.«

Schweigend liefen sie stadtauswärts. Als das Tor des Hauptfriedhofs in ihr Sichtfeld geriet, verlangsamten sich ihre Schritte.

Maxi, dachte Jona, und sah plötzlich die schlanke, in sich gedrehte Steinsäule vor sich, zu deren Fuß eine Platte mit dem Namen Maxi Steiner lag. Vor 8 Monaten hatte Ulf sie mit ans Grab seiner verstorbenen Frau genommen, nicht, um einen

Schlussstrich zu ziehen, wie er sagte, sondern um einen Kontakt herzustellen. Und jetzt liefen sie zu Fuß einem neuen, gemeinsamen Heim entgegen, das Abschied vom alten bedeutete. Sie wagte einen Seitenblick und betrachtete kurz das undurchdringliche Profil Ulfs. Was wusste sie schon vom Tod eines geliebten Menschen.

Dein Superbulle, sagte Ute oft, wenn sie über Ulf redeten. In Wirklichkeit mochte sie ihn und seine feine, antiquierte, aufmerksame Art. Im Moment war nichts davon zu spüren. Seine Gedankenwelt absorbierte ihn, wie ein Geist lief er neben ihr. Er schien sogar vergessen zu haben, dass der Weg durch die Gärten am Dichterviertel entlangführte. Vielleicht verlor er gerade seine Souveränität. Vielleicht nahm sie ihm seine Souveränität, indem sie Verdächtigungen aussprach, ohne das nötige Beweismaterial zu liefern. Dazu die Kollegen von der Wirtschaftskriminalität, die Steuerfahndung des Finanzamtes, die sich eingeschaltet hatten. Und noch immer keine wirklichen Ergebnisse. Und dann kam sie mit ihren Vorurteilen gegenüber Maklern.

Das Brachland hinter den Gärten am Niddablick dampfte vom Regen. Bis zum Bahndamm erstreckten sich Wiesen und unbebautes Gelände, hinter dem ihr neues Zuhause lag. Die oberirdische Trasse schnitt eine Schneise in die Landschaft. Sie schwor sich, den Stress diesseits der Schienen zu lassen.

In der Unterführung blieb Ulf plötzlich stehen und hielt sie an der Hand fest.

»Bitte keine Ermittlungsgespräche im Beisein von Jakob.«

»Und ich dachte, du wolltest mich küssen.«

Ihre Umarmung wurde durch das Klingelkonzert einer Gruppe Radausflügler abrupt beendet.

***

Im Haus roch es nach Putzmitteln. Auf dem Wohnzimmertisch stand eine Vase mit frischen Schnittblumen. Jakob las den davorliegenden Zettel und grinste. »Bullenromantik.«

»Hey, das ist mein Vokabular«. Jona lachte, während sie Kovacs Begrüßungsworte las. »Nett. Wollen wir oben oder unten anfangen?«

Ulf zuckte mit den Schultern. Das Diensthandy am Ohr, bedeutete er ihnen, schon mal allein anzufangen.

»Von oben?«, fragte Jakob und steckte die Hände lässig in seine Hosentaschen. Doch der ungeduldige Blick verriet seine Aufregung.

Jona nickte und lief hinter dem hochaufgeschossenen Vierzehnjährigen her, der vor dem Aufstieg zur Galerie Halt machte. »Dein Atelier da oben, sagt Papa.«

»Doof?«

»Nö.« Er strich sich eine Haarsträhne aus dem Gesicht. Dieselben feinen Gesichtszüge wie sein Vater, der gleiche abwartende Blick.

»Hast du dein Trolley-Problem eigentlich gelöst? Das, was du im Taunus …«

»… Schon klar.« Er trat einen Schritt zurück und musterte sie. »Einen Menschen für andere opfern ist keine gute Idee. Und sich selbst auch nicht.«

»Macht Sinn.« Erwartungsvoll sah sie ihn an.

»Karinas Bruder hat Graffitis auf die Schulmauer gesprüht. Wenn ich die Tat auf mich genommen hätte, wäre ihr eine Menge erspart geblieben. Ihr Vater macht keine Unterschiede, wenn er sauer ist.«

»Und wie hast du das jetzt abgewogen?«

»Graffitis sprühen ist eine Straftat.« Wieder strich er seine Haare nach hinten. »Ihr Bruder wird es wieder tun. Er sprayt überall. Es hätte nichts geändert.«

Er wandte sich ab. »Ich finds cool hier.«

»Und ich finds cool, wie du das gelöst hast.« Jona erklomm die steile, gewundene Wendeltreppe zur Galerie, ohne sich noch einmal umzusehen.

Vom Dachfenster aus sah sie Ulf im Garten telefonieren. Sie versuchte sich vorzustellen, wie viel Licht einfallen würde, wenn sie es bis zum Boden ziehen würden, und besah sich die schrägen Wände. Mit Staffelei am Fenster und dem Ausblick auf den Garten konnte es richtig gut werden.

Vorsichtig stieg sie die Treppe hinab. Jakob stand im Türrahmen zum Bad und schoss Selfies. Vermutlich für Karina. Ob Ulf ihren Namen kannte?

Er stand in der Mitte des Gartens zwischen zwei Bäumen und sah erst auf, als sie bei ihm stand.

»Entschuldige, den Anruf musste ich annehmen.«

»Neues über die Villa?«

Er ließ die Schultern sinken.

»Ermittlungen. Das ist vertraulich, Jona. Ich hänge zwischen den Stühlen.«

»Ich auch.« Sie holte tief Luft und sah in Ulfs angespanntes Gesicht.

»Damals nach dem Sektempfang hat Hanna Vers mich unvermutet zu einer Tasse Tee eingeladen. Sie wirkte fahrig und bedürftig, und wir redeten – also, sie redete, ich hörte zu. Und sie … sie hat sich gezeigt, mit ihren Ängsten, es war, als hätte sich eine Schleuse geöffnet. Ich konnte sie weder stoppen noch therapeutisch auffangen – zu viel Sekt, die Feier, davor unsere Begegnung im Garten. Ich war durcheinander. Hab zu oft nachgefragt. Vielleicht hat unser Gespräch erst so richtig den Kanal bei ihr geöffnet, für ihre Angst, ihre Selbstzweifel.«

Reglos stand Ulf zwischen den Bäumen. Er wirkte betroffen. Und müde.

»Vielleicht hat sie meinen Worten entnommen, dass es gut wäre, zur Beerdigung zu gehen. Keine Ahnung. Ich kann nicht aufhören, bis ich sicher bin, dass Hanna Vers nicht unschuldig in U-Haft sitzt. Sobald ich das weiß, kündige ich die Dachmansarde und ziehe hier mit euch ein.«

Es begann zu nieseln. Weich fielen die Tropfen ins Gras. Im ersten Stock des Hauses quietschte ein Fensterrahmen, bevor Jakob seinen Kopf herausstreckte.

»Alles klar da unten?«, rief er und schloss, nachdem er keine Antwort erhielt, leise das Fenster.

16

Die nackte Glühbirne baumelte an der Decke. Gut, dass sie noch keine Lampe gekauft hatte. Ihre Tage in der Villa waren gezählt.

Dass sie die Tür der Mansarde abends verschloss, hatte sie Ulf versprechen müssen. Und jeden Abend ein Lebenszeichen von sich zu geben. Aber das hätte sie ohnehin getan.

Eine Woche ohne Ulf, und ohne Jakob. In ihrem Magen rumorte es. Dabei war die Trennung auf Zeit ihre Idee gewesen, um etwas Abstand zu nehmen, bevor es noch komplizierter wurde. Keine Diskussionen mehr um geheime Ermittlungen und Kompetenzen. Zu oft war er in den letzten Tagen verstummt, wenn sie ihn nach neuen Indizien oder Erkenntnissen im Fall Torben Fischer gefragt hatte und dazu Gegenthesen entwarf, mit eigenen Informationen gespickt.

Er hatte eine Weile nichts zu ihrem Vorschlag gesagt, um dann bedächtig zu nicken. Das zerknüllte Papier in ihrer Hand flog gegen die Glühbirne. Volltreffer. Zitternd geriet die Birne in Schwung und pendelte allmählich in einer Kreisbewegung aus. Es war die einzig mögliche Antwort auf ihre Bitte gewesen, Ulf wusste das nur zu gut. Aber ein wenig Widerstand hätte auch gutgetan. Wie befreit er bei ihrer Fahrradtour gelacht hatte. Der Nachmittag war schön gewesen, ein Bilderbuchnachmittag, den sie mit einem Besuch in der Eisdiele gekrönt hatten, Jakob im Schlepptau.

Der Junge war es, der ihr drei Tafeln Schokolade auf den Rucksack gelegt hatte. Der Junge! Ob Ulf ihm von ihrem Problem erzählt hatte?

Sie erhob sich und atmete die abendliche Luft ein. Der Flieder verströmte seinen Duft. In das Petrolblau des Himmels mengten sich Schiefertöne. Ihr erster Abend, an dem sie hier wohnte. Richtig wohnte. In der Dachkammer. Auf Spionageposten.

Malen hatte sie wollen, frei sein und ungestört. Stattdessen zogen ihre Gedanken die immer gleichen Bahnen.

Sie riss Blätter aus dem hinteren Teil ihrer Kladde und pinnte sie in einigem Abstand voneinander an das auf Holzrahmen gezogene Bettlaken.

Lange blieb ihr Blick auf den blanken DIN-A5 Zetteln liegen, die sie mit den Anfangsbuchstaben der Mieter und des Maklers beschriftete. Maren Keiler – Moritz Krampner – M.K. Die gleichen Initialen. Wie von selbst zog sich eine Verbindungslinie zwischen die beiden Namen. Und jetzt? An der Stellwand im Präsidium hingen oft Fotos von Tatverdächtigen, dazu Hintergründe, der Tathergang und mögliche Zusammenhänge.

Mit Pastis und schwarzen Oliven ließ sie sich auf dem zur Sitzbank gerollten Futon nieder. Täterprofile von den Personen erstellen, die mit ihr gemeinsam unter einem Dach lebten! Skrupel stiegen in ihr auf.

Mit dem ersten Schluck Pastis fühlte sich der Begriff ›Bespitzelung‹ weicher an.

In Gedanken ließ sie die letzten beiden Wochen Revue passieren und notierte Auffälligkeiten und Fragen in ihrer Kladde.

Nach dem zweiten Pastis kam ihr die Ja-Aber-Methode in den Sinn, von der Ute nach einem Treffen mit einem befreundeten Coach gesprochen hatte. Den Menschen mit seinen Schatten- und Lichtseiten erfassen.

Ja, Maren Keiler hatte ihr unkompliziert die Dachmansarde vermietet, aber sie hinterging vermutlich ihre Schwester und übte Einfluss auf Hanna Vers aus.

Ja, Joschua Zingler gehörte zu der seltenen Spezies junger Männer, die sich für Philosophie interessierten, aber er war eitel und gefiel sich in der Rolle des unkonventionellen Gutmenschen.

Ja, Hanna Vers litt unter einer Posttraumatischen Belastungsstörung und ließ sich leicht beeinflussen, aber sie schien nicht bereit, sich aus ihrer Opferrolle zu denken.

Ja, Frau Kücherer war nett zu allen und dankbar für Kontakt, aber ihr eingeschränktes Erinnerungsvermögen setzte hinter jede Aussage ein Fragezeichen, und man konnte sich auf ihr Gedächtnis nicht verlassen.

Ja, Viktor Boehm war ein Weinkenner und Klassikliebhaber und ein sympathischer Zeitgenosse, aber … sie zögerte. War Spott anstrengenden Kunden gegenüber ein Makel? Jedenfalls nachvollziehbar. Aber eine ganz kleine Geltungssucht? … aber, schrieb sie, er erhob sich manchmal über andere.

Ja, Ellen Beetz war hilfsbereit und wichtig für die Villa, aber sie verschwieg etwas und war zur Stelle, wenn sich im Haus etwas ereignete.

Jona ließ den Stift sinken. Was hatte Frau Beetz eigentlich von Viktor gewollt? Zehn Minuten hatte es gedauert, bis die Tür gegenüber wieder ins Schloss gefallen war. Frau Kücherer war zu der Zeit gerade dabei einzuschlummern. Sie schien etwas durcheinander gewesen zu sein. Vielleicht war es günstiger, sie am frühen Morgen zu besuchen.

Vor dem Fenster hatte sich der Himmel dunkelblau gefärbt. Die Silhouetten der Bäume ragten wie Scherenschnitte gegen den Horizont. Es war, als könne man mit bloßem Auge zusehen, wie die Nacht das Licht aus den Farben zog. Nur der Fernmeldeturm strahlte sein einsames Rot in die Dunkelheit.

Morgen Abend würde sie ihre Stellwand mit Leben füllen. Mieterprofile erstellen, Auffälligkeiten und Geheimnisse graphisch bündeln und ihre Beobachtung Puzzleteil für Puzzleteil zusammensetzen.

Sie ließ das Fenster geöffnet, um Kontakt zu halten, über mehrere Straßenzüge und ein Stadtviertel hinweg. Kaum zu glauben, dass sich im Nordend Fußgänger noch auf den Weg in eine Bar oder eine Kneipe begaben. Hier im Dichterviertel zog sich das Leben hinter die Fensterläden zurück.

Es war ungewohnt, in der Dachmansarde zu liegen, den Rucksack mit den wenigen Kleidungsstücken und Waschutensilien am Kopfende. Ob jemand aus dem Haus wusste, dass sie hier übernachtete? Ihre Vespa stand in der nächsten Querstraße, das Rad im Keller.

Sie lauschte. Nichts zu hören. Die Wohnung unter ihr stand leer. Viktor schien die Mieter heute mit seiner Klassik zu verschonen. Ein Lächeln schob sich auf ihr Gesicht. Mahler zum Malen! Und wie er die Nadel von Hand auf die Platte gelegt hatte. Vielleicht würde sie sich auf dem Flohmarkt auch so ein altes Monster kaufen und in ihr neues Atelier stellen.

Sie zog ihr Schlafshirt und eine von Jakobs Tafeln Schokolade aus dem Rucksack und löschte das Licht.

***

In der Praxis roch es anders als sonst. Ute hatte einen Aromavernebler neben den Sandsteinbrunnen gestellt, der im Wartebereich und Flur einen Duft von Orangen verströmte. Fluchend durchmaß Jona den Flur und riss in ihrem Zimmer das Fenster auf.

Die erste Mappe lag bereits auf ihrem Schreibtisch. Sie überflog die Unterlagen und sah sich das Journal der letzten Stunde an. Sooft sie sich auch die handgeschriebenen Notizen durchlas, sie konnte sich an die letzte Sitzung nur bruchstückhaft erinnern.

Ihr fehlte der Zugang, ihr fehlte die komplette Haltung einer Therapeutin, der sich in einer halben Stunde ein Mensch mit seinen Problemen anvertrauen würde. Sie schlug die Patientenakte zu und versuchte, an nichts zu denken, bis das Klingeln an der Praxistür sie aus ihrer Meditation riss.

Als sie um kurz nach zwölf ihre dritte Patientin verabschiedete, saß Ute schon in der Küche und schwenkte mit einer Plastiktüte. Sie hatte belegte Baguettes gekauft, Limonade, und sie hatte eine ziemlich konkrete Vorstellung davon, wie man das Nützliche mit dem Angenehmen verbinden konnte.

»Was ist denn verdächtig daran, wenn er diesem Weinhändler im Laden aushilft? Wer studiert, braucht Geld, das ist alles.« Das letzte Stück Baguette verschwand in Utes Mund. Kauend hatte die Freundin ihrer Schilderung der letzten Woche zugehört und dabei Passanten beobachtet, die über die Hauptwache liefen. Jetzt wandte sie sich um und bedachte sie mit einem intensiven Blick. »Ich fass mal zusammen. Die Schwestern haben Alibis, die Frau im Rollstuhl scheidet aus, die im Gefängnis mit der PTBS wars nicht, sagst du, und der Student hat Nachtdienst im Parkhaus gehabt.«

»Wo er ja durchaus mal eine Stunde verschwinden konnte.«

»Was man per Video nachprüfen könnte.« Eine Punkerin mit zwei Schäferhunden erregte Utes Aufmerksamkeit, was sie nicht daran hinderte weiterzureden. »Und was bisher niemand getan hat. Ich nehme an, aus dem gleichen Grund, aus dem der Weinhändler nicht belangt wird. Sie sind nicht verdächtig. Wo war er eigentlich zur Tatzeit?«

»Zu Hause. Seine Musik dröhnte so laut durchs Treppenhaus, dass sie nicht zu überhören war. Zwischendurch hat er Frau Keiler eine Flasche Sekt aus seinem Keller geholt.«

Jona legte ihr Baguette neben sich auf die Bank. Warum hatte sie gedacht, ein Gespräch mit Ute würde ihr weiterhelfen können? Sie klang wie Ulf.

»Musikhören. Jona, das ist doch kein Alibi.«

»Viktor ist auch kein Mörder. Das ist absurd.«

Ute lachte auf und nahm einen langen Schluck aus der Limonadenflasche.

Schweigend beobachteten sie das Treiben an der Hauptwache. Der Saxophonist spielte zum dritten Mal das gleiche Stück. Jona spähte auf die Kirchturmuhr. Halb eins. Wenn sie bald aufbrach, konnte sie den Rest der Pause in der Villa verbringen und vielleicht Maren Keiler in ein Gespräch verwickeln.

»Was sagt denn Ulf dazu?«

»Sie sind einer großen Betrugssache auf der Spur. Da arbeiten mehrere Dezernate zusammen. Aber er erzählt mir nicht alles.«

»Das verstehe ich. Sorry.«

Jona spürte eine Hand auf ihrem Unterarm und streifte sie ab. Die Holzbank war hart. Sie schob ihre Hände unter den Po.

»Was ich nicht verstehe ist, dass Ulf nicht versucht, dich von deinen eigenmächtigen Recherchen abzubringen.«

»Ist halt ein Superbulle.«

»Pass mal auf, Jona.« Ute rückte ein Stück ab. Ihre Lippen kräuselten sich auf eine bestimmte Art, die nichts Gutes verhieß.

»Ich sag dir mal, was ich wirklich denke. Du siehst nur, was du sehen willst.«

»Lass uns ein andermal darüber reden.« Jona sprang auf und stapfte über den Platz. Bei jedem Schritt schlug ihre Umhängetasche gegen die Hüfte. Warum war sie so wütend?

Sie schwang sich auf ihren Roller und fuhr los. Der Fahrtwind legte sich wie eine kalte Umarmung um ihren Körper. Aber umdrehen und die Jacke aus der Praxis holen, würde sie nicht. Sie war kindisch. Und empfindlich. Und enttäuscht von Ute.

Erst im Treppenhaus der Villa wurde ihr die Bedeutung von Utes Worten bewusst. Voreingenommenheit. Ihr blinder Fleck. Ute kannte sie lange genug, um es zu durchschauen. Auch Ulf warf ihr vor, nicht objektiv zu sein. Wie sollte sie auch, wenn sie unter den Verdächtigen lebte.

Sie schloss ihre Mansarde auf und vernahm aus der Trockenkammer am Ende des Dachbodens ein Klappern. Ellen Beetz hängte Wäsche auf. Leise schloss sie die Tür hinter sich. Trotzdem klopfte ihr Herz schneller als gewöhnlich. Als sie das Apothekerschränkchen öffnete, um die Kladde zu entnehmen, fiel ihr Blick auf die Schublade mit ihren Klassik-CDs. Mahler zum

Malen, sein Lächeln dazu. Hatte sie sich von Viktors Charme einlullen lassen?

Unsanft zog sie Mister Bones das Sweatshirt von der Schulter und schlüpfte aus der Mansarde.

Heddernheim, das waren 10 Minuten. Sie würde eine Flasche Wein kaufen. Nein, zwei. Eine für Ute, als kleine Entschuldigung, und die zweite für Viktor und sie. Ein Anlass zur Einladung würde sich schon aus dem Gespräch ergeben.

Diesmal parkte sie ihre Vespa schon an der Kreuzung und nahm die schmale Seitenstraße zu Fuß. Der bordeauxrote Lieferwagen stand mit geöffneter Schiebetür in der Einfahrt. Im Vorübergehen warf sie einen Blick durch das Schaufenster des Weinladens und blieb ungläubig stehen. Was, verflucht, machte Joschua hinter der Verkaufstheke? Er hatte doch keine Ahnung von Wein. Viktor schien ihm die Kasse zu erklären. Sie lief weiter und spähte in den Laderaum des Lieferwagens. Leer! Unschlüssig kehrte sie zu ihrer Vespa zurück. An der Kreuzung drehte sie sich noch einmal um und sah, wie der Lieferwagen langsam aus der Einfahrt rollte. Ob die beiden sie gesehen hatten? Ohne nachzudenken, wendete sie ihre Vespa und gab Gas. Die nächsten Minuten bot ein SUV ihr Deckung. Im Windschatten des Geländewagens folgte sie Viktor die Eschersheimer Landstraße stadteinwärts. Oder war es Joschua, dem sie folgte? Im letzten Moment bremste sie ab. Der SUV betätigte den Warnblinker. Ein Arm fuhr aus und bedeutete ihr zu überholen. Idiot.

Sie zog auf dem Radweg an ihm vorbei und hielt sich am Seitenstreifen, bereit, beim Blinken des Lieferwagens vorzeitig abzubiegen. Doch Viktor wollte nicht zur Villa. Die Fahrt ging weiter zur Innenstadt, und von dort über den Main. In dreißig Minuten begann die probatorische Sitzung mit der neuen Patientin.

Sie zitterte trotz des zweiten Pullovers. Umkehren und am Nachmittag nach der letzten Patientin in den Weinladen zurückkehren, die einzige richtige Entscheidung. An jeder Abzweigung sagte sie sich das, bis sie ein Wohngebiet am südlichen Rand Sachsenhausens erreichten, in dem die Straßen weniger befahren waren.

Die Gegend kannte sie. Genau dort, wo ein Baugerüst mit Netz den Altbau verhüllte, hatte sich früher die Kult-Bar befunden. Die angesagteste Location für Musiker und die, die es werden wollten.

Jona lenkte die Vespa an den Seitenstreifen und beobachtete im Schutz eines Baucontainers den bordeauxroten Transporter, aus dem niemand stieg. Sie setzte den Helm ab. Schon wieder eine Baustelle. Das Gebäude schien kernsaniert zu werden. Es war abbruchreif, eigentlich damals schon.

Bevor sie weiterdenken konnte, rollte ein weißer BMW aus der Stichstraße im Schritttempo auf die Baustelle zu. Der Sand knirschte unter den Reifen. Am Bauzaun kam er zum Stehen. Jona hielt den Atem an, als sich die Fahrertür öffnete und ein Mann in grauem Sakko und Jeans aus dem Wagen stieg. Moritz Krampner! Automatisch hielt sie die Kamera in die Höhe und schoss ein Foto. Im gleichen Moment, in dem sich die Tür des Lieferwagens öffnete und Viktor aus der Fahrerkabine trat, löste sich eine Frau in schwarzer Röhrenjeans und schwarzem Blazer aus dem Schatten der Baustelle. Jona brauchte eine Sekunde, um in der elegant gekleideten Frau Maren Keiler zu erkennen. Ungläubig starrte sie auf das Trio, das sich vor ihren Augen zusammenfand. War das hier eine Objektbegehung? Viktor und Maren eine Käufergemeinschaft? Oder hatte sie ihn zur Expertise mitgenommen? Viktor als Fachkundiger … von was überhaupt? Was sollte Maren Keiler mit einer solchen Location anfangen?

Die Begrüßung verlief förmlich. Moritz Krampner übernahm die Regie. Seine Hände waren ununterbrochen in Bewegung. Er schien etwas zu erklären und suchte auffällig oft Viktors Blick. Viktor in Stoffhose und Hemd, die Hände in den Hosentaschen. Eine Spur zu lässig. Seine Körperhaltung verriet das Gegenteil, das war selbst von hier zu erkennen. Jetzt kam Bewegung in die kleine Gruppe.

Jona riss ihr Handy in die Höhe und drückte erneut ab, vier, fünf Fotos, die die drei vor dem Baugerüst einfingen. Endlich setzte sich der Makler in Bewegung und begab sich zur Eingangstür des eingerüsteten Gebäudes. Die beiden folgten ihm. Sie schoss ein letztes Foto, spürte, wie ihr Handy in der Hand vibrierte. Es war Ute. Aber erst einmal musste sie weg von hier. Von einem der oberen Fenster würde man sie sehen können. Und noch fünfzehn Minuten, bis die nächste Sitzung begann. Fünfzehn Minuten. Sie stülpte sich ihren Helm über und drehte den Gasgriff bis zum Anschlag auf.

Zwei Minuten vor Therapiebeginn stürzte sie kurzatmig in die Praxis. Im Wartebereich sah eine blondierte Frau von ihrem Handy auf und nahm sie neugierig in Augenschein. Jetzt erst fiel Jona ein, dass sie zwei Pullover in verschiedenen Grüntönen übereinander trug und in der Hektik vergessen hatte, den Motorradhelm ins Topcase zu legen. Was für ein erster Eindruck!

Lächelnd begrüßte sie die Patientin und bat sie ins Sprechzimmer, während sie selbst in der Praxisküche verschwand. An der Spüle schöpfte sie Wasser in ihr Gesicht. Wenn sie so gehetzt aussah, wie sie sich fühlte, dann würde die Entscheidung der Frau, ob sie bei ihr eine Therapie beginnen sollte, nicht lange dauern. Sie fuhr sich durchs Haar, füllte zwei Gläser mit Wasser und atmete noch einmal tief durch, bevor sie in ihr Sprechzimmer trat.

Wenig später saß sie der etwa Sechzigjährigen gegenüber, die ihre Fülle unter weiter Kleidung verbarg und von ihrem Mann verlassen worden war, wie sie gleich im ersten Satz klarstellte.

Es war später Nachmittag, als die letzte Patientin ihr Sprechzimmer verließ. Erschöpft kehrte Jona an ihren Schreibtisch zurück und sah auf die zwei einander zugewandten Ledersessel in der Mitte des Raumes. Die Welt schien Kopf zu stehen. Ehebruch, Rückfall in die Kleptomanie, und in der letzten Stunde hatte ausgerechnet die schüchterne Frau Altmann erneut von Gewaltphantasien erzählt. Die Ähnlichkeit mit Hanna Vers war verblüffend. Eine seltsame Vorstellung, dass genau in dieser Minute Maren Keiler mit ihr im Besuchsraum des Gefängnisses saß. Warum Hanna wohl mit ihr sprechen wollte.

»Jona?«

Sie schreckte auf und sah in das fragende Gesicht ihrer Freundin, die im Türrahmen stand.

»Wenn du Hilfe brauchst.«

»Alles okay.«

Ihr Lächeln erlosch, nachdem die Tür ins Schloss gefallen war.

Alles okay! Der zweifelnde Blick Utes sprach Bände. Ein Glück, dass sie nicht nachtragend war und sie nach ihrer Entschuldigung zwischen Tür und Angel einfach in den Arm genommen hatte.

Jona trat ans Fenster und rauchte eine Nelkenzigarette. Ute mochte den Geruch seit ihrer Auszeit in Spanien nicht mehr. Gerade trat sie aus dem Gebäude und lief über die Zeil, eine zierliche, rothaarige Frau, die, wo immer sie auftauchte mit ihrem Sommersprossengesicht, Blicke auf sich zog. Am David und Goliath wandte sie sich um und hob die Hand. Jona winkte zurück und schloss das Fenster.

Schon beim Umdrehen merkte sie, dass eine andere Art von Stille sie umschloss. Wie betäubt stand sie in ihrem Sprechzimmer. Da waren doch Geräusche. Von der Fußgängerzone, vom Fitnessstudio über ihr. Das Plätschern des Sandsteinbrunnens drang deutlich durch die leere Praxis. Aber die Praxis war nicht einfach leer. Sie war verlassen. Verlassen und auf sich selbst gestellt – genau so fühlte sie sich gerade. Sie griff nach Tasche und Jacke und blieb vor der Praxistür stehen. Mit Ulf gab es eine klare Abmachung. Keine Treffen außer in Notfällen. Einsamkeit war ja kein Notfall. Sie hängte die Sachen wieder an die Garderobe und kehrte in ihr Zimmer zurück. Kaum saß sie an ihrem Schreibtisch, drängten die Erinnerungen an das, was sie an der Baustelle beobachtet hatte, in ihr Bewusstsein.

Dass das Treffen der Drei mit dem Mordfall zu tun hatte, stand für sie außer Frage.

Was sie brauchte, waren Beweise.

Sie klappte den Monitor ihres Laptops auf und gab die Adresse der ehemaligen Kult-Bar in der Suchmaschine ein. Bis vor Kurzem war eine Shisha-Lounge unter der Adresse aufgeführt. In einer Momentaufnahme sah sie die Küche der Vermieterin vor sich.

Die goldenen Barhocker an dem Stahlküchentresen, der schwarze Tisch. Maren Keiler passte wunderbar in das Ambiente einer Bar mit ihrer verrauchten Stimme, ihrem Hang zur Diskomusik und dem rauen Lachen, das durch den Raum schallte.

Ihre Finger huschten über die Tastatur. Immobilienagentur Greif. Die Portraits der Mitarbeiter erschienen. In Natura wirkte Krampner sympathischer als auf dem Foto. Laut Profil arbeitete er im Bereich »Hausimmobilien«. Vielleicht war die Bar ein Sonderfall. Sie klickte jede Seite der Immobilienhomepage an, doch ein Kauf- oder Mietangebot dieser Liegenschaft existierte nicht. Möglich, dass sie Angebote unter der Hand vergaben.

Halb sechs. Bald musste Maren Keiler aus der Haftanstalt kommen. Sie schnappte sich Jacke und Tasche und verließ die Praxis.

***

Schon von der Straße aus sprang ihr das geöffnete Küchenfenster im Erdgeschoss ins Auge. Maren Keiler konnte jeden Moment ihren Kopf herausstrecken, und noch immer wollte ihr kein plausibler Grund für einen Besuch einfallen. Oder war es genau das, ein fadenscheiniger Grund, um sie zu irritieren.

Die Idee, die ihr stattdessen kam, war ebenso simpel wie genial. Sie parkte ihre Vespa am Gehsteigrand und machte sich zu Fuß auf den Weg nach Heddernheim. Ein ausgedehnter Spaziergang würde ihr guttun.

Viktor schloss gerade die Kasse ab, als sie den Laden betrat. Lächelnd trat er hinter der Theke hervor.

»Das ist aber eine Überraschung.«

»Eher eine Überschätzung.« Sie zwinkerte. »Meines Orientierungsvermögens. Ich wollte eigentlich in Ginnheim rauskommen. Aber wo ich schon mal hier bin.« Sie deutete auf den Weinkühlschrank neben der Theke. »Gibt es auch etwas Gekühltes von der Loire?«

Fünfzehn Minuten später saß sie neben ihm im Wagen, die Kiste mit sechs Flaschen Sancerre zwischen ihre Sneakers geklemmt. Sobald sie aus dem Seitenfenster sah, spürte sie seine Seitenblicke. Ihm schien zu gefallen, was er sah, wenn sie sein Lächeln richtig deutete. Vielleicht dachte er, sie flirtete.

Vor dem Laden mit der gestreiften Markise bat sie ihn, kurz anzuhalten. Sancerre ohne Fisch sei eine Schande. Sie stieg aus und beugte sich noch einmal in den Wagen hinein.

»Isst du was mit?«

Der Ausdruck in seinem Gesicht machte jede Antwort überflüssig. Als sie kurz darauf mit einer Tüte Fingerfood in den Wagen kletterte, traf sie ein fragender Blick.

»Mir ist heute nicht nach allein essen.«

»Und der Lehrer?«

»Aha, das Hausgerede.« Jona lachte. »Dicke Luft. Ich brauch mal ein paar Tage Abstand.«

Schon vom Parkplatz aus sah Jona, dass das Küchenfenster der Vermieterin inzwischen geschlossen worden war. Vielleicht konnte sie das Gartentor extra laut zuziehen. Ein Lachen, das durch den Hausflur schallte, würde ihr nicht gelingen. Das quietschende Gartentor schnappte unter Viktors Händen leise ins Schloss. Heute schien ihm nicht an Gerede gelegen. Die Tür zur Villa hielt er ihr schweigend auf. Nicht einmal die Dielen knarzten, als sie ins Treppenhaus trat. Und stehenblieb. In direkter Linie zwischen den beiden Türen der Schwestern.

Ohne Vorwarnung ließ sie die Weinkiste fallen. Sie konnte gerade noch zur Seite springen, bevor der Karton mit einem dumpfen Klirren auf den Holzboden schlug und sich gleich darauf ein Rinnsal seinen Weg aus der Pappe bahnte.

Viktor zuckte unter ihrem lauten Fluch zusammen. Paralysiert sah er zu, wie sie mit dem Karton ins Freie eilte und ihn ins Gras legte. In Sichtweite von Maren Keilers Fenster entleerte sie den Inhalt der zerbrochenen Flasche in den Rasen und winkte. »Ich komm schon klar, lass einfach die Tür auf, ich bin gleich da.« Niemandem im Haus konnte das Spektakel entgangen sein, nicht einmal Frau Kücherer, der Schlag im Treppenhaus war einfach zu laut gewesen. Es war erstaunlich, dass sich keiner von ihnen zeigte.

Sie entsorgte den durchweichten Pappkarton im Altpapier und folgte Viktor mit den restlichen fünf Flaschen im Arm ins Haus. Seine Wohnungstür war nur angelehnt, mit der Schulter öffnete sie sie und schob sich an ihm vorbei in die Küche.

Im verglasten Küchenschrank begegnete sie ihrem Spiegelbild. Ihr braunes, kurzes Haar wirkte zerwühlt und die Wangen gerötet von der Aktion mit den Flaschen, und von der Aufregung. Seltsam, wie vertraut sie miteinander umgingen. Wie leicht das Du, das er ihr beim ersten Treffen angeboten hatte, eine Brücke zwischen ihnen schlug.

Das Handy auf dem Küchentisch klingelte. Viktor ignorierte es, bis es verstummte.

»Jetzt habe ich Besuch.« Er lächelte. Kurz darauf drapierten sie gemeinsam den Fisch in verschiedene Schälchen und entkorkten den Sancerre.

»Und du wohnst jetzt erst einmal hier?«

Sie waren ins Wohnzimmer gewechselt, die zweite Flasche Wein stand auf dem Couchtisch zwischen ihnen. Jona nickte. Im Bad hatte sie ihre Handgelenke unter kaltes Wasser gehalten und sich den Nacken gekühlt. Bisher hatten sie nur über Belangloses gesprochen. Wenn sie mehr erfahren wollte, musste sie mit ihm weitertrinken. Trinken und dabei klarbleiben, damit ihr nicht selbst etwas Persönliches herausrutschte. Unwillkürlich glitt ihr Daumen über den tiefen Riss im Leder.

»Bis Malte etwas entspannter ist. Jeder Lehrer arbeitet momentan am Limit. Da ist gerade kein Platz für mich.« Sie setzte ein Lächeln auf. »Und du? Genießt dein Single-Dasein und die Freiheit.«

Viktor schenkte sich nach und schob den Wein im Mund umher, bevor er ihn schluckte. »Du hast da eine gute Wahl getroffen.« Im Sessel zurückgelehnt, ließ er das Schweigen zu, das den Raum füllte. Seit wenigen Minuten hatte die Dämmerung eingesetzt, nicht mehr lange, und sie würden im Halbdunkel sitzen.

»Die Freiheit«, sagte Viktor schließlich, »die ist etwas unfreiwillig. Meine Frau hat sich vor vier Jahren mit einem unserer gemeinsamen Freunde zusammengetan. Einen Monat vor der Einweihung des Ladens.«

»Oje. Und dann?«

»Dann habe ich allein weitergemacht.«

Ihre Blicke trafen sich. In der Praxis würde sie den Patienten jetzt ermuntern, mehr zu erzählen. Aber eine innere Stimme riet ihr, nicht weiter nachzufragen. Sie ließ ihren Blick durchs Zimmer schweifen.

»Ist das vor dem Fernseher ein Controller für die Playstation?«

Sie vernahm ein leises Lachen. »Ich sehe, du kennst dich aus.«

»Falsch. Ich habe eine fünfzehnjährige Nichte«, sie machte eine Pause, »in Hamburg. Wenn die einmal im Jahr zu Besuch kommt, bringt sie ihre Spielkonsole mit. Das ist mein ganzer Erfahrungsschatz.«

Viktor beugte sich vor. »Du willst spielen?«

»Erst mal zusehen.«

»Mitspielen oder gar nicht.«

Sie fühlte, wie ein Lächeln ihre Lippen auseinanderzog. »Na schön.«

Viktor erhob sich aus dem Sessel und verschwand im Flur. Gleich darauf erhellte ein Streifen Licht das Wohnzimmer.

***

Jona besah sich die bizarre Kulisse, die auf dem Flachbildschirm erschien, nachdem Viktor das Kabel des Controllers an die Konsole angeschlossen hatte. Ein unterirdisches Labyrinth mit Türen und blinkenden Flächen.

»Und wo bin ich?«

Viktor drückte ihr den Controller in die Hand. »Du bist die Waffe.«

Unvermittelt schob sich eine Metallwand auf. Links und rechts aufragende Platten und Lichtfelder. Der Lauf einer Waffe ragte ins Bild. Und jetzt fuhr die Kulisse mit rasender Geschwindigkeit auf sie zu. Viktor langte zum Controller und drückte eine Taste. Die Gestalt, die sie gar nicht bemerkt hatte, ging in Flammen auf, und zwei menschliche Wesen materialisierten sich aus dem Nichts. »Du musst schießen. So.« Etwas zerplatzte. Über den Bildschirm spritzte ein rotes Feuerwerk. Jona starrte angestrengt auf das Szenario. Es ging schnell, zu schnell.

Ein goldener Palast tat sich auf, in der Mitte eine Art Schatz. »Der erste Schlüssel.« Viktors Stimme klang angespannt. Mit der linken Hand regelte er die peitschende Musik, die das Geballer untermalte, auf Minimallautstärke, während seine Rechte nervös auf den nächsten Einsatz wartete.

Der erste Knopfdruck von ihr löste eine Explosion aus, virtuelle Kämpfer zerstoben im Blutregen. Jona schluckte.

»Perfekt! Warte mal.« Viktor hielt das Spiel an und löste sich aus dem Stuhl. »Der Soundtrack nervt, ich habe was Besseres.«

Als die ersten Töne des Walkürenritts erklangen, kehrte er auf seinen Platz zurück. Jona musste lächeln. Wagner als Begleitung zum Ballern, das war ja wie in *Apokalypse now*. Ob er immer Aliens abschoss, wenn klassische Musik aus seiner Wohnung drang? Auf dem Bildschirm hatte die Kulisse gewechselt. Hochhäuser und verbrannte Erde. Ein Krater tat sich auf. Viktor fasste sie am Unterarm. »Jetzt!« Plötzlich bediente sie statt der Maschinenpistole zwei Boxhandschuhe.

»Warst du das?«

»Mach weiter.«

»Mach du doch lieber, ich schau zu.«

Sie drückte ihm den Controller in die Hand und griff nach ihrem Glas Wein. Der Sancerre war lauwarm geworden. Kaum hatte Viktor das Steuer übernommen, rutschte er in eine aufrechte Sitzposition. Seine Hände pressten sich um die Griffflächen. Ein buntes Lichtlabyrinth erschien und tauchte das Wohnzimmer in Endzeitstimmung. Dazu Wagners Wallkürenritt. Mit dem fanfarenartigen Trompeteneinsatz zerfetzte er einen fliegenden Avatar vor ihren Augen.

»Wow, ist das blutig!«, rief sie aus. Doch Viktor reagierte nicht mehr. Sein gezücktes Maschinengewehr schoss sich durch die wechselnden Kulissen. Fasziniert beobachtete sie, wie der charmante Weinhändler sich in eine Killermaschine verwandelte. Mit heiligem Ernst zerlegte er einen Gegner nach dem anderen. Er schien sogar vergessen zu haben, dass sie neben ihm saß.

Langsam glitt sie vom Stuhl und schlüpfte aus dem Wohnzimmer.

Im Halbdunkel schlich sie durch den Flur und in die Küche. Viktor hatte sein Handy auf dem Holztisch liegen lassen, zwischen den Plastikschälchen und dem Geschirr. Vorsichtig tasteten ihre Hände über die Tischplatte.

»Was suchst du?« Die Silhouette im offenen Türrahmen kam ihr unwirklich vor. Wie eine der Figuren aus dem Computerspiel.

»Mein Wasserglas.«

Das Deckenlicht sprang an und leuchtete die unaufgeräumte Küche aus.

»Das Spiel ist Wahnsinn«. Ihr Blick blieb auf Viktors abgekämpftem Gesicht liegen. »Und du kriegst sie alle.«

»Ich muss mich entschuldigen. Wenn ich mal anfange, bin ich wie abgeschaltet.«

»In deinem Element.«

»Es ist der perfekte Stressabbau.«

»Na, dann bist du ja jetzt entspannt.« Sie fuhr sich durchs Haar. »Ich glaube, ich muss mal nach oben.«

»Wartet da jemand?«

»Mein Bett.«

Viktor verzog seinen Mund zu einem schiefen Lächeln. An der Tür reichte er ihr eine Plastiktüte, in die er die verbliebenen Flaschen des Weißweins gestellt hatte.

»Dann gute Nacht.«

Sie lächelte und stieg so aufrecht, wie es ihr nach einer Flasche Sancerre möglich war, die Treppe hinauf.

In der Dachkammer riss sie das Fenster auf und atmete die kühle Luft ein. Das Licht der Glühbirne half ihr, sich etwas nüchterner zu fühlen. Ulf hatte versucht anzurufen und gegen seine Gewohnheit auf Band gesprochen. Den Hörer ans Ohr gepresst, lauschte sie seiner Stimme, die nichts von der Fröhlichkeit besaß, mit der er sie gestern verabschiedet hatte. Der Mietvertrag für das Haus liege vor ihm, Jakob richte Grüße aus, sie solle gut auf sich aufpassen und sich bitte kurz melden, ob alles in Ordnung sei. Nur das schwache Atemgeräusch zeugte davon, dass er noch in der Leitung war, bevor die Nachricht endete.

Das Nidda-Häuschen mit dem wilden Garten erschien ihr wie aus einem anderen Leben, dabei war sie heute auf dem Weg zum Weinladen fast daran vorbeigekommen. Und jetzt war der Mietvertrag da. Jedes andere Paar würde heute Abend darauf anstoßen. Sie strapazierte die Beziehung.

Alles in Ordnung, tippte sie, und dahinter die drei Worte, mit denen sie beide sparsam umgingen.

Am Horizont leuchtete der Fernmeldeturm, schön und unnahbar. Seine rot angeleuchtete Spitze im Blick, zog der vergangene Tag an ihr vorüber. Viel passiert, wenig erreicht. Ein Spruch ihres Vaters. Wie hatte er es nur geschafft, ihr diese Sätze einzupflanzen, die immer dann durch ihren Kopf geisterten, wenn sie unzufrieden mit sich war?

Sie trat vom Fenster zurück, entnahm dem Apothekerschränkchen die Kladde und setzte sich damit auf den Futon. *Montag,* schrieb sie auf den oberen Blattrand, und notierte sich die Ereignisse des Tages mit Uhrzeit, Ort und beteiligten Personen untereinander. Hinter jedem Ereignis ließ sie eine breite Spalte für Gedanken und Schlussfolgerungen, für das Dreiertreffen an der Baustelle der ehemaligen Kult-Bar eine ganze Doppelseite. Die Beweisfotos vom Handy würde sie ausgedruckt auf die Leinwand heften.

Unwillkürlich wanderte ihr Blick zur Wand, an der die losen Zettel hefteten. Das »V« auf dem oberen stand für Viktor. Victory. Ein Sieger war Viktor nun wahrlich nicht. Im Gegenteil. Ellen hatte sogar ein wenig mitleidig von ihm geredet, und sein eigenes Geständnis, verlassen worden zu sein, lag erst eine Stunde zurück.

Du bist die Waffe, hatte er zu ihr gesagt und mit dem Klang des Wortes seine Stimme gefüllt.

Sie nahm ihr Handy. Drei Klicks, und das Computerspiel erschien mit Anbieter, Beschreibung und Testvideo auf dem Display. Es gehörte zu den Retro-Ego-Shootern. Aus der Ego-Perspektive gegen menschenähnliche Wesen kämpfen. Sie sprang auf, stellte sich vor die Leinwand.

Viktor, schrieb sie, *Ego-Shooter. Untermalung mit Wagner, Mahler, Bruckner, Tschaikowsky.* In Gedanken ging sie die Schallplattensammlung durch, die er ihr neulich gezeigt hatte. Wieder half das Handy ihr auf die Sprünge, diesmal Youtube, das ihr auf Knopfdruck einen Orchestermitschnitt nach dem anderen präsentierte. Nach der vierten Hörprobe ließ sie das Handy sinken. Alles Stücke für Pauken, Bläser und großes Orchester. Kompositionen, die gewaltig waren, kraftvoll und Herrscherfantasie beflügelten. Ein Bild tauchte auf. Viktor, wie er die Auferstehungs-Symphonie Mahlers auflegte, wie er sich anfüllte mit den bombastischen Klängen, während er die Feinde auf dem Bildschirm abschoss und sich als Herrscher der unterirdischen Welt erschuf. Musik und Macht. Verstieg sie sich gerade in etwas? Es war ein Klischee, dass Ballerspiele aggressiv machten. Natürlich hatte es schon jugendliche Amokläufer gegeben, deren Gewaltbereitschaft durch die virtuelle Brutalität befeuert worden war. Sie kannte die Studien aus den Fachzeitschriften. Aber Viktor selbst hatte gesagt, er spiele zum Stressabbau. Er war kein verzweifelter Jugendlicher. Und dieser Satz? *Du bist die*

Waffe. War er die Waffe? War er das Messer gewesen? Die brutalen Einstiche des Opfers ... sie brach den Gedanken ab und zwang sich, bei den Fakten zu bleiben. Die Notizen über Viktor, die sie von ihrer Kladde auf die Leinwand übertrug, nahmen das gesamte Blatt ein.

Ehrlichkeit, schrieb sie darunter. *Sympathisches Wesen*. Und in Großbuchstaben: *Fehlendes Motiv*.

Einen Moment zögerte sie, bis sie *fehlendes Alibi* hinzufügte.

Lange sah sie auf das Blatt an der Leinwand. Viktors Profil. Gespickt mit Beobachtungen und Schlussfolgerungen. Mit Zuspitzungen, um sich nicht mehr dem Verdacht einer Voreingenommenheit aussetzen zu müssen.

Und ihr wirkliches Gefühl?

Ratlos stand sie im Raum, bis sich Mister Bones in ihr Blickfeld schob. Sein grinsendes Gebiss gab ihr oft den Sinn für Humor zurück, und die Einsicht, dass die Dinge nie wirklich schlimm lagen im Angesicht des Todes. Doch Mister Bones sah nicht mehr aus wie ihr skurriler Kleiderständer. In der Ecke ihrer Mansarde stand einfach ein medizinisches Skelett.

Sie löschte das Licht und sinnierte im Halbdunkel über die Frage, ob sie sich bei all den Gedanken über andere nicht selbst verlorenging, und ob sie in dem Häuschen an der Nidda endlich ein Zuhause finden würde.

Plötzlich waren die Geräusche da. Im Halbschlaf vernahm sie Schritte im Dachgeschoss. Sie fuhr hoch und lauschte. Da war nichts. Selbst die Vögel vor dem Fenster waren verstummt. Und das Haus schlief. Ein Traum schien ihr das Tocken auf Holzstufen eingespielt zu haben. Sie griff nach der Flasche Wasser neben dem Futon und trank einen Schluck, bevor sie in die Kissen zurücksank. Ihr Blick glitt durch den von der Straßenlaterne spärlich ausgeleuchteten Raum, bis sie es wieder hörte. Diesmal deutlich. Ein Rascheln, als reibe Stoff aneinander.

Mit zwei Schritten stand sie hinter der Tür. Warum konnte sie nicht einmal auf Steiner hören. Wild schossen ihre Blicke durch den Raum, bis sie auf der Plastiktüte am Fuß der Leinwand liegen blieben. Die Weinflaschen. Sie schlich zur Tüte und zog so leise wie möglich eine der Flaschen heraus. Eine Flasche Sancerre als Waffe, das war lächerlich. Ihr Atem ging flach. Was jetzt?

Die Vermieterin wirkte nicht besonders kräftig. Ellen Beetz würde nie Hand an jemanden legen. Joschua? Eher nicht. Höchstens unter Drogen. Und Viktor? Nein. Selbst wenn ihn ihr eigenmächtiger Ausflug in die Küche irritiert hatte. Sie schüttelte den Kopf.

Wieder meinte sie ein Geräusch zu hören, ein Scharren. Sie ließ die Flasche sinken. Waren das Ratten? Ratten im Dachgeschoss. Da, jetzt wieder etwas entfernter. Der Name Krampner schoss durch ihren Kopf. Er war im Fokus von Ulfs Ermittlungen, und er hatte am Nachmittag der Mordnacht Torben Fischer genau in dieser Kammer besucht. Maren konnte ihm von ihr erzählt haben, oder Viktor. Oder Ellen – wenn ihr Besuch am Samstag doch ihm gegolten hatte.

Sie stand jetzt so nah an der Tür, dass sie den Luftzug an ihren nackten Füßen spürte. Mit feuchten Händen knipste sie das Licht an. Die Hand um den Flaschenhals gepresst, riss sie die Tür auf und starrte in einen leeren Flur. Auch die Toilettentür gegenüber stand offen.

Zögernd lief sie durch den Gang und lauschte ins Treppenhaus. Nichts. Oder war da ganz leise eine Tür zugezogen worden?

In der Kammer schloss sie die Tür von innen ab.

Es dauerte einen Moment, bis ihr die Idee mit dem Lichtschein kam. Vorsichtig beugte sie ihren Oberkörper über die Brüstung ins Freie, doch aus keinem der Fenster drang auch nur ein Schimmer.

17

Der Stuhl knarrte unter ihrem Gewicht, als sie sich wieder setzte. Fehlalarm. Joschua war nur zur Mülltonne gegangen. Ging er heute überhaupt zur Universität? Zum hundertsten Mal fuhren ihre Augen die hellblaue Tapete mit dem Vogelmuster ab. Traute Wismars Originaltapete. Was sie wohl dazu sagen würde, dass sie seit knapp zwei Stunden im Flur saß und kontrollierte, wer das Haus verließ. Das Metall des Generalschlüssels drückte gegen ihren Handballen. Neun Monate hatte er geschützt unter der Teedose geschlummert, und jetzt waren zum zweiten Mal innerhalb weniger Wochen seine Dienste gefragt.

Sie ließ ihre angeschwollenen Fußgelenke kreisen. Gestern Nacht, wie weit weg das war. Ein Klopfen, und alles wäre anders verlaufen. Nur ein kleines Räuspern, eine Frage, wer vor der Tür stand. Wie gerne hätte sie sich zu erkennen gegeben und sich der Therapeutin anvertraut, um endlich das Übel im Haus zu beenden. Stattdessen ängstliches Schweigen hinter der Tür.

Im Treppenhaus ging eine Wohnungstür auf. Durch den Spion betrachtete sie Maren in schwarzen Jeans und Sommermantel, ausstaffiert wie zu einem offiziellen Termin. Vielleicht stimmte das Gerücht vom Verkauf der Villa. Ihr hatten sie nichts angeboten in der Agentur. Die Greifs. Geier, das waren

Marens Worte gewesen. Sie war vielleicht auf der anderen Seite. Viktor auch. Wer noch?

Vom Küchenfenster aus verfolgte sie, wie Maren in ihr Auto stieg und davonfuhr. Jetzt war nur noch Joschua im Haus. Sie musste es wagen. Der Korb mit nasser Wäsche drückte gegen ihre Hüften, als sie langsam die Treppen zum Dachboden hinaufstieg. Hinter Joschuas Tür war es ruhig. Vielleicht schlief er, oder er las.

Den Wäschekorb in die Wäschekammer. Es durfte nicht nach Schleichen klingen, die Villa war hellhörig.

Sie lauschte ein letztes Mal ins Treppenhaus und schloss mit angehaltenem Atem die Tür zur Dachmansarde auf. Was für ein Chaos. Entgeistert zog sie die Tür von innen zu und sah sich in dem kleinen Dachzimmer um. Über dem ausgerollten Futon lagen Kleidungsstücke, Unterwäsche quoll aus einem offenen Rucksack. Neben dem Kühlschrank Weinflaschen. Und die Leinwand, die sie zusammen aufgehängt hatten … sie stockte … war eine Pinnwand. Wie in Kriminalfilmen. Eines der angehefteten Blätter darauf war beschrieben. In Windeseile flogen ihre Augen über die handschriftlichen Notizen. Viktor war stichpunktartig beschrieben. Deswegen war sie gestern bei ihm! Ihre gemeinsame Ankunft war nicht zu überhören gewesen.

Bei dem Wort Alibi wurde ihr heiß. Das Täterprofil von Viktor verschwamm vor ihren Augen. Die Therapeutin war Polizistin. Ihr Blick glitt zu den anderen, nur mit jeweils zwei Buchstaben versehen. Initialen! Ihr war auch ein Blatt gewidmet, ganz unten links. E.B. und dann Platz für ihr Profil. Ein neuer Hitzestoß fuhr durch ihren Körper, und der Knochenmann grinste höhnisch. Ihr Blick fiel auf das mit Blumen verzierte Holzschränkchen. Es war neu, und der einzige Ort in dieser Kammer, an dem man Dinge verstauen konnte.

Sie zog die Spülhandschuhe aus ihrer Hosentasche und streifte sie über ihre Hände. Keine Fingerabdrücke. Jona Hagen war Polizistin und ermittelte – wie sie selbst. Wie gut sie zusammenarbeiten könnten. Aber Marens krimineller Sog hatte sie in die Tiefe gezogen und auf die andere Seite geschwemmt. Sie klappte das Schränkchen auf. Drei Schubladen, mit Emaille-Schildern versehen. Die untere war mit CDs gefüllt. Beim Aufziehen der oberen linken verhakten sich die Kanten. Sie ruckelte daran, riss die Schublade vor und zurück, bis sich ein Holzsplitter löste und der Kasten wieder gerade saß. Stifte, Papier, ein Schlüsseletui, Taschentücher, ein Päckchen Zigaretten. Der Blick in die letzte der drei Schubladen erhöhte ihren Puls. Sie nahm das blaue, von Gebrauchsspuren gezeichnete Notizbuch heraus und hielt es wie einen Schatz in ihren Händen.

Die Gedanken der Therapeutin.

Ihre Hand zitterte, als sie den Einband aufschlug und die erste dicht beschriebene Seite zu lesen begann.

Eine halbe Stunde später klappte sie es so leise zu, als schließe sie ihr Todesurteil.

Der Schwindelanfall kam unvorbereitet. Sie hielt sich am Fenstersims fest, irritiert von dem Vakuum in ihren Ohren. Ihr war übel, unter den Achseln klebte der Schweiß ihre Bluse fest. Sie öffnete das Fenster und saugte die frische Luft gierig ein, während sie sich vorstellte, wie der leichte Wind, der ins Zimmer drang, auch die kleinsten Partikel ihres Geruchs hinauswehte. Beim Schließen des Fensters klemmte sie sich den Finger ein. Betäubt vom Schwindel und den Schmerzen verließ sie die Mansarde.

Bella empfing sie eingerollt auf dem Stuhl, der noch immer im Flur stand, und fixierte sie mit ihren Katzenaugen, als wäre jede

Erklärung überflüssig. Vielleicht war sie auch nur hungrig. Das Öffnen der Vorratskammer lockte sie in die Küche.

Wenig später saß Ellen neben Bellas gefülltem Napf auf dem Küchenboden und löffelte kalte Ravioli aus der Dose.

Also stimmte es. Maren und der Weinhändler planten etwas mit Greifimmobilien. Ein Komplott. Jona Hagen hatte was von Fotos geschrieben. Vermutlich im Handy. Eine weitere gefüllte Nudeltasche wanderte in ihren Mund. Sie zerquetschte sie zwischen Gaumen und Zunge. Die Tomatensoße schmeckte metallisch. Genauso gut konnte sie Katzenfutter essen.

Vielleicht hatte Maren Geld abgezwackt, um eine weitere Immobilie zu kaufen. Aber wieso nicht mit ihr, sondern mit Boehm? Eine Hand wäscht die andere. Joschuas Spruch auf den Steinstufen, dazu die schweren Blumensäcke, die er in den Lieferwagen geschleppt hatte. Blumenerde Plötzlich sah sie ein Szenario vor sich. Maren, wie sie mit Tränen in den Augen bei dem Weinhändler klingelte und ihn um Hilfe bat. Ein Unfall, die Tote. Und wie er ihr zur Hand ging, die Leiche von Astrid Wismar im Hochbeet zu vergraben. Und als Dankeschön an dem Erbe beteiligt wurde. Einen Teil *ihres* Erbes erhielt.

Nein, das war unvorstellbar. Wer gestand schon freiwillig einen Mord? Maren garantiert nicht.

Ihre Schwester hatte die Leiche nachts selbst ins Hochbeet gewuchtet und Erde über sie geschüttet, Sack für Sack.

Sie ließ die angebrochene Dose Ravioli auf dem Boden stehen und stellte sich ans Wohnzimmerfenster.

Satt und grün leuchtete der Garten. Sie zwang sich, ihren Blick auf das Hochbeet zu richten, auf das bunte Meer der Blumen, das über seine Holzumrandung wucherte. Die Primeln mit ihren mehrfarbigen Blütenköpfen waren besonders prächtig. Genau unter ihnen befand sich Astrids Schädel. Über ihrem verwesten Körper leuchteten weiße und gelbe Narzissen um die Wette, und auf Höhe ihrer Füße reckten lila Veilchen ihre Blüten in die Luft.

Was machte Maren, wenn die Blumen abgeblüht waren? Im Erdreich wühlen. Oder jemanden dazu bringen, es für sie zu tun. Wie manipulativ Maren war, hatte selbst die Therapeutin begriffen. Dass sie Schwestern waren, wusste sie inzwischen auch.

Ellen trat in den Wintergarten und öffnete die Glastür.

Vielleicht war es noch nicht zu spät. Kooperieren, das gab es in jedem Krimi. Sie zog ihre Hausschuhe aus und lief barfuß über den Rasen.

Ellen, die gute Seele, hatte Jona Hagen geschrieben und sie als hilfsbereit und wichtig für die Villa bezeichnet. Als wichtig für die Villa, als gute Seele, guter Geist. Die Therapeutin mochte sie, das sprach aus jeder ihrer Zeilen. Und da war noch etwas. Die Therapeutin hatte sie gesehen. Hatte ihr tief ins Herz geblickt und verstanden. Warum sonst verurteilte sie sie nicht für ihre Feigheit und Unehrlichkeit, sondern fand anerkennende Worte in der Kladde? Ihre Kehle brannte.

Vorsichtig berührte sie die Holzumrandung des Hochbeetes und spürte ihre Atmung schneller werden. Erst nach einer Weile wagte sie es, ihre Hand auf das klamme Holz zu legen. Sie war nicht schuld. Sie hatte nur einen Brief verschwinden lassen, vor so vielen Monaten, und einer Frau vertraut, die die gleiche Mutter wie sie hatte.

***

Der Tabakgeruch kündigte Maren an, bevor sie rauchend aus der Hintertür in den Garten trat. Wieder eine andere Maren, in

T-Shirt und unterhalb der Knie abgeschnittenen Jeans, viel zu kalt, seit die blasse Sonne vom Wolkenbett geschluckt worden war. Aus der Vordertasche ihrer Jeans hingen Gärtnerhandschuhe.

»Es gibt Tee und Kuchen.« Sie deutete mit dem Daumen hinter sich zum Wintergarten, wo wie durch ein Wunder das Teetischchen vor ihrem Ohrensessel eingedeckt war. »Mach mal 'ne Pause mit Mähen.«

Unbeirrt schob Ellen den Rasenmäher über die Wiese.

»Ellen?«

»Später.«

»Du mähst nasses Gras. Die Graspampe wird alles verstopfen.«

Unwillkürlich schob Ellen ihre Hand in den Fangsack. Nasse, schwere Graspampe. Als sie eine Kurve mit dem Handrasenmäher zog, stellte sich Maren ihr in den Weg und starrte auf ihre nackten Füße.

»Alles okay, Ellen? – Ellen?« Das Augenrollen kannte sie noch aus ihrer Kindheit. »Zieh dir wenigstens Schuhe an beim Mähen. Hier.«

Einer der Gartenschuhe flog durch die Luft und blieb mit der Schlaufe am Griff des Rasenmähers hängen. Einen Moment blickten sie beide auf den kopfüber hängenden Plastikschuh, dann brach Maren in Lachen aus.

Sie zog ihn vom Griff und schleuderte ihn zusammen mit dem anderen, den sie mit der Ferse abstreifte, in Richtung Wintergarten.

Wortlos machte sie sich am Komposthaufen im hinteren Teil des Gartens zu schaffen. Schichtete Biomüll unter die Gartenabfälle. Mit bloßen Händen und barfuß! Zusammen im Garten werkeln, das hatten sie nur beim Einzug in die Villa gemacht.

Plötzlich stand Maren wieder an ihrer Seite.

»Hast du den Schlag gestern mitbekommen? Die Weinkiste, die zu Bruch gegangen ist, direkt in der Diele.«

Ellen zuckte mit den Schultern. Ihr war trotz Bewegung kalt. Ihre Füße prickelten. Kalte Füße bekommen! Das konnte Maren nicht passieren. Die fackelte nicht lange. Spielte mit dem Feuer. Schmiedete das Eisen, solange es noch heiß war, bis ihr die Sicherungen durchbrannten. Stopp. Ellen presste ihren Daumennagel ins Fleisch und sah zu, wie ihre Schwester den Fangsack mit geübtem Griff vom Rasenmäher löste und das Gras auf den Kompost kippte.

»Viktor verhält sich in letzter Zeit seltsam«, sagte sie übergangslos und setzte den Kunststoffsack wieder ein.

»Ist mir nicht aufgefallen.«

»Nein?« Ein kurzer Blick von unten, dann richtete Maren sich auf. »Er lässt sich von der Therapeutin um den Finger wickeln.«

»Keine Ahnung.« Sie musterte das Gesicht ihrer Schwester. Ein neuer Ausdruck lag darin. Im Apfelbaum hinter ihr saß eine dicke Taube und untermalte das Schweigen zwischen ihnen mit ihrem Gurren. Maren nahm die Gartenhandschuhe aus ihrer Tasche. Ohne Zigarette schienen ihre Finger hilflos zu sein.

»Ich weiß, dass du niemandem was Gemeines zutraust«, sagte sie mit veränderter Stimme, einer, die noch vor Kurzem ihr Weltbild wieder geradegerückt hätte, »aber sieh dich bei Jona Hagen vor. Die klappert einen Mieter nach dem anderen ab. Irgendetwas will sie. Ich weiß nur nicht was.«

»Frag sie doch.« Ellen zog den Handrasenmäher zu sich heran und rollte ihn in Richtung ihrer Gemüsebeete. Ließ sie wirklich gerade ihre Schwester am Komposthaufen stehen? Sie spähte zum Wintergarten. Den Kuchen, zu dem sie sie eingeladen hatte, konnte sie gleich mitkompostieren.

Erst vor ihrem Beet mit den Setzlingen wurde ihr bewusst, dass ihr Bluff funktioniert hatte. Viktor musste Maren von ihrem Besuch erzählt haben. Es war verrückt, aber das Notizbuch der Therapeutin hatte sie vor einem weiteren Fehler bewahrt.

***

Das Notizbuch der Therapeutin! Ellen verließ die kleine Parkanlage und lief an den Absperrungen entlang der Straße ins Platenviertel. Auch hier lagen die Baustellen brach. Ein ganzer Gebäudekomplex stand hinter Gitter. Alles sollte hier neu werden, schöner werden. Warum denn?

Eine Querstraße weiter sah sie es selbst. Die Balkone der meisten Häuser wirkten heruntergekommen, selbst die Blumen darauf sahen schmutzig aus. Auf den Spielplätzen der Grünanlagen spielte kein einziges Kind. Tot, das Viertel war tot, dabei war es ihr früher friedlich vorgekommen. Wahrscheinlich hatte sie keinen Sinn für Frieden, weil kein Frieden mehr in ihr war.

Sie setzte sich auf eine der Holzbänke. Von hier aus war der Fernmeldeturm so nah, als könne man seinen schlanken Körper mit den Händen greifen. Er schien über die Siedlung zu wachen. Im Stift hatte sie über die Hilflosen der Heimbewohner gewacht. Zu Hause über ihre alkoholkranke Mutter. Und seit neun Monaten über die Villa, die ihre neue Heimat hatte werden sollen. Aber das war wohl passé. Sie wandte ihren Blick zu einem Sperrmüllberg. Wieso war Jona Hagen so fixiert darauf, den Täter in der Villa zu finden? Die Polizei ging von Korruption im Immobiliengewerbe aus. Auch das stand in dem blauen Notizbuch. Maren hatte Recht. Die Therapeutin knöpfte sich jeden im Haus vor und tat so, als sei ihr an den Menschen gelegen.

Warum sollte es bei ihr eine Ausnahme sein? Ihr gemeinsames Werkeln und Reparieren, die Einladung zum Eis – alles Ermittlungsversuche. Ihren Besuch bei der Makleragentur hatte sie auch dokumentiert.

Wieder fiel ihr Blick auf die zerschlagenen Möbel, Eisengestänge und das zerbrochene Glas, das auf dem Sperrmüll durcheinanderlag.

Vielleicht säte sie sogar absichtlich Misstrauen. Bei jedem. Gegen jeden.

Selbst gegen einen verhinderten, guten Geist wie sie selbst.

18

Jona lehnte sich an die Küchenbank zurück. Die Fähigkeit älterer Menschen, sich in detailreichen Beschreibungen zu verlieren, kam ihr entgegen. Genau deswegen saß sie hier. Sie nippte an ihrer zweiten Tasse Filterkaffee. Ein Stichwort genügte, um die alte Dame ins Erzählen zu bringen. Seit einer Stunde plauderte sie über die Zeit, die sie in der Villa wohnte. Vierzig Jahre.

Mehrmals hatte sie das Wort »brisant« in den Mund genommen, und ein Schalk war in ihre Augen getreten. Brisante Erlebnisse, das hing bei ihr meistens mit Männern zusammen. Gerade hatte sie einen kleinen Flirt mit dem Kompagnon ihres längst verstorbenen Ehemanns angedeutet. Ihre kleinen Schultern wippten vor Freude, als sie lachte. Jona sah in das faltige Gesicht der alten Mieterin, die wie ausgewechselt war. Die Demenz schien in Schüben zu verlaufen, heute hatte sie eindeutig einen guten Tag. Oder die Vitamintabletten auf dem Küchentisch zeigten Wirkung.

»Und Sie? Keinen Freund?«

Wo sie doch neulich nebenan Musik gehört hatte mit dem Weinhändler, schob die alte Dame nach.

»Sie meinen, Viktor und ich?« Jona beugte sich über den Küchentisch, der nach altem Spüllappen roch. »Ich dachte, der hätte eher Interesse an der Vermieterin.«

Die Alte fiel in ihr Lachen ein. »Die lässt sich von keinem Kerl anbinden.«

»Und ihre Schwester?«

Es wurde still in der Küche.

»Ich weiß nichts von einer Schwester.« Die knochigen Finger griffen nach der Dosenmilch, von der sie einen ordentlichen Schuss in den Kaffee gab. »Aber der Kasten da oben«, ihr Knöchel klopfte gegen die Stirn. »der macht manchmal, was er will. Vielleicht habe ich es vergessen.«

Jona schielte auf ihre Uhr, aber der alten Dame war der Blick nicht entgangen. Sie schob sich mit dem Rollstuhl zwischen Tisch und Spüle, als könne sie so verhindern, dass der Besuch irgendwann ein Ende hatte.

»Sie wollten doch etwas über die Hausgemeinschaft wissen.«

Jona spürte ein leichtes Kribbeln der Kopfhaut, ein untrügliches Zeichen, dass gleich etwas Besonderes geschah. Sie lächelte, während ihr Körper sich anspannte.

»Früher hielten alle hier zusammen. Das kam durch Traute und ihre ewige Harmonie.

»Traute?«

»Traute Wismar, die ehemalige Hausbesitzerin. Für jeden hatte sie Verständnis. Nur ihr eigenes Kind konnte sie nicht begreifen. Diesen Wildfang.« In den Augen der alten Dame flackerte es auf.

»Und heute ist das nicht mehr so?«, beeilte Jona sich zu fragen. Das Trolley-Problem – sie glaubte selbst nicht mehr an eine Gemeinschaftstat, aber die alte Dame wusste so viel, und vielleicht konnte ein kleines Detail Licht in die Sache bringen und ihr die Zusammenhänge verständlicher machen.

»Sie hätte Ihnen gefallen, diese freche Person.« Unmissverständlich glitt der Blick der alten Dame über ihren roten Kapuzenpullover, die Schlaghose und die Clogs, die sie beim Umzug wieder ausgegraben hatte.

»Immer trug sie ihr Herz auf der Zunge, und entschuldigt hat sie sich nur, wenn sie es einsah, nicht wenn Traute sie darum bat.«

»Und wo lebt sie jetzt, die Tochter – der Wildfang.« Jona lächelte. Der Wildfang musste Mitte dreißig sein. Ulf hatte erwähnt, dass nach ihr gefahndet wurde. Die Aussteigerin, die es angeblich auf eine der kleinen, griechischen Inseln verschlagen hatte.

»Sie war hier.« Unerwartet schnellte Frau Kücherer in dem Rollstuhl nach vorn. Um ihren Mund lag ein weißer Rand, vielleicht schon länger. Aber jetzt fiel es auf, weil ihre Wangen sich röteten.

»Sie war hier? Wann denn?«

»Ich bin mir nicht mehr sicher.«

Die alte Dame legte ihren Kopf schief und versank in Erinnerungen. »Aber sie hat mir von unten gewinkt, und dann kam sie nicht mehr hoch. Sie hat gewinkt. Oder ich habe ihr gewinkt.«

Ihr Blick war auf eine Welt gerichtet, die nur sie sehen konnte. Eine flüchtige Welt, auf die kein Verlass mehr war. Wie traurig es sein musste, Erinnerungen nachzuspüren, die die Zeit fortgeweht hatte.

Jona wandte sich ab, bevor Frau Kücherer sich einer unangenehmen Beobachtung ausgesetzt sehen konnte. Druck veränderte die Dinge und provozierte haltlose Behauptungen. Sie legte ihre Hand auf den faltigen Unterarm der alten Dame und versprach, beim nächsten Besuch mehr Zeit mitzubringen.

Zehn Minuten später fuhr sie mit Vollgas Richtung Innenstadt. Keine Ausfälle in der Praxis mehr, das hatte sie sich geschworen. Ihr Terminkalender platzte aus allen Nähten.

***

Die Kirchturmuhr schlug sechs, als sie ihre Praxis verließ. Die letzten zwei Sitzungen waren besonders dynamisch gewesen. Beide Patienten litten unter generalisierten Ängsten. Sprengstoff pur. Die Spannung, die sich aufgebaut hatte, musste sie erst einmal von sich abschütteln.

Der Trubel auf der Zeil kam ihr unwirklich vor. Sie ließ ihren Blick über die Fußgängerzone wandern, über die einbetonierten Bäume, über die Menschen, Tausende Passanten täglich, die klein wirkten gegen die Glasfassaden der Kaufhäuser.

Sich in der Menge verlieren und treiben lassen; heute hatte die Vorstellung etwas Einsames. Es war der vierte Abend ohne Ulf, eine seltsame Vorstellung, dass er nur wenige Kilometer entfernt irgendetwas machte, von dem sie nicht wusste, was. Ihre Abmachung, sich jeden Abend zu sprechen, war stillschweigend in das Austauschen inniger Kurznachrichten übergegangen. Als würde jedes Gespräch ihre Gefühle in etwas Banales verwandeln.

Gestern Abend, als sie ihre Leinwand mit weiteren Mieterprofilen gefüllt hatte, war er ihr besonders nahe gewesen. Vielleicht, weil sie den Eindruck hatte, dass er ihr über die Schulter sah.

Sie schlenderte zu ihrer Vespa. Wohin jetzt? Bei dem Gedanken an die Villa beschlich sie ein ungutes Gefühl. Wenn ihr Plan aufging und eine der Schwestern von ihrem langen Gespräch mit Frau Kücherer erfuhr, konnte die Stimmung kühler werden, vielleicht sogar kippen. Und den ganzen Abend eingesperrt in der Dachkammer, das schnürte ihr schon allein bei dem Gedanken daran die Luft ab. Sie stellte sich einen gemeinsamen Wein mit ihrer Freundin Lu vor, einen Überraschungsbesuch bei ihrer Schwester. Oder sollte sie doch allein spazieren gehen. Am Fluss. Im Grünen. Das Bild, das plötzlich vor ihrem inneren Auge stand, überraschte sie selbst.

Am Portal des Hauptfriedhofs zögerte sie kurz. Wenn Ulf gerade in diesem Moment das Grab seiner Frau besuchte. Sie schob den Gedanken beiseite und folgte dem Hauptweg, begleitet vom Zwitschern der Vögel. Hier, im Reich der Toten, kam es ihr besonders laut vor, wie um die Stille des Ortes zu unterstreichen.

Den kleineren Pfad, in den sie einbog, kannte sie noch von ihrem ersten Besuch am Grab, zu dem Steiner sie mitgenommen hatte. Acht Monate war das her. Ihr schienen es Jahre.

Vor der schlanken, in sich gedrehten Steinsäule blieb sie stehen. Das Grab war gesäubert. Beim Anblick der frischen Blumen in der Vase wusste sie, dass es ein Fehler gewesen war, diesen intimen Platz aufzusuchen. Ulf ausgerechnet hier nahe sein zu wollen, das war … sie betrachtete die Steinplatte mit dem eingravierten Namen … übergriffig. Sie verließ das Grab und wurde erst auf dem Hauptweg wieder ruhiger. Der breite, von hohen Bäumen überschattete Asphaltweg gab ihr das Gefühl, sich auf neutralem Boden zu bewegen. Von hier aus konnte sie zu allen möglichen Gräbern unterwegs sein.

Bevor sie überlegen konnte, ob das nicht ihre zweite schlechte Idee war, schlug sie schon den Weg zur Friedhofsverwaltung ein.

***

Traute Wismar und Hugo Wismar. Jona konnte den Blick nicht von der eingravierten Steinrose wenden, die sich zwischen den beiden Namen rankte und die beiden Menschen über den Tod hinaus in Verbindung zu halten schien. Wie schön, und wie traurig.

Herrgott, war sie heute sentimental.

Sie hatte eine Ewigkeit gebraucht, um die Lage nach den Angaben der Friedhofsverwaltung zu finden, und jetzt stand sie an einem Doppelgrab, von zwei Steinsäulen eingerahmt, und war von dem Schicksal fremder Menschen berührt.

Ein frischer Kranz lag auf dem weißen Kieselbeet, das von Polsterstauden und Gräsern durchsetzt war. Bunt und üppig quollen die eingefassten Blumen aus dem Bouquet. Jona beugte sich hinab und drehte die Trauerschleife herum. *In Dankbarkeit* las sie. Vielleicht ein Gruß von Maren Keiler. Die hatte allen Grund, dankbar zu sein. Eine Villa und bestimmt nicht wenig Barvermögen, dafür konnte man auch mal ein paar Blumen springen lassen, besonders wenn man als Floristin aushalf. Oder Ellen Beetz. Indirekt beerbte sie ihre ehemalige Heimbewohnerin ja auch. Jona trat ein Stück hinter das Grab zurück. Es war genauso stilvoll und von in die Jahre gekommener Eleganz wie die Villa. Und es wirkte in irgendeiner Weise komplett. Als seien sich diese beiden Menschen, deren Namen die Inschrift trug, genug. Vielleicht hatte es keinen Platz für die umtriebige Tochter gegeben. Den Wildfang. Astrid Wismar, die es vorzog, auf einer Insel in der Anonymität zu leben. Die junge Frau tat ihr leid. Sie würde es vermutlich eines Tages bereuen, sich nicht von ihrer Mutter verabschiedet zu haben. Wenn es stimmte, was Frau Kücherer sagte, dann hatte sie vor ein paar Monaten einen letzten Versuch zur Versöhnung gestartet und war zu spät gekommen und wieder abgereist. Vielleicht sollte sie Frau Kücherer morgen noch einmal darauf ansprechen und die genaue Jahreszeit zu erkunden suchen.

Schon wieder kreisten ihre Gedanken um die Ermittlungen.

Nachdenklich verließ sie die letzte Ruhestätte der beiden.

Zehn Minuten später stand sie vor Steiners Haus. Von der Vespa aus sah sie zum vierten Stock hinauf. In einer Stunde würde es zu dämmern anfangen. Blaue Stunde. Wie es wohl wäre, mit Ulf in der Abenddämmerung wortlos durch die Straßen zu gehen. Auf dem Rasenstreifen am Main zu sitzen, den tiefblauen Himmel über sich, und dem Abend beim Dunkelwerden zuzuschauen. Sie setzte den Helm ab, fuhr sich durchs Haar. Vor ihr am Bordsteinrand pickte eine einbeinige Taube an einem Brötchenrest.

Also schön, sie hatte Sehnsucht. Das war ja kein Verbrechen. Sie zog ihr Handy aus der Tasche und wählte Steiners Nummer. Doch Ulfs Stimme meldete sich nur von Band. Sie widerstand der Versuchung, nach oben zu gehen und einen Gruß an die Wohnungstür zu hängen.

Ziellos fuhr sie mit der Vespa durchs Nordend, dann Richtung Main. Am Rossmarkt drosselte sie das Tempo und scherte beim Anblick des Kinos an den Seitenstreifen. Ohne nach der Programmauswahl zu schauen, reihte sie sich in die Schlange ein.

Als sie gegen elf ins Dichterviertel zurückkehrte, lag der Stadtteil schon im Schlummern. Die Straßen waren menschenleer, nur die erhellten Fenster zeugten von Leben.

Sie trat durch das Gartentörchen und maß die dunkle Fassade der Villa. Der Anblick täuschte. Die Wohnzimmer aller Wohnungen gingen zum Garten hinaus. Laut Frau Kücherer hatten früher alle Mieter Zugang zu dem Kleinod gehabt. Wenn auch in den rückwärtigen Fenstern kein Licht stand, würde sie dort unter den Obstbäumen eine letzte Nelkenzigarette rauchen. Sie lief ums Haus herum und blieb an der Regentonne stehen. Im fahlen Lichtschein der Wohnzimmerbeleuchtung saß Ellen Beetz auf einem Gartenstuhl und starrte in die Dunkelheit.

Etwas an ihrer angespannten Haltung ließ Jona zögern, sie anzusprechen. Sie blieb im Schutz der Regentonne stehen. Wie gut, dass kein Bewegungsmelder ansprang. Vielleicht wartete Frau Beetz auf Bella. Doch Bella schlich um ihre Beine. Jetzt fixierte sie das Hochbeet und sprang mit einem Satz mitten in die Veilchen. »Du sollst nicht«, zischte Ellen Beetz und riss im Aufstehen beinahe den Stuhl um. Mit zwei Händen griff sie nach der Katze und stellte sie auf den Boden zurück. Bella maunzte. Es schien nicht das erste Mal zu sein, dass sie unsanft aus den Blumen gezogen wurde. Sie drehte ihr Köpfchen in Richtung Regentonne. Jona hielt die Luft an. Bevor die Katze zu ihr laufen konnte, streckte Frau Beetz ihre Arme nach ihrem Liebling aus und setzte ihn sich auf den Schoß. Sanft und beschwörend streichelte sie das Fell, während sie leise auf Bella einredete. »Überall hin, aber nicht hierhin, verstehst du. Nicht auf das Beet.«

Jona betrachtete das seltsame Bild, das die beiden abgaben, dann löste sie sich leise von ihrem Platz und rauchte ihre Zigarette auf den Steinstufen des Eingangsportals.

***

Jona stellte die Tasse auf den Rost der Kaffeemaschine und sah zu, wie auf Knopfdruck die dampfende Flüssigkeit hineinlief. Sie glaubte nicht an Vorzeichen, aber seit dem Schreck am Morgen …

Wieder dachte sie an den Moment, an dem sie die kleine Toilette im Dachgeschoss hatte verlassen wollen und gegen die geschlossene Tür geprallt war. Sie probierte es mit Geduld, mit Geschick und schließlich mit Gewalt, bis sie gegen die Tür schlug und um Hilfe rief. Nach einer gefühlten Ewigkeit wurde sie von außen aufgezogen und Joschuas verschlafene Augen sahen sie an.

»Klemmt manchmal«, sagte er und musterte ihre halbnackte Gestalt. »Alles okay?« Von wegen! Jetzt noch spürte sie die Panik in sich aufsteigen, wenn sie an den engen, stickigen Toilettenraum dachte, in dem sie sich gefangen gefühlt hatte.

Jona nahm den Espresso vom Rost und rührte zwei Löffel Zucker ein, bevor sie den ersten Schluck nahm.

Die Tür war weder verschlossen gewesen noch von außen mit etwas verkeilt. Joschua hatte in Unterhosen und mit leeren Händen vor ihr gestanden.

Fahrigkeit, dachte sie. Wenig später hatte sie vorsichtig das zerborstene Glas aus dem Seitenspiegel ihrer Vespa gelöst, an dem irgendein Vollidiot seine Wut ausgelassen hatte. Und jetzt diese Sitzung mit der Klientin, die sie erst seit drei Tagen, seit ihrer ersten, probatorischen Sitzung kannte. In einer schwachen Minute hatte sie deren Bitte um einen spontanen Sondertermin nachgegeben und ihre Mittagspause verkürzt. Um sich fünfzig Minuten Bosheiten über eine längst verstorbene Schwiegermutter anzuhören, die ihren Sohn verwöhnt und ihm jedes Gefühl von Verantwortung aberzogen hatte. In regelmäßigen Abständen streute sie ein, dass man die Toten ruhen lassen solle, um sofort zu einem erneuten Schlag gegen ihre Schwiegermutter auszuholen.

Jona sah auf die Kaufhausfassade gegenüber, in deren Glas sich die Baumkronen spiegelten, und nippte am Espresso. Sie hatte es verpasst, zu gegebener Zeit zu intervenieren.

Es lag an diesem Satz. Man soll die Toten ruhen lassen. Dazu das wutrote Gesicht der Sechzigjährigen. Man soll die Toten ruhen lassen. Wie eine Beschwörung hatten die Worte den Raum gefüllt und sich zu etwas verdichtet, was unaufhaltsam in ihrem Kopf Gestalt annahm. Ihre Gedanken wanderten zur gestrigen Szenerie im Garten der Villa. Zu Ellen Beetz, mitten in der Nacht auf dem Gartenstuhl. Die ganze Sitzung über hatte sie versucht, die Erinnerung auszublenden, aber jetzt, in den ersten ruhigen Minuten des Tages, wusste sie plötzlich, an was die gestrige Beobachtung sie erinnerte. Totenwache. Ellen Beetz hatte wie eine Wächterin auf dem Stuhl gesessen. Aber über was wachte sie?

Nicht auf das Beet, hatte sie gezischt und ihre geliebte Katze ziemlich unsanft aus den Blumen gepflückt. Wachte sie über das Hochbeet?

Sie verließ die Küche und setzte sich an ihren Schreibtisch. Obenauf lag das Notizblatt für die Patientenakte, blank ohne eine einzige Notiz zur Sitzung.

Stattdessen stand ihr die eigene Kladde in der Dachkammer deutlich vor Augen. Von einer hilfsbereiten und verschwiegenen Ellen Beetz war da die Rede. Hilfsbereit und verschwiegen. Perfekte Eigenschaften für eine Wächterin, eine Wächterin über was, verflucht?

In Gedanken ging sie ihre Notizen aus der Kladde durch. Neulich hatte Ellen Beetz Viktor aufgesucht, Maren war ihre Schwester, bei Hanna hatte sie nach ihrem eigenen Besuch noch einmal geklingelt, und bei Frau Kücherer ging sie ein und aus. Um ihr zu helfen. Als Pflegekraft kannte sie sich aus, mit Handgriffen, mit den Bedürfnissen alter Menschen, mit Verpflegung, Medikamenten.

Und mit Tabletten! Jona starrte auf die Ledersessel in der Mitte des Raumes, die ihr abweisend den Rücken kehrten.

Die alte Kücherer mit ihren Demenzschüben. Selbst Joschua redete ganz offen über ihre Vergesslichkeit, die sprunghaft zunahm. Dabei war sie so klar gewesen gestern beim Frühstück. Vielleicht, weil ihr noch keine Tablettenration verabreicht wurde.

Niemand nahm die Worte der alten Dame ernst.

Jona sprang auf. Auch sie selbst hatte die Erzählung von dem Besuch der Tochter Frau Wismars als Verwechslung abgetan. Als sentimentale Gedanken, in die Gegenwart projiziert. Es stand noch nicht mal in ihrer Kladde. Dabei waren die Wangen der alten Dame gerötet gewesen; aus Erregung, weil ihr keiner glaubte. Sie warf einen letzten Blick auf den Ledersessel, in dem sich vor wenigen Minuten ihre Wahrnehmung ein kleines Stück verrückt hatte.

Man soll die Toten ruhen lassen.

Es war absurd. Eine Spinnerei vielleicht, aber ihre Hypothese ergab Sinn; die Erbschleicherei, das Auftauchen Astrid Wismars, die Verwirrtheit Frau Kücherers, und jetzt das auffällige Verhalten von Ellen Beetz. Sie stockte. Ihre These vom Trolley-Problem ergab plötzlich wieder Sinn, aber anders als gedacht. Nicht Torben Fischer war der, der der Gemeinschaft wegen geopfert werden musste, der Störenfried, sondern Astrid Wismar! Sie war zurückgekehrt und hatte den gut durchdachten Plan der Erbschleicherei zunichte gemacht. Dann wäre es kein Wunder, dass das Nachlassgericht seit Wochen vergeblich nach der Tochter der Verstorbenen forschte.

Sie verließ die Praxis und eilte an die Hauptwache. Bevor sie auf ihren Roller stieg, stellte sie ihr Handy lautlos. In eineinhalb Stunden kam ihr nächster Patient, bis dahin war das Ganze entweder total eskaliert oder sie hatte den endgültigen Beweis, dass ihre Intuition keinen Cent wert war.

Am Eisentörchen der Villa hämmerte plötzlich ihr Puls. Es musste schnell gehen, schnell und unaufgeregt. Sollte jemand im Haus sein und ihr Kommen bemerkt haben, würde sie ihr Rad aus dem Keller holen. Ihre Vespa stand zwei Querstraßen weiter. Sie durchquerte den Vorgarten und betrat die Villa ohne Eile. In der Diele war es still. Sie blieb eine Sekunde im Fokus der Türspione stehen und stieg dann in den Keller hinab. Der spärliche Lichtstrom, der durch die Milchglasscheibe der Eingangstür floss, reichte nur bis zum Garderobenständer. Im Halbdunkel schob sie die angelehnte Eisentür auf und betrat die gewölbeartige Werkstatt. Es war düster, die Sägen und Schraubenschlüssel an der Wand gegenüber kaum zu erkennen. Die Gartengeräte standen ausgerechnet in der dunkelsten Ecke, hinter der Töpferbank. Sie tastete mit den Händen an der Wand entlang und bekam einen Holzstiel zu fassen, einen Laubrechen, einen Spaten. Die Aluminiumstange, gegen die ihre Hand stieß, wäre zu Boden gefallen, wenn sie nicht mit ihrem Fuß dazwischengegangen wäre. Schweißgebadet griff sie nach der Teleskopstange und begriff im nächsten Moment, dass sie gefunden hatte, was sie brauchte.

In ihrem Leben gab es nicht viele Entscheidungen, die sie bereut hatte. Jetzt, mit der ausziehbaren Teleskopstange in den Händen, war sie sich nicht sicher. Im Treppenhaus war es noch immer still. Nur ihr unterdrücktes Atmen war zu hören, und das Aufsetzen ihrer Gummisohlen.

Sie lief um die Villa, spähte von der Regentonne aus in den Garten und atmete auf. Niemand zu sehen! Auch der Wintergarten war geschlossen. Eine Reihe leerer Blumenkübel stand auf dem Boden. Vielleicht wurde gleich noch eingetopft. Sollte eine der beiden Schwestern sie überraschen oder vom Wohnzimmerfenster aus sehen, blieb nur noch die Flucht.

In dem Moment, in dem sie die Spitze der Teleskopstange ins bepflanzte Hochbeet schob, wurden ihre Knie weich. Die Holzumrandung ging ihr bis zum Bauch. Nur mühsam bohrte sich das Aluminium durch die Erdschichten. Sie spürte einen Widerstand. Etwas Hartes, gegen das die Spitze der Stange stieß. Erschrocken zog sie die Teleskopstange heraus. Konnte das ein Knochen sein? Wie lange wäre Astrid tot? Vier, fünf Monate. War da der Körper schon zersetzt? Ihr wurde flau. Mit aller Kraft stieß sie die Teleskopstange ins Hochbeet, diesmal direkt zwischen die Primeln, und bohrte das Aluminium so fest sie konnte ins Erdreich. Wieder drang sie nicht zum Boden des Hochbeetes vor. Als sie die Stange herauszog, war der vordere Teil mit einer schleimigen Masse überzogen. Entsetzt nahm sie den fauligen Geruch wahr, dann explodierte ihr Hinterkopf vor Schmerz und es wurde schwarz um sie.

19

Eine seltsame Empfindung strömte durch ihren Körper. Sie war schwerelos, abgetrennt von allem. Jona Hagen lag vor ihr am Hochbeet. Kein Blut am Kopf, nur der verdrehte Rücken und ihr Gesicht im Gras. Dann blieb die Luft stehen. Kein Laut mehr, kein Vogelzwitschern. Tot. Ellen rang nach Atem. Fixierte den Keramiktopf in ihrer Hand, auf dem doch ein Blutfleck saß, ein kleiner, dunkelroter Klecks, rot wie flüssiges Johannisbeergelee, bis sich endlich ein Schrei aus ihrer Kehle löste.

»Was ist denn?« Maren zog die Kopfhörer von ihren Ohren und sah sie entgeistert an. Die silbernen Jalousien an der Durchgangstür schaukelten noch immer von ihrem Gehämmer gegen die Glastür.

Zwei Minuten später lag der reglose Körper der Therapeutin zwischen Ledersofa und Wohnzimmerbar. Sie lebte, Maren hatte ihren Puls am Hals erfühlt, bevor sie mit einem undefinierbaren Blick im Flur verschwunden war. Hörte sich an, als telefoniere sie.

Ellen lehnte sich an die Wand. Aufpassen, das war gut gesagt. Was, wenn Jona Hagen die Augen aufschlug. Noch wusste sie nicht, wer ihr die Beule verpasst hatte, die sich deutlich sichtbar unter dem kurzen Haar abzeichnete. Wusste nicht, wer sie in

Marens Wohnzimmer geschleift und wer Astrid im Hochbeet verscharrt hatte. Verscharrt. Ob man sie jetzt wegen beiden verdächtigte?

Vorsichtig näherte sie sich dem reglosen Körper und legte zwei Finger auf das Handgelenk. Der Puls war stabil. Trotzdem, sie brauchten einen Arzt, egal, was Maren sagte. Mit steifen Schritten lief sie in die Küche. Maren telefonierte schon wieder.

»Es ist dringend. Wir brauchen auch den Lieferwagen.«

Eine Pause entstand.

»Häng ein Schild raus. Das Ganze dauert vielleicht eine Stunde. Krampner erwartet dich.«

Sie drückte die Verbindung weg und zündete sich eine Zigarette an. Erst als sie einen tiefen Zug in ihre Lungen inhaliert hatte, wandte sie sich um.

»Mensch, Ellen.« In ihrer Miene lag kein Vorwurf. Nur Ratlosigkeit. Wie eine Ertrinkende saugte sie am Filter der Zigarette und ließ den Rauch aus Mund und Nase strömen.

Sie wollte auch eine. Traute sich nicht, darum zu bitten. »Was machen wir denn jetzt?« Dieselbe Frage, derselbe hilflose Ton wie damals am Totenbett ihrer Mutter. Nichts hatte sich geändert. Auch nicht, dass ihre Schwester ganz selbstverständlich das Zepter in die Hand nahm. Keine Vorwürfe, keine Panik, nur ein »Mensch, Ellen.« Hatte sie nicht sogar geblinzelt?

»Hör mal, Ellen, am besten, wir besprechen das mit Viktor. Er ist schon unterwegs.« Ein gequältes Lächeln erschien auf ihrem Gesicht. »Vertrau mir.«

Sie trank ein Glas Wasser aus der Leitung, das sie noch einmal auffüllte und ihr reichte. »Trink. Und dann gehen wir rüber und sorgen dafür, dass sie nichts sehen kann und der Knebel um den Mund sitzt, ohne dass sie erstickt.«

Eine schreckliche Sekunde lang war Ellen sicher, dass die Therapeutin aufgewacht und geflohen war, aber sie lag auf dem Holzboden, in gekrümmter Haltung, das Gesicht zur Seite gewandt.

***

Die Kirchenglocke schickte zweimal ihr blechernes Geläut durch das Wohnviertel. Ellen starrte auf die leere Fläche zwischen Bar und Ledersofa. Ein Büschel Gras von der Hängematte, in die sie Jona Hagen gewickelt hatten, war als einziger Beweis der irrealen Szene geblieben.

Sie fuhren sie zu einer Baustelle, sie fesselten sie in einem abgelegenen Keller, sie vergewisserten sich, dass sie zu Bewusstsein kam. Sonst taten sie nichts, Maren hatte ihr das versprochen. Maren und ihre Versprechen. Ihr drehte sich der Magen um.

Und ihr Part? Spuren verwischen, wenn es welche gab. Mehr als ein paar Stunden blieben ihnen nicht, dann würde die Therapeutin vermisst werden. Wenn sie Glück hatten, einen ganzen Tag.

Das bleiche Gesicht des Weinhändlers trat wieder vor ihre Augen. Wenn Herr Boehm Marens Versprechen, Jona zu schonen, ignorierte? Oder dieser Krampner. Von ihm war der Schlüssel zur Baustelle, wenn sie das richtig verstanden hatte.

Ellen griff nach dem Grasbüschel. Ihr war schwindlig, als sie den Garten betrat und die Teleskopstange mit Wasser abspritzte, desinfizierte und im Keller nachsah, ob es die aus der Werkstatt war. Die Lücke zwischen den Gartengeräten ließ keinen Zweifel. Dann hatte sie die Sache vielleicht doch nicht geplant, sondern war spontan ihrem Verdacht nachgegangen. Welchem genau? Grübelnd setzte sie ihre Arbeit im Garten fort und ging vor dem Hochbeet in die Knie, um das Gras nach Blutspuren abzusuchen, Zentimeter für Zentimeter. Da waren keine. Noch nicht einmal abgeknickte Grashalme.

Erst im Aufstehen sah sie das rhythmische Blinken am Fuß des Hochbeetes. Sie zog das Handy aus dem Gras und sah auf das leuchtende Display. Eine Ute rief an. Ihr Puls jagte. Ermittelte die auch? Dann konnte man das Handy orten. Auch jetzt gerade, in diesem Moment. Wie Pech klebte das Mobiltelefon in ihrer feuchten Hand. Irgendwo hatte sie gelesen, dass man auch ausgestellte Handys orten konnte. Sie drückte am Knopf herum, schob es in ihre Hosentasche und lief damit auf die Straße hinaus, lief durch die Mittagsruhe des Dichterviertels, spähte in blühende Vorgärten, zögerte an Papierkörben, blieb selbst vor dem gelben Postkasten stehen und erstarrte plötzlich, über den Rost eines Straßengullis gebeugt. Ihre Fingerabdrücke waren auf dem Handy. Sie musste es desinfizieren oder zerstören und die Einzelteile entsorgen. Schweißgebadet kehrte sie zur Villa zurück, bis ihr der Bagger an der Baustelle gegenüber ins Auge fiel. Die Bauarbeiter machten Mittagspause. Niemand nahm Notiz von ihr, als sie sich am Bauzaun vorbei auf das Grundstück begab, um den Zierteich zu bewundern. Mit einem leisen Plätschern versank das Handy auf seinem Grund.

In der Wohnung zurück, ging sie zum Kühlschrank, öffnete ein Glas Wiener Würstchen und verschlang den gesamten Inhalt im Stehen, bevor sie unter die Dusche ging. Sie zog sich frische Kleidung an und stopfte die getragene zuunterst in den Wäschesack. Wie eine Täterin. Wie eine verdammte Täterin.

Den Lieferwagen hörte sie erst, als draußen die Beifahrertür zuschlug und der bordeauxrote Transporter schon wieder davonbrauste. Maren kam allein zurück. Sie war bleicher, als sie sie je zuvor gesehen hatte.

»Also nochmal von vorne. Du hast sie beim Stochern im Hochbeet gesehen und dich von hinten angeschlichen.«

»Nein.« Ihr Fuß suchte Halt auf den Streben. Diese verdammten Barhocker. »Ich bin rausgegangen und wollte sie ansprechen. Aber sie hat mich nicht wahrgenommen, sie starrte wie hypnotisiert ins Beet. Dann stand da der Keramiktopf – für das Basilikum.« Sie brach ab und stürzte das Glas Wasser hinunter, das auf der Küchentheke stand. »Und es geht ihr wirklich gut?«

»Sie war benommen. Eine kleine Gehirnerschütterung, sonst nichts. Ihr Pech, wenn sie die Tablette nicht nimmt.« Marens Hand zitterte, als sie sich eine Zigarette anzündete. »Jetzt guck nicht so. Viktor hat blaue Flecken von ihren Ellbogen und eine Bisswunde an der Hand.«

Wie eine Giftwolke quoll der Rauch aus ihrem Mund.

»Die K.-o.-Tropfen hat sie ihm auch aus der Hand geschlagen. Ein Gedächtnisverlust, das wäre für uns alle gut gewesen.«

»Ich verstehe nicht.«

»Wenn sie wieder klar denken kann, wird sie eins und eins zusammenzählen. Und dann auf uns kommen. Wer sonst sollte sie im Garten der Villa überrumpeln?«

»Das heißt, sie hat noch nicht gewusst, wer sie fesselt?«

»Keine Ahnung. Vielleicht hat sie auch nur verdammt gut gespielt.« Marens Blick durchbohrte sie. So einen Blick hatte sie noch nie an ihr gesehen. »Die Frage ist: was machen wir jetzt mit ihr?«

Das Ticken der Uhr war das einzige Geräusch in der Küche. Waren sie sich jemals so nahe gewesen, gefangen in der gleichen Katastrophe, aus der es keinen friedlichen Ausstieg mehr gab.

»Ich kann mit ihr reden.« Ellen stieg vom Hocker und sah einen neuen Zug in Marens Gesicht treten.

»Warte. Wie kommt sie eigentlich dazu, im Hochbeet zu stochern? Außer mir und dir …«. Sie verstummte. Gelogen. Maren hatte sich ihrer eigenen Lüge überführt. Auf dem hohen Barhocker ohne Lehne sah sie plötzlich klein aus, kleinlaut. Ellen trat einen Schritt zurück.

»Du hättest mir sagen müssen, dass Viktor eingeweiht war.«

»Ich wollte dich da raushalten.« Marens Stimme verrutschte. »Ellen. In meinem Leben gibt es immer jemanden, der mir einen Strich durch die Rechnung macht.« Sie stützte sich auf die Küchentheke. Das viele Gold und Silber der Kücheneinrichtung. Es wirkte albern, wie die Persiflage von Luxus.

»Viktor holte zufällig im Keller Wein, als ich Astrids Körper im Schlepptau hatte. Es blieb mir nichts anderes übrig, als ihm die Wahrheit zu sagen und einen Teil des Erbes zu versprechen. Warum sollte er Jona Hagen davon erzählen?«

»Weil sie ihm gefällt?« Ellen zuckte mit den Schultern. »Weil sie neulich viel Wein zusammen getrunken haben. Weil sie es darauf anlegte, ihm etwas zu entlocken. Sie ist Therapeutin.« Und Polizistin. Aber das behielt sie besser für sich. Wenn ihrer Schwester jemand in die Quere kam, konnte es gefährlich werden.

Im Vorgarten quietschte das Gartentor. Maren sprang vom Hocker und trat ans Fenster. Ihrem Aufstöhnen folgte ein langes, forderndes Klingeln an der Tür.

Ellen starrte auf den goldenen Barhocker, auf dem ihre Schwester gerade noch gesessen hatte. Sie konnte dem Kommissar in der Diele das Blaue vom Himmel erzählen. Stattdessen betrat sie die Küche.

»Er will zu Jona Hagen. Verstehst du das?«

Ihr Nein klang hohl. Doch Maren hörte schon nicht mehr zu. »Bin kurz telefonieren«, sagte sie und verschwand im Wohnzimmer. Es dauerte nicht lange, bis der Kommissar wieder vor ihrer Tür stand.

»Eine von Ihnen müsste so nett sein, mir die Dachkammer aufzuschließen.« Die freundliche Stimme passte nicht zu seinem Gesichtsausdruck.

»Ist etwas passiert? Bitte nicht schon wieder in diesem Zimmer.«

Marens Entsetzen klang so echt, als hätte sie Schauspielunterricht genossen, ebenso ihr Bedauern, mit dem sie versicherte, keinen Zweitschlüssel für die Mansarde zu besitzen.

Wortlos folgte sie dem Kommissar die Holztreppe in den Dachboden hinauf. Selbst vom Erdgeschoss aus war zu hören, mit welcher Wucht der Tür zugesetzt wurde, bevor nach einem zweiten Knall das Bersten von Holz dem Spektakel ein Ende bereitete. Die chaotische Künstlerbude mit der Ermittlungswand öffnete sich ihren Blicken. Jona Hagen hatte sie wahrscheinlich längst um Marens und ihr Profil erweitert. Ellen hielt sich am Türpfosten fest und schaute auf die Tür gegenüber, auf den Glaseinsatz und den Spion, der ihr so gute Dienste geleistet hatte. Jetzt stand sie selbst unter Beobachtung, und ihre Tage in der Villa waren gezählt.

Hochgehen. Hochgehen und gestehen. Es war vielleicht ihre letzte Chance, Jona Hagen zu retten. Und sich selbst nicht mitschuldig zu machen. Weder Viktor noch Maren würden ihrer Bitte nach Schonung nachkommen, geschweige denn dieser Krampner, der sie nicht einmal persönlich kannte. Auch wenn Maren wieder das *Wir* ins Spiel gebracht hatte. Waren das ihre Schritte? Es klang, als käme der Leibhaftige die Treppe hinunter.

»Der Kommissar sitzt in der Kammer und hat die Tür zugezogen. Ist das normal?«, raunte sie. »Was verflucht macht er da oben?«

Was machte er da oben? Ellen nahm die Blumenkralle, die Maren ihr in die Hand gedrückt hatte und lockerte die Erde ihres Gemüsebeetes auf. Gemeinsame Gartenarbeit als Grund für ihr Beisammensein, das war lächerlich. Steiner wusste längst, dass sie Schwestern waren.

Was machte er da oben so lange? Er las! Wie hatte sie bloß das Notizbuch vergessen können. Es war der Schlüssel zu ihrem Untergang. Jetzt noch beichten war sinnlos.

Woher wusste die Therapeutin von Astrid? Vom Nachlassgericht. Nein, von der alten Kücherer! Weil die ohne Benzodiazepine wieder klar war. Wieder ihre Schuld.

»Gib Bescheid, wenn du was hörst.« Maren nestelte an der Regentonne. Sobald Steiner das Haus verließ, wollte sie nach oben. Aber finden würde sie außer den Leinwandermittlungen nichts. Steiner würde das Notizbuch seiner Freundin mitnehmen.

Die Zinken der Blumenkralle hackten ins Beet, dass die Erde nur so spritzte.

Plötzlich stand der Kommissar im Garten. Wie damals, als er ihnen beim Baumschneiden zugesehen und etwas von *totem Holz entfernen* geredet hatte. Das Notizbuch lag in seiner Hand, sie hätte den blauen Umschlag aus Tausenden heraus erkannt.

Mit schmalen Augen sah er sie an. War sie jetzt verhaftet? Er konnte unmöglich alles gelesen haben. Wo sich Viktor Boehms Weinladen befinde, wollte er wissen und notierte sich die Adresse, die sie ihm nannte.

Ohne ein weiteres Wort verließ er den Garten. Als das Tor hinter ihm ins Schloss gefallen war, zückte Maren ihr Handy.

»Kommissar Steiner ist auf dem Weg zu dir. Er sucht sie. Park den Lieferwagen um«, sagte sie und gab nach einer Weile gereizt hinzu, er solle einfach machen.

20

Ihr war kalt. Bei jeder Bewegung schnitt die Fessel in ihr Handgelenk. Erschöpft lehnte sie sich an die Heizungsrippen. Der rasende Kopfschmerz zerschnitt jeden Gedanken. Sie musste das Tuch von den Augen kriegen und den Knebel aus dem Mund.

Schwärze kroch in ihre Lungen. Sie atmete aus, zählte bis fünf, atmete ein und zwang sich, die Luft erst bei fünf entweichen zu lassen.

Sie war gestürzt. Da war das Hochbeet gewesen, im Garten der Villa, und die Teleskopstange mit dem seltsamen Schleim. Plötzlich stand ihr alles vor Augen. Astrid Wismar! Ermordet und im Hochbeet vergraben. Und jetzt war sie als nächste dran.

Es waren zwei gewesen, die sie gefesselt hatten. Mindestens. Was immer sie ihr auch hatten einflößen wollen, war auf den Boden geschwappt. Ihre Zähne hatten sich tief in den fremden Handrücken geschlagen.

Sie versuchte, einen klaren Gedanken zu fassen.

Es konnten doch nur die Schwestern gewesen sein. Oder Mieter aus dem Haus?

Ihr Handy hatten sie wahrscheinlich auch.

Wenn Maren Keiler oder Viktor die Fotos darin sahen, wussten sie, dass ihr Geheimtreffen an der Baustelle nicht so geheim gewesen war. Die Baustelle!

Jona riss ihre Augen auf und sah in die Schwärze.

Die Erschütterungen, die der Betonboden übertrug – kamen die von vorbeirasenden Zügen? Die Baustelle lag in unmittelbarer Nähe zu den Gleisen. Der kalkige Geruch, der Mörtel auf dem Boden und die Kellerkühle, alles passte. Hielt man sie im Gemäuer der früheren Kult-Bar gefangen?

Dann wäre Moritz Krampner in die Sache verwickelt, und Ulf auf der richtigen Spur. Ulf! Sie dachte an sein Lächeln. Seinen Blick, in dem so viel Liebe lag. Und Vertrauen in sie. Warum hatte sie nicht wenigstens Ute eine Notiz hinterlassen? Ute würde merken, dass etwas nicht stimmte, wenn die Patienten vor der Praxis standen und sie nicht zum Termin erschien. Und hoffentlich Ulf anrufen.

Sie versuchte, eine einigermaßen bequeme Haltung einzunehmen. Eine Ewigkeit kauerte sie schon auf dem kalten Steinboden und malte sich aus, was geschah, wenn sie wiederkamen. Wenn *sie* wiederkam – Maren Keiler. Wieso dachte sie nur an die Vermieterin? Das raue Lachen fiel ihr ein, und die unkomplizierte Art, Dinge zu regeln, die sie am Anfang ihrer Begegnung für Herzlichkeit gehalten hatte.

Ulf hatte ihr Befangenheit attestiert, Ute blinde Flecken. Beide lagen richtig.

Sie war zu weit gegangen. Und Hanna Vers saß noch immer unschuldig im Gefängnis.

Genau wie sie. Es konnte Tage dauern, bis jemand hier auftauchte. Vielleicht sogar Wochen.

Sie spürte einen Druck auf der Brust und zog die bleischwere Luft durch die Nase ein.

Ulf würde nach ihr suchen! Sie wiederholte den Satz in Gedanken, wieder und wieder. Spätestens am Abend würde er in die Villa fahren. Würde sich Zugang zu ihrer Mansarde verschaffen, die Leinwand sehen, ihre Kladde finden. Und seine Schlüsse ziehen. Gut, dass sie ihren für heute geplanten Besuch im Weinladen notiert hatte. Ulf würde nach ihr fahnden. Ute vielleicht in Dauerschleife bei ihr anrufen. Vielleicht hatten sie ihr Handy. War dann auch Ute in Gefahr?

Von fern drang ein Geräusch an ihr Ohr. Ein Rumpeln, dann klirrte etwas – wie Metall, das auf einen Steinboden schlug.

Ohne zu überlegen, versuchte sie zu schreien. Sie würgte unter dem Druck des Knebels, verschluckte sich und versuchte es erneut, soweit es ihr Brechreiz zuließ.

Nach einer Weile hielt sie inne. Es war still. Und dann suchte ein neuer Gedanke sie heim, einer, der sich in der Schwärze wie ein Gift ausbreitete.

Ulf war sich sicher gewesen, dass Torben Fischer noch einem anderen Geheimnis als dem der Erbschleicherei auf die Spur gekommen war. Hatte der Makler von Astrids Tod gewusst und dafür mit dem Leben bezahlt?

21

Maren würde nicht mehr wiederkommen. Pack ein paar Sachen, nur für den Notfall, hatte sie gesagt, bevor sie den fremden Schlüssel eingesteckt und ihr nach einem grotesk wirkenden Lächeln auf die Schulter geklopft hatte. Notfall. Seit zwanzig Minuten saß sie reglos in dieser futuristischen Küche und sann der Bedeutung des Wortes nach.

Sobald sie diese Wohnung verließ und ihre eigene betrat, war der Albtraum vorüber und ein neuer begann. Sie, Ellen Beetz, Mieterin aus dem Erdgeschoss links, hatte sich auf unrechtem Wege Eigentum erschlichen, deckte einen Mord und behinderte polizeiliche Ermittlungen. Mit diesem Geständnis würde ihr Telefonat beginnen, wenn der Kommissar abnahm. Seine Visitenkarte steckte in der Schale auf dem Flurboard.

Ihr Blick schweifte durch den fremden Kosmos ihrer Schwester und blieb auf der Kaffeetasse mit den goldenen Sternchen liegen.

Mein Sternchen, hatte ihr Vater in guten Momenten gesagt. Über die schlechten schwieg Maren. Sie selbst hatte nie nachgefragt.

Aber auch das gehörte der Vergangenheit an.

Sie verließ die Küche mit dem Bewusstsein, zum ersten Mal seit Monaten keine Angst zu spüren.

Im Hausflur lief sie Maren in die Arme.

»Hat länger gedauert, entschuldige.« Sanft wurde sie in die Wohnung zurückgeschoben. In der Küche streifte Maren einen schwarzen, prall gefüllten Rucksack von ihren Schultern. Seit wann trug ihre Schwester Rucksäcke?

»Pass mal auf.« Die Art, wie sie ihn auf den Küchentisch stellte, hatte etwas Sakrales. Es sah aus, als wolle sie etwas Wichtiges sagen, dann zog sie den Reißverschluss auf.

Ellen starrte auf die zu Bündeln gerollten Scheine, die daraus hervorquollen. Es mussten Tausende Euro sein, Zehntausende.

»Was ist das für Geld?«

»Unseres. Wir haben es uns mit der Pflege von Traute Wismar verdient. Ich habe aufgehoben, was sie mir zugesteckt hat.« Eine flüchtige Röte strich über ihre Wangen.

»Und ich hatte Vollmacht über ihre Konten.«

»Du hast sie bestohlen?«

»Sie brauchte das Geld ja nicht.« Marens Blick wurde hart. »Den einen fällt alles in den Schoß, die anderen müssen es sich erkämpfen. Davon verstehst du nichts.«

»Leben bei Mama war auch kein Spaziergang.«

»Ich weiß.« Maren strich sich durch ihr Haar. »Aber wenigstens nicht Zuckerbrot und Peitsche. Und Ersatzmütter halbjährlich im Wechsel. Mit jeder neuen, die kam, wurde es anders. Aber eines blieb immer gleich: Ich störte. Als Vater den Job im Tonstudio bekam, existierte ich nicht mehr. Mit achtzehn bin ich weg, aber das weißt du ja. Hätte ich gewusst, wie viel Kohle er verdiente …« Ihr Handy klingelte.

Sie sah auf das Display und dann zu ihr herüber, bevor sie das Gespräch annahm. Sofort begann eine aufgebrachte Männerstimme am anderen Ende der Leitung zu reden. Es klang nach Viktor Boehm. Ellen studierte das vertraute Gesicht ihrer Schwester. Nur an dem weißen Rand um den Mund war ihre

Anspannung zu erkennen. »Wie das denn?!« Ihre Augen blitzten auf. Der Kurzschlussblick.

»Das darf ja wohl nicht wahr sein«, stieß sie aus, und kurz darauf ein »bist du wahnsinnig?« Sie sah zur Wanduhr. »Wann war das?« Ein neuer Ausdruck trat in ihr Gesicht.

»Bleib du im Weinladen. Ich kümmere mich darum.«

Maren legte auf und warf ihr Mobiltelefon in den Rucksack.

»Dieser Trottel. Der Kommissar war im Weinladen und hat das Schild aus dem Papierkorb gefischt. Aus dem Papierkorb! Natürlich wollte er wissen, warum Viktor zwischen halb zwei und drei Mittagspause machen muss, wenn er erst um eins den Laden öffnet.«

»Und was hat er geantwortet?« Ellen räusperte sich. Ihre Stimme schwankte wieder. Was war von der Ellen übriggeblieben, die noch vor wenigen Minuten eins mit sich die Wohnung und ihr verlogenes Leben hatte verlassen wollen?

»Es kam nicht zu einer Antwort. Und weißt du, warum? Weil dieser Vollidiot auch den Zettel mit der Telefonnummer von Krampner in den Papierkorb geworfen hat. Mit Namen. Dass er sich über den Makler einen neuen Laden mieten wollte, hat ihm der Kommissar natürlich nicht abgenommen. Er ist schon auf dem Weg zu Krampner.«

»Und was willst du jetzt tun?«

»Gar nichts.« Maren bedachte sie mit einem langen Blick, bevor sie eine Plastiktüte aus dem Küchenschrank zog und sie mit Geldscheinen füllte. Sie wirkte plötzlich vollkommen ruhig. »Das ist ungefähr die Hälfte. Du hast jetzt zwei Möglichkeiten. Entweder du bleibst hier und verlierst alles, was dir mal wichtig war. Oder ich pack das Geld wieder ein und du kommst mit mir.«

22

Ein Geräusch an der Tür riss sie aus ihrer Lethargie. Jeder Muskel spannte sich an. Selbst die taub gewordenen Arme zuckten. Wie oft in den letzten Stunden hatte sie versucht, sich in die Köpfe derer hineinzudenken, denen sie ausgeliefert war. Die Vermieterin würde eiskalt entscheiden, Viktor tief gekränkt, dass sie ihn ausspioniert hatte. Bei Krampner wusste sie es nicht. Ab jetzt konnte jede falsche Bemerkung über ihr Leben entscheiden.

Ein Schlüssel drehte sich im Schloss, die Tür klickte. Sie hielt die Luft an und streckte, so gut es ging, im Sitzen ihren Oberkörper durch. Mit dem nächsten Klicken drang ein grauer Schimmer durch das Tuch um ihre Augen. Der Raum schien durch das Sirren der Deckenlampe zu Leben erwacht.

Das nächste, was sie wahrnahm, waren zwei Hände, die ihr behutsam den Knebel vom Mund lösten und die Augenbinde abnahmen. Sie fing Ulfs besorgten Blick auf und spürte die Anspannung aus ihrem Körper strömen, und mit ihr die Kraft. Nur mühsam gelang es ihr, die aufschießenden Tränen hinunterzuschlucken und sich nicht an Ulfs Hals zu werfen. Ulf löste die Fesseln und half ihr vorsichtig auf. Sein Augenlid zwinkerte. War das eine Träne in seinem Auge?

»Was um Gottes Willen ist passiert?« Sie schluckte, spürte ihre brennende Kehle.

»Ich bin bei etwas überrascht worden.« Ihr Blick glitt zu Krampner. Unbeholfen stand er in der Mitte des Raums und strich sich den Schweiß aus der Stirn. »Ich muss erstmal raus hier.« Wieder musterte sie Krampner, der betreten zu Boden sah, als Ulf sie beim Laufen stützte und wortlos die Kellertür hinter ihnen zusperrte.

Erst im Freien, an einen Stapel Betonplatten gelehnt, wandte er das Wort an sie.

»Ich weiß nicht, was ich sagen soll. Frau Keiler schien mir eine seriöse Interessentin. Deswegen habe ich Herrn Boehm den Schlüssel ausgehändigt. Sie hat das Objekt ja für ihn gekauft.« Er deutete ein Lächeln an. Nichts erinnerte an den kernigen, selbstbewussten Makler auf der Homepage von Greif-Immobilien.

»Sie hat Ihr Vertrauen missbraucht, wie das einiger Menschen.«

Warum sagte Ulf das, und warum bedankte er sich jetzt auch noch bei Krampner?

***

Jona rieb ihre Handgelenke. Allmählich gingen die Striemen von der Fessel in dunkelrote Flecken über. Seit Steiner ihr im Keller aufgeholfen hatte, dröhnte ihr Kopf wieder. Sie brauchte einen Arzt, später. Es hatte lange genug gedauert, bis sie Ulf davon überzeugen konnte, sie mitzunehmen. Ihre Weigerung, sich von Krampner zu einem Arzt bringen zu lassen, hatte ihn an den Rand seiner Geduld gebracht. Immer wieder warf er ihr besorgte Blicke von der Seite zu.

»Kannst du erzählen, was passiert ist? Kannst du dich überhaupt erinnern?«

»Ich glaube, ich habe eine Leiche im Hochbeet des Gartens entdeckt.«

Die Vollbremsung drückte sie in den Gurt. »Entschuldige.« Steiner sah sie fassungslos an. »Du glaubst, du hast eine Leiche entdeckt?«

»Ich habe mit einer Teleskopstange das Hochbeet durchpflügt und bin ... auf etwas Hartes gestoßen. Als ich sie rauszog, stank es bestialisch nach ...«, sie schluckte gegen die Übelkeit an.

»Jona! Ich fahre dich jetzt ins Krankenhaus.«

»Wenn mich nicht alles täuscht, liegt die Leiche von Astrid Wismar im Hochbeet.«

Seine Hände pressten sich um das Holzlenkrad. Er schien mit seiner Beherrschung zu ringen. Erst das Hupen des Hintermannes ließ ihn wieder anfahren.

»Schaffst du das wirklich?«, fragte er, ohne den Blick vom Verkehr zu nehmen?

»Ich bin okay, und ich halte mich im Hintergrund.«

Er setzte das Blaulicht aufs Wagendach und gab Gas. Die Kulisse der Schweizer Straße flog an ihr vorüber, während sie versuchte, die wichtigsten Informationen aus der Fülle der Ereignisse zu filtern. Auf der Untermainbrücke kam der Verkehr zum Stocken. Sie spürte Ulfs besorgten, liebevollen Blick auf sich, bevor er das Blaulicht ausstellte. Er räusperte sich.

»Sag mir einfach alles, was du weißt, ungefiltert.«

Jona massierte ihre Schläfen. Ihr war übel.

»Die alte Dame aus dem ersten ist nicht so dement, wie alle tun. Sie erzählte mir, sie hätte Astrid Wismar Ende des Jahres in der Villa gesehen. Joschua, der Student, schleppte säckeweise Erde aus Viktors Keller. Der wiederum hat ein Geltungsproblem und seit neuestem ein geheimes Projekt, jetzt wissen wir ja, welches. Ich bin am Montag seinem Lieferwagen gefolgt. Zur Baustelle, wo Krampner und die Vermieterin warteten und habe …«, sie hielt inne. »Warum hast du Krampner gehen lassen?«

»Unschuldig. Erzähl ich dir später. Du hast was …?«

»… alles fotografiert. Die Bilder sind auf meinem Handy, das weg ist.«

»Es lässt sich nicht orten.« Ulf lenkte den Wagen wieder auf der Überholspur durch die Hochhausschlucht. »Aber wie kamst du auf ihre Leiche?«

»Ellen Beetz hat versucht, die Mieter unauffällig auszufragen. Irgendwas ist da zwischen den Schwestern falsch gelaufen. Ich weiß, dass sie Angst hat. Und dass sie ein Geheimnis hütet. Gestern Nacht habe ich beobachtet, wie sie ihre Katze immer wieder aus dem Hochbeet warf. Überall hin, aber nicht auf das Beet, hat sie gesagt.«

Wieder stand ihr die Szenerie vor Augen. Es war mehr als die Summe der Informationen, die sie auf die Spur gebracht hatte. Sie war einem Impuls gefolgt. Wenn die Sprache noch einmal darauf kam, würde sie genau das zur Antwort geben.

Doch Ulf rief über Freisprechanlage seinen Kollegen Kovac an. In knappen Worten bat er ihn, Viktor Boehm aus dem Weinladen ins Präsidium zu holen, wo er mit zwei weiteren Tatverdächtigen hinzustoßen würde. *Beihilfe zu einem Überfall mit Geiselnahme*, damit war sie gemeint. Sie schüttelte sich.

23

Ellen ließ ihren Blick von der Snackbar aus durch die Abflughalle gleiten, bis er wieder zu Maren schwenkte. Obwohl das Terminal fast leer war, musste sie am Automaten einchecken. Warum? Als hätte sie ihre Gedanken gelesen, hob sie den Arm und winkte. Ellen wandte sich ab und sah wieder auf den Teller mit den gefüllten Bagels, den Maren für sie bestellt hatte. Ihr Flug ging in einer Stunde. Sie hatte das Gebäck bisher nicht angerührt.

Bei dem Gedanken an das Geld bekam sie Panik. Der Großteil davon steckte, in Kleidung eingerollt, in zwei Paketen, die sie eben noch an die kleine Herberge auf einer griechischen Insel geschickt hatten. Sobald die Pakete dort angekommen waren, würden sie weiterreisen. Mit Bussen, per Anhalter, bis sie einen kleinen Ort fänden, an dem sie neu beginnen konnten. Maren sprudelte nur so vor Ideen. Ihr Outfit war lächerlich, Sandalen, Dreiviertelhosen, eine gigantische Sonnenbrille. Der Nasenring lag im Papierkorb vor der Eingangshalle, ihre Handys hatten sie in ihren Wohnungen gelassen. Sie konnte sich nicht mal von Heike verabschieden. Und Bella streunerte nichtsahnend durchs Viertel.

Sie rieb sich ihre brennenden Augen.

Irgendwas an dem Automaten schien nicht zu funktionieren. Marens Bewegungen waren hektischer geworden, dabei hatten sie nur Handgepäck.

Sie verließ die Snackbar. Maren, ihre kleine Schwester, die immer die Große gewesen war. Ihre kleine, große Schwester starrte auf den Check-in-Automaten, der rot blinkte, als sei es das größte Rätsel der Welt.

Vorsichtig tippte Ellen ihr auf die Schulter. »Wir müssen nochmal reden.«

»Später, Ellen.«

»Soll ich mal probieren?«

Ein vernichtender Blick traf sie.

»Wir können doch auch zum Schalter gehen.«

»Wir werden vielleicht bald gesucht, schon vergessen?«, zischte Maren. Sie wirkte plötzlich fahrig, hatte Flecken im Gesicht. Sie wortlos in die Arme nehmen – hatte sie das jemals getan?

»Maren.« Ellen rang nach Atem, während der Apparat endlich ein Ticket ausspuckte. »Willst du dich nicht doch bei der Polizei melden und alles erklären?«

Der Mund ihrer Schwester verzog sich zu einem spöttischen Lächeln. »Träum weiter.« Maren sah sich um. »Und wieso überhaupt ich? Du hängst da genauso mit drin. Oder wer hat dieser Hagen den Topf übergezogen?«

Zwei Reisende mit Rollkoffern, die eng an ihnen vorbeiliefen, gaben ihr einen Moment Aufschub. Wie sollte sie die Wahrheit sagen, ohne dass Maren wütend wurde? Sie hatte ja nur versucht, die Entdeckung der Leiche zu verhindern.

Maren stand jetzt so dicht vor ihr, dass sie den kalten Rauch roch. »Viktor ist ein Versager«, konstatierte sie und richtete ihren Blick auf die Abflugtafel.

»Statt mir die Sache zu überlassen, ist er ausgeflippt. Aus Angst, dass ich gemeinsame Sache mit Fischer mache.«

»Was hat jetzt Torben damit zu tun?«

»Torben! Dein Torben war nicht der nette Typ, der beim Baumschneiden hilft. Er hat uns ausspioniert und erfahren, dass wir Schwestern sind und dass du im Stift gearbeitet hast. Von Astrids Existenz wusste er auch. Und er war bereit, das zu vergessen, wenn er am Erbe beteiligt würde.«

»Er wusste, dass Astrid im Hochbeet liegt?« Ellen spürte, wie ihr Kreislauf absackte.

»Nur, dass es sie gibt, nichts von diesem … Unfall. Ich denke, wir hätten uns auf ein Schweigegeld einigen können. Aber Viktor sind die Sicherungen durchgebrannt. Wir sind jetzt frei, hat er am Telefon gesagt.« Ein uniformierter Polizist in der Halle ließ Maren zusammenfahren. Sie wartete angespannt, bis er aus ihrem Blickfeld verschwunden war.

»Als ich nach oben bin, lag noch das blutverschmierte Messer in der Küche. Viktor öffnete gerade die zweite Flasche Wein. Vollkommen neben sich. Dieser ewige Looser.« Ihre Hand beschrieb eine Geste, die sie früher als Kinder immer gemacht hatten, wenn sie sich ärgern wollten. *Völlig plemplem.*

»Wir hatten keine andere Wahl, als es wie Rache aussehen zu lassen.«

»Und da hast du Frau Vers so lange verrückt gemacht, bis sie glaubte, sie war es?«

Ellen schluckte. Das Ungeheuerliche ihrer Frage kam ihr zu Bewusstsein. Und die Logik in der perfiden Idee. Frau Vers schuldig, Frau Kücherer als scheinbar Demente unglaubwürdig und sie als Schwester befangen. Verstrickt und befangen.

Maren schwieg noch immer. Sie schien zu überlegen. Gleich würde sie wieder einen Schuldigen benennen. Aber das stimmte nicht. Genauso wenig wie ihr Gerede von Menschen, die ihr immer alles wegnahmen oder ihrem Glück einen Strich durch die Rechnung machten.

Maren hielt die Fäden in der Hand und degradierte ihr Umfeld zu Marionetten. Auch sie selbst war eine ihrer Figuren. Sogar Viktor Boehm. Selbst wenn es stimmte, dass ihm die Sicherungen durchgebrannt waren; Maren hatte sie überhitzt.

Ellen nahm ihren Rucksack. Ein Buch war darin, Schokolade, der Pass und ihr Adressbuch. Ihr Start in ein neues Leben, das war lächerlich. Traurig.

»Ich gehe nicht mit, Maren. Trotzdem wünsch ich dir Glück.« Hatte sie das gerade gesagt? Der entgeisterte Gesichtsausdruck Marens legte es nahe. War das wirklich das Ende ihrer gemeinsamen Geschichte? Sie schluckte, sah in das aufgewühlte Gesicht, in dem sich keinerlei Ähnlichkeit zu ihrem eigenen fand.

»Es tut mir leid.« Brüsk wandte sie sich um und lief durch die Halle dem Ausgang zu, jeder Schritt wie auf Wolken. Jeder Atemzug aus Blei.

In das erste Taxi am Stand stieg sie ein. Schnappte nach Luft.

»Ellen!«

Die zufallende Wagentür schnitt den Ruf ihrer Schwester jäh ab. Sie sah aus dem Seitenfenster. Wie durch einen Filter nahm sie die verzerrten Gesichtszüge Marens wahr, die auf sie zulief. Ihr flehender Blick bat um bedingungslose Schwesternliebe. Wie in jener Nacht, in der ihr Albtraum begonnen hatte.

»Fahren Sie bitte los!«, hörte Ellen sich mit heiserer Stimme sagen.

24

Malerisch thronte die Villa im frühen Abendlicht. Die ersten Rosen rankten sich vom Mäuerchen des Nachbargrundstückes über den Zaun. Neben ihr auf dem Fahrersitz griff Ulf nach dem Holster.

»Meinst du wirklich, du brauchst die Waffe?«

»Zwei Tote, eine Entführung. Es kann sein, dass ich Verstärkung brauche – ich rede nicht von dir. Am besten, du bleibst im Wagen.«

»Aber ich kenne mich in der Villa aus. Ich pass auf.«

Kurz darauf standen sie gemeinsam in der Diele der Villa. Wer den Öffner gedrückt hatte, wussten sie nicht. In den Wohnungen der Schwestern war es still. Auch aus den oberen Stockwerken hörte man kein Geräusch.

»Machen Sie die Tür auf!«, rief Ulf in die Stille. Eine Tür im oberen Stockwerk öffnete sich, Dielen knarzten, Stufe um Stufe näherten sich vorsichtige Schritte, bis der Student barfuß am Treppenabsatz erschien.

»Ist was passiert?« Sein Gesicht hellte sich bei ihrem Anblick auf. »Hey Jona. Was ist denn los?«

»Wir suchen Frau Keiler und Frau Beetz.«

Sein Blick wanderte von ihr zu Ulf. Sie konnte nicht einschätzen, ob er ihn von ihrer kurzen Begegnung wiedererkannte.

»Sie sind vor einer Stunde oder so aus dem Haus. Beide mit Rucksäcken in ein Taxi gestiegen.«

Im ersten Stock fiel eine Tür zu. Ulf tauschte einen Blick mit ihr.

»Du gehst bitte ins Auto.«

Mit gezogener Pistole lief er an Joschua vorbei die Treppe hinauf. »Erster Stock rechts, Viktor Boehm«, konnte sie gerade noch rufen, dann brachen die Erinnerungen über sie herein. Es waren seine Hände gewesen, in dessen Schraubstock ihr Körper geklemmt hatte, sein Lieferwagen, der sie aus der Villa gebracht hatte. Der Lieferwagen! So schnell es ihre Kopfschmerzen zuließen, eilte sie aus dem Haus in den hinteren Garten. Von der Regentonne aus hörte sie den dumpfen Aufprall und sah gleich darauf Viktor über den Rasen zum Seitenausgang hinken. Von dort war es nicht mehr weit zur schmalen Gasse mit den Sanierungsbauten, an deren Fuß Viktor oft parkte.

An der freistehenden Steintreppe prallte sie mit Ulf zusammen. »Nächste Querstraße rechts, ein bordeauxroter Lieferwagen«, stieß sie hervor und sah ihn in Richtung der Straße verschwinden, während sie Joschuas Gegenwart am Flurfenster über sich spürte. Trolley-Problem, was für ein Bullshit! Sein Philosophiegerede hatte sie auf eine völlig falsche Fährte gelockt. Am schmiedeeisernen Tor blieb sie stehen und kniff ihre Augen zusammen. Fantasierte sie jetzt oder war das Ellen Beetz, die an der Kreuzung aus dem Taxi stieg? Jona betrachtete die kleine, korpulente Frau mit dem Kurzhaarschnitt, in deren Gang Entschlossenheit lag. Nur einen Moment schien die über ihren Anblick am Gartentörchen irritiert. Ihre Wangen waren gerötet, ihre Hände umklammerten einen schwarzen Rucksack.

»Ich möchte eine Aussage machen«, sagte sie statt einer Begrüßung, »und mich bei Ihnen entschuldigen.«

Zwei Nachbarn sahen von der gegenüberliegenden Straßenseite zu ihnen herüber.

»Später.« Jona musterte das erhitzte Antlitz. »Wissen Sie, ob Viktor eine Waffe besitzt?«

Die Frage ging in dem trockenen Knall unter, der durch das vorabendliche Viertel schallte. Ein Flirren lag in der Luft. Auch die Nachbarn sahen in die Richtung, aus der der Schuss gekommen war. Unschlüssig lief sie an Ellen vorbei und spähte um die Straßenecke. Von den beiden keine Spur. Ihr wurde flau. Mach ein einziges Mal das Richtige, Jona! Kovac holen! Ulf hatte ihr mal seine Privatnummer geschickt. Ihre Gedanken überschlugen sich, bis sie zu Ellen eilte, die ratlos am Gartentor stand.

»Was haben Sie mit meinem Handy gemacht?«

»Es ist kaputt.« Sie deutete mit dem Kinn auf das Grundstück, das gerade saniert wurde. »Im Teich.«

Ungläubig sah Jona in ihr zerknirschtes Gesicht. Joschua stand noch immer am Flurfenster und versuchte, die Situation zu begreifen.

»Kann ich helfen?«, rief er endlich. Wenn er die Polizei rief, schickten sie wenigstens eine Streife vorbei. Besser, sie erklärte es selbst, ein paar Kollegen von Ulf kannte sie. Bevor sie ihn um sein Handy bitten konnte, sah sie aus den Augenwinkeln den bordeauxroten Lieferwagen die Straße hinaufkommen. Auf dem Beifahrersitz saß Viktor, den Oberkörper zur Fahrerkabine gedreht. Als er vor ihnen zum Stehen kam, kurbelte er hektisch das Seitenfenster runter.

»Einsteigen, beide.«

Jetzt erst entdeckte sie die auf Ulf gerichtete Waffe in seiner Hand.

Sie fuhren stadteinwärts. Jona schloss die Augen. Der Lauf der Pistole war jetzt auf sie gerichtet. Ulf saß am Steuer. Nur einmal hatte er ihren Blick im Rückspiegel gesucht, und das, nachdem Viktor Ruhe gebrüllt hatte, als sie versuchte, Kontakt zu ihm aufzunehmen. Ellen saß mit starrem Blick auf der Rückbank neben ihr. Ihre Stimme war zu hoch, als sie verkündete, sie besäße noch Krampners Schlüssel zum Keller. Auch ihr Lächeln wirkte künstlich. Aber Viktor glaubte ihr. Seit sie unmittelbar nach dem Einsteigen von einem großen Bargeldbetrag geredet hatte, der sich in einem offenen Rohr an der Baustelle befand, beherrschte ihn die fixe Idee, gemeinsame Sache mit ihr zu machen.

Gerade fuhren sie über die Schweizer Straße. Sehnsüchtig streifte Jonas Blick die Cafébesucher, die ihren Abend mit einem Spritz oder einem Milchkaffee einläuteten. Nur fünf Meter von ihr entfernt. Gegen die Scheibe schlagen und um Hilfe rufen. Und dann?

Ab dem Schweizerplatz ging es durch ein Wohnviertel, bis sie in die Straße einbogen, in der das Sanierungsobjekt der Makleragentur Greif lag. Vor zwei Jahrzehnten hatte sie sich hier im Kult-Schuppen die Seele aus dem Leib getanzt. Gab es keinen verfluchten Notausgang?

Ulf fuhr den Wagen vor die Baustelle Die drei Jugendlichen, die auf dem Boden eines Gerüstes saßen und ein Bier tranken, sahen neugierig zu ihnen herüber. Es wirkte nicht so, als würden sie gleich gehen.

»Keine Unschuldigen.« Es waren die ersten Worte, die Ulf im Auto von sich gab. Auch ihm war das Zucken der unruhigen Hand Viktors aufgefallen. »Wir fahren einfach hinter die Absperrung. Wenn sie uns folgen, können wir immer noch deutlicher werden.«

Hinter dem Gitterzaun empfing sie eine wüste Baulandschaft. Paletten mit Steinen standen verstreut herum. In dem aufgeschütteten Sandmeer lagen umgefallene Plastikzäune, dahinter blaue Rohre und Bauschutt.

Einen Moment lag Viktors Blick auf den Pipelines.

»Aussteigen, nacheinander, erst du, dann sie.« Der Lauf der Pistole, die er wieder angehoben hatte, zeigte noch immer auf ihr Gesicht.

Wenn du einmal in den Lauf einer Pistole geschaut hast, dann bleibt da was zurück. Joschuas Worte. Er musste gesehen haben, wie Viktor sie in den Wagen gezwungen hatte. Vielleicht war die Polizei schon auf dem Weg zu ihnen.

Ulf stieg als erster aus dem Fahrerraum. Dann sie. Mit weichen Knien betrat sie das Gelände. Dass Ellen sich über die Hinterbank schob und ebenfalls auf ihrer Seite des Wagens ausstieg, war seltsam.

Viktor saß plötzlich allein im Wagen, die Pistole hektisch aus dem geöffneten Wagenschlag haltend.

»Keine unüberlegten Sachen«, sagte Ulf plötzlich in ruhigem Ton, ohne den Blick vom Lieferwagen zu nehmen, aus dem Viktor nun auf seiner Seite ausstieg.

Jona wagte nicht, ihren Kopf in seine Richtung zu drehen. Ihre Beine waren noch immer aus Gummi. Ellen stand reglos neben ihnen und schien darauf zu warten, dass Viktor hinter dem Lieferwagen auftauchte. Sie wirkte plötzlich ruhig, unheimlich ruhig, und sie lächelte Viktor, der sich vor dem Lieferwagen postierte, an.

25

Ihr Plan ging auf. Viktor erwiderte ihr Lächeln. Er sah weiß aus. Kreislaufgesicht. Im Pflegeheim hätten sie sofort einen Rollstuhl geholt. Es war fast bemitleidenswert, wie er nach Anzeichen von Zuwendung in ihrem Blick suchte. Die Einsamkeit in seinen Augen. Ellen trat zwei Schritte auf ihn zu.

»Herr Boehm, ich schäme mich für meine Schwester. Sie hat nicht nur Sie manipuliert. Ich möchte …«

»… Schnauze.« Viktors Gesicht war schweißgebadet. Entgeistert richtete er die Pistole auf sie. In ihrem Rücken raschelte es. »Ganz ruhig«, sagte der Kommissar, »lassen Sie die Frauen gehen, Herr Boehm. Ich kann Ihnen weiterhelfen, aber erst …«

»… Ich helfe mir jetzt selbst.« Sein Blick glitt wieder zu ihr. »Und du holst jetzt das Geld aus dem Rohr.«

»Maren hat das gesamte Geld mitgenommen. Es ist schon auf dem Weg nach Griechenland. Lassen Sie …«

»Es ging doch nie um Geld, Viktor.« Die Therapeutin stand plötzlich neben ihr. Wieso mischte sie sich ein? Jetzt sagte sie, dass es gemein sei, hintergangen zu werden.

»Ihr Koffer lag halb gepackt auf dem Bett. Warum wollten Sie flüchten?« Die Stimme des Kommissars klang freundlich. Unmerklich war er an ihre andere Seite getreten. Wie eine Wand standen sie vor Viktor Boehm. Drei gegen einen.

Ellen wagte sich einen weiteren Schritt vor

»Meine Schwester hat Astrid Wismar getötet. Viktor hat nur geholfen, sie verschwinden zu lassen.«

»Und wieso wollten Sie dann flüchten?«, fragte der Kommissar und drehte sich in ihre Richtung. »Und Sie, Frau Beetz, sind vor einer Stunde mit ihrer Schwester ins Taxi gestiegen.«

»Das war falsch. Alles war falsch.« Sie senkte den Kopf. »Das ist kompliziert. Aber ich werde vollständig aussagen.«

»Nein«, brüllte Viktor, und im gleichen Moment schallte ein »Hey« über die Baustelle.

Einer der Jugendlichen hatte seine Bierflasche erhoben und trat an den Zaun. Viktor drehte sich um und zielte.

Der Schuss löste sich in dem Moment, in dem die beiden Männer am Boden miteinander rauften. Es dauerte nur wenige Sekunden, bis der Kommissar die Oberhand gewann und Herrn Boehm Handschellen anlegte.

Viktor saß im Sand, an den Reifen seines Lieferwagens gelehnt. Er hatte Schmutz im Gesicht und Striemen vom Kampf, und er wich dem Blickwechsel aus, den die Therapeutin mit ihm suchte. Sie mochte ihn, das war zu sehen. Und sie selbst? Sie hatte Torben Fischer gemocht. Und Jona Hagen, Therapeutin oder Ermittlerin, das war egal. Sie mochte sie noch immer.

Selbst der korrekte Polizist, der sie alle ans Messer liefern würde, wirkte sympathisch. Jetzt kam er mit dem Handy in der Hand auf sie zu.

»Griechenland, haben Sie vorhin gesagt. Wohin genau geht der Flug? Sie müssen nicht aussagen, es ist Ihre Schwester, aber es wäre gut, für alle Beteiligten.«

»Kreta«, platzte Viktor heraus. »Da wollte sie hin, wenn alles vorbei ist.«

Der Kommissar wandte sich ab, um zu telefonieren. Sie sah auf die Uhr. Noch war kein Boarding. Der Flieger würde ohne Maren abheben. Und dann kam die große Lügerei. Maren würde andere beschuldigen; jeden, der sie entlasten konnte. Ebenso der Weinhändler. Seit sie seine Unschuld an Astrids Tod ausgesprochen hatte, sah er sie eindringlich an. Vielleicht hatten die beiden sich für den Fall einer Polizeiermittlung abgesprochen.

Ellen sackte auf einen Betonquader. Es war kühl geworden. Der Wind wehte den Geruch nach Kalk und nassem Sand durch die Abendluft und stellte ihre Härchen an den Armen auf. Sie fror. Fünf Meter vor ihr saß Viktor Boehm in Handschellen im Sand. Weinhändler, Liebhaber klassischer Musik, Mörder. Bis vor einem Monat dachte sie, ihre kleine, neue Welt in der Villa würde sich endlich in so etwas wie ein Zuhause verwandeln. Und jetzt fiel eines der letzten Tabus: Einen Menschen verraten. Es war nie ihre Art gewesen. Sie nahm einen Schokoladenriegel aus dem Rucksack, riss das Papier auf und biss ein Stück ab. Die süße Masse wurde zu einem klebrigen Klumpen im Mund, den sie hinunterwürgte.

»Das Geständnis von Frau Vers ist falsch.« Sie hatte es leise gesagt, aber Boehm lachte sofort auf. »Wieso sollte sie freiwillig ins Gefängnis gehen?«

»Jemand hat ihr die Tat eingeredet.«

»Ach, so einfach.« Das Gift in seiner Stimme verzerrte sein Gesicht. »Und was ist mit der Nylonschnur in ihrer Tasche?«

»Woher wissen Sie denn von der Nylonschnur?« Die Stimme des Kommissars war frei von Häme.

»Maren hat es mir erzählt.«

»Frau Keiler hat ein lückenloses Alibi. Drei Freundinnen, die bezeugen, dass sie zur Tatzeit zu Hause gewesen ist.«

»Sie hat ein Motiv. Fischer hat sie erpresst. Da.« Er zeigte auf eine gelbe Plane am Baugerüst, die im Wind flatterte. *Greif-Immobilien* stand in graphitfarbener Schrift darauf. »Das sind die wahren Verbrecher.«

»Verstehe.« Der Kommissar ging vor dem Weinhändler in die Hocke. »Sie haben Frau Keiler zur Seite gestanden, und dann kommt da Herr Fischer und fordert dasselbe wie Sie, nur ohne Leistung.«

Viktor Boehm lächelte.

»Und Fischer legte noch einen drauf: Er wollte nicht nur Ihren Anteil, er wollte auch die Villa verkaufen und sich selbst und Frau Keiler reich machen. Nur Sie, Herr Boehm, wären leer ausgegangen. Alles umsonst erduldet. Keine Handhabe und kein Geld.«

»Das Geld war es nicht.« Viktor Boehm schien plötzlich allzu ruhig. »Es war sein mitleidiger Blick. Wie er da in seiner Sportkluft die Treppen runtertänzelte und auf die leere Weinflasche in meiner Hand sah. Mit seinen Ich-habe-den-Deal-gemacht-Augen.«

Er versuchte, seine rechte Hand hochzureißen und verlor das Gleichgewicht. Im Sitzen sackte er zur Seite. Die Therapeutin half ihm auf. Ellen lächelte ihr zu. Sie hatte nichts mehr zu verlieren, nicht einmal mehr ihre Angst, enttäuscht zu werden.

»Und dann hast du Rot gesehen«, sagte Jona Hagen jetzt, und es klang fast so, als füttere sie ihn mit freundlichen Worten. Und der Kommissar? Sah sie irritiert an. Ob die beiden wirklich ein Paar waren?

Ellen schob ihre Hände zwischen ihren Po und die harten Steine, als Viktor Boehm plötzlich im Sitzen beide Arme vor seine Brust zog und eine imaginäre Waffe ins Nichts richtete.

»Ich hätte ihn abknallen sollen.« Seine Arme fielen kraftlos auf seine Oberschenkel zurück.

»Aber Sie haben ein Messer genommen«, warf der Kommissar ein.

»Das Tranchiermesser«, präzisierte Viktor Boehm. »Aus der Schublade. Ich bin ihm hinterher, mit dem Tranchiermesser in der Hand. Ich habe nicht einmal versucht, es zu verstecken. Es war ja schon dunkel. Joggen im Dunkeln, der Spinner.«

Er atmete durch und sah dann zu ihr herüber. Ellen stockte. Wieso sah er sie so an?

»Die Nylonschnur steckte zufällig in meiner Tasche, vom Dekorieren im Laden. Und dann sah ich ihn. Das Licht dieser albernen Grubenlampe irrte durch die Dunkelheit. Ich musste nur die Schnur spannen und warten. Wie er da angehechelt kam.« Viktor Boehm verzog das Gesicht. »Das Messer ging durch ihn durch wie Butter.«

Die Stille, die seinen Worten folgte, wurde vom entfernten Geheul einer Polizeisirene unterlegt. Und noch immer sah er sie an.

»Was schauen Sie denn so?«, brach es aus ihr heraus.

»Deine Schwester, die hat Ideen.«

»Geht es etwas genauer?« Der Kommissar stellte sich schützend zwischen sie und diesen bösen Blick.

»Hannas Zusammenbruch ist Marens Werk. Ich hätte das nicht gemacht.«

Ellens Magen krampfte sich zusammen. Sie wusste, was er fühlte, und sie wusste auch, dass jedes Wort der Wahrheit entsprach.

»K.-o.-Tropfen«, sagte er, während ein Einsatzwagen vor dem Baugitter der Baustelle bremste und das Geräusch von zuschlagenden Türen durch den Abend schallte. »Sie ist am nächsten

Abend mit einem Spätburgunder zu Hanna hochgegangen und hat ihr ins letzte Glas Wein K.-o.-Tropfen geträufelt, und dann ab mit ihr in den Sinaipark, der liegt ja gleich um die Ecke. Im Gestrüpp dort hat sie ihr einen blauen Fleck am Arm verpasst, um sie dort liegen zu lassen, als sie bewusstlos wurde.«

»Deswegen hat Frau Vers Maren gefragt, ob es wirklich der Dienstagabend gewesen sei, an dem sie zusammen Wein getrunken hätten«, sagte Ellen tonlos.

Jona Hagen sah sie entgeistert an.

»Hanna musste denken, ihre Erinnerungen seien vom Montag. Da sie manchmal Flashbacks von ihrem Trauma hat, traute sie ihrer Wahrnehmung nicht mehr.« Die Therapeutin wandte sich dem Weinhändler zu, der sich unter ihren Worten zu ducken schien. »Wunderbar, eine Mieterin mit psychischen Problemen zu haben, oder?«

»Ich habe das mit den K.-o.-Tropfen erst später erfahren«, presste er heraus. »Und meine Nylonschnur hat sie auch einfach so genommen, ohne ein Wort zu sagen.«

»Das müssen Sie später nur glaubhaft dem Haftrichter vermitteln«, sagte der Kommissar, während er seine Kollegen in Uniform zu sich winkte. »Mit den Maklern haben Sie übrigens gar nicht so Unrecht. Drei Mitarbeiter der Greif-Agentur überführen wir gerade. Sie werden sich vielleicht in der Preungesheimer Haftanstalt begegnen, dann können Sie denen das nochmal persönlich sagen.« Wieder fehlte seinem Ton jegliche Ironie. Drei bewaffnete Kollegen näherten sich ihnen. »Frau Vers werden sie dort nicht mehr treffen. Sie hat ihr Geständnis widerrufen.«

Unwillkürlich sah Ellen zur Therapeutin herüber. Ihre Augen leuchteten. War das ein Lächeln gewesen, ein Lächeln in ihre Richtung? Zaghaft lächelte sie zurück. Jona Hagen und Ellen

Beetz, das wäre ein Gespann gewesen. Aber sie hatte alles falsch gemacht. Sie hatte die Toten bewacht, Jona Hagen die Lebenden.

Umständlich erhob sie sich von dem Betonquader.

»Ich möchte auch ein Geständnis ablegen.«

»Auf dem Revier«, sagte der Kommissar, der während ihrer Worte aufgestanden war und ihr zunickte. Auch in seinem Blick lag eine Freundlichkeit, die sie kaum fassen konnte.

Epilog

Die Blumenwiese im Garten stand kniehoch. Aus dem saftigen Grün leuchteten Dahlien neben kleinen Feldern gelben und purpurnen Sonnenhutes. Hier und da schoss der letzte Klatschmohn in die Höhe, und um die goldgelben Blüten der Schafgarbe flatterten Schmetterlinge.

Seit einer halben Stunde streifte Jonas Blick von der Terrasse über den paradiesischen Garten. Frau Kovac schien ein Freigeist zu sein. Nur die Sonnenblumen vor dem Schuppen waren Jakobs Werk. Er hatte sie vor drei Wochen eingepflanzt, bevor er mit Karina an der Hand erschienen war, um ihr sein neues Zuhause zu zeigen.

Ein Haus war noch kein Zuhause. Der Ausspruch von Ellen Beetz ging ihr nach. Jona malte den Satz mit Kohlestift auf die missratene Gartenskizze, die vor ihr auf dem Tisch lag.

Wieder musste sie an ihre letzte Begegnung denken. In der Diele der Villa, aus der Ellen Beetz als Letzte auszogen war, hatten sie beinahe eine Stunde zusammengestanden. Es war schön gewesen, ohne Hintergedanken mit ihr zu reden, und vertraut.

Sie besaß die Telefonnummer des Studenten, den es in eine Wohngemeinschaft nach Bockenheim verschlagen hatte. Mit

Hanna, die nach ihrem stationären Klinikaufenthalt in eine therapeutische Wohngemeinschaft gezogen war, stand sie in regelmäßigem Kontakt, und die alte Kücherer, die sich in einem nahegelegenen Altersheim eingewöhnte, besuchte sie öfter.

Ellen Beetz selbst wohnte seit zwei Wochen wieder im Platenviertel. Sie, die aus Sehnsucht nach einem Zuhause die kriminelle Tat ihrer Halb-Schwester gedeckt hatte, war mit einem blauen Auge davongekommen. Nun arbeitete sie ehrenamtlich für den sozialen Dienst und bot ihre Dienste in der Nachbarschaftshilfe an.

Es schien, als hätten alle ein gutes, neues Zuhause gefunden – außer Maren Keiler und Viktor, die die nächsten Jahre in Elfquadratmeterzellen wohnen würden, und über die sie als einzige kein Wort verloren hatten.

Ihre Begegnung mit Ellen Beetz lag vier Wochen zurück. Seither stand die Villa leer. Was auch mit ihr geschehen mochte; Jona hegte keinen Zweifel, dass sie die ihr unwürdigen Vorkommnisse für immer in ihren Mauern einschließen würde.

Ein Haus ist noch kein Zuhause. Lange betrachtete Jona den Satz auf ihrem Skizzenblock, dann machte sie ihn mit einem dicken Kohlestrich unkenntlich. Sie ließ ihren Blick über den Garten des Nidda-Häuschens streifen.

Ulf stand im Apfelbaum und erntete die ersten Früchte. Selbst in abgeschnittenen Jeans und Freizeithemd besaß seine Haltung Würde.

Sie kannte ihn inzwischen gut genug, um zu wissen, dass ihm die missglückte Verfolgung Viktors immer noch zusetzte. Auch wenn ihn keine Schuld traf, dass ihm der Bauarbeiter mit der Rohrzange die Pistole aus der Hand geschlagen hatte.

Seit Marens Verhaftung am Flughafen und der Überführung der kriminellen Immobilienmakler redeten sie nicht mehr über den Fall.

Jona verließ die Terrasse und mixte in der Küche zwei Mojitos mit frischer Minze, die am Terrassenrand wucherte.

Drei Wochen Sommerferien lagen vor ihnen. Jakob wollte am Atlantik surfen, und Ulf im Land des Pastis seinen Kopf von der Arbeit freibekommen.

Und sie selbst?

Sie fuhr mit, um bei ihnen zu sein, auch wenn sie lieber im Nidda-Häuschen gewerkelt und den ersten Sommer im Garten genossen hätte.

Ein Haus war noch kein Zuhause?

Doch, ihres schon!

Die Autorin dankt

Stefanie Köhler, Corina und Rena Friedrich, Christine Kramer, Pete Smith, André Hecker, Andrea Schaaf, Laura Rudorf, Hanne Katz, Dominikus Landwehr, René Möbus, Christian Schmitz, Dr. Reinhard Müller-Metz und Kerstin Lotz für viele Tipps, Anregungen und Hilfe bei Recherchefragen.

Für das sensible und konstruktive Lektorat möchte ich mich bei meiner Lektorin Julia Lübbecke bedanken.

Die Autorin

Sonja Rudorf wurde 1966 in Frankfurt am Main geboren. Ihr Germanistikstudium hat sie 1991 mit dem Magister abgeschlossen. Seither arbeitet sie als Schriftstellerin. Im Jahre 2000 erschien ihr erster Roman „Die zweite Haut“, dem weitere Romane, Kriminalromane und ein Erzählungsband folgten, zuletzt 2019 „Stromaufwärts“. Sonja Rudorf lebt als Autorin, Dozentin für Kreatives Schreiben und Poesie- und Bibliotherapeutin in Frankfurt am Main.

ERHÄLTLICH IM BUCHHANDEL ODE